长篇报告文学·视频书

两个人的五星红旗

王继才与王仕花的守岛故事

LIANG GE REN DE WUXINGHONGQI
WANG JICAI YU WANG SHIHUA DE SHOUDAO GUSHI

郑晋鸣◎著

江西高校出版社
JIANGXI UNIVERSITIES AND COLLEGES PRESS
光明日报出版社
GUANGMING DAILY PRESS

图书在版编目(CIP)数据

两个人的五星红旗：王继才与王仕花的守岛故事 / 郑晋鸣著. —南昌:江西高校出版社;北京:光明日报出版社,2019.9

ISBN 978-7-5493-8910-0

Ⅰ. ①两… Ⅱ. ①郑… Ⅲ. ①报告文学—中国—当代 Ⅳ.①I253.2

中国版本图书馆 CIP 数据核字(2019)第 168855号

出版发行	江西高校出版社　光明日报出版社
社　　址	江西省南昌市洪都北大道 96 号
总编室电话	(0791)88504319
销售电话	(0791)88517295
网　　址	www.juacp.com
印　　刷	江西千叶彩印有限公司
经　　销	全国新华书店
开　　本	700 mm × 1000 mm　1/16
印　　张	16.5
字　　数	160 千字
版　　次	2019 年 9 月第 1 版
印　　次	2019 年 9 月第 1 次印刷
书　　号	ISBN 978-7-5493-8910-0
定　　价	58.00 元

赣版权登字-07-2019-659

序言

为了心中飘扬的五星红旗

光明日报总编辑 / 张政

这是一个英雄频出的伟大民族，英雄伟绩仿佛栋檩承载时形成的巨臂建构起民族的脊梁；这是一个楷模纷涌的崭新时代，楷模丰功如同浪花飞溅时抛洒的彩虹偾张着时代的血脉。为了心中飘扬的那面旗帜，王继才走进了人民英雄、“时代楷模”的行列。

一个从来没有服过正式兵役的人，却注定一辈子与迷彩服做伴——民兵也是“兵”，迷彩服让他把民的本分转化成军人气质，又以民的身份尽到了兵的职责；一个连女儿的婚礼都“无情”缺席的人，却有着不一样的家国情怀——既有往返交通的不便，更有“空岛”心神的不宁，家就是岛，岛就是国，守岛就是卫国；一个当初不知道进岛要待多长时间的人，想不到上去一待就是 32 年——妻子辞掉教职上岛陪守，大女儿小学辍学照顾弟弟妹妹，小儿子在岛上由他冒险接生，奉献的不是他一个人，而是一家人、三代人；一个一生只干了守岛一件事的人，却把每天升国旗做到了极致——升国旗雷打不动，风雨无阻，成为每天的头等大事。王继才用义无反顾的选择诠释了人为什么活着，以凡人壮举的事迹回答了人应该怎样活着；王继才以默默无闻的付出在平凡的岗位上书写了不平凡的人生华章，用无怨无悔的坚守把自古难以两全的忠和孝定格在为国尽责上；王继才以无字墓碑延展着生命的长度，耸立起人生的高度，用不朽魂灵永远守望着魂牵梦萦的开山岛。泱泱大国的元首为之挂怀，亿万人民的领袖为之动容，在习近平同志的倡导下，王继才的先进事迹和奉献精神走进千家万户，不断深入人心，成为新时代奋斗者的价值追求。

如果生是机缘，每个人都有缘分，不同的人可能活出不一样的精彩；如果死属固有，每个人都无法抗拒，有的人重于泰山，有的人轻于鸿毛。为了心中飘扬的那面旗帜，深谙此理的光明日报社高级记者郑晋鸣花了 14 年时间结识、跟踪采访王继才，特别是在近 5 年，凭深沉的“脚力”9 次上开山岛，双脚踏遍了开山岛上的每一寸土地，用脚步丈量了王继才无数次巡逻留下的曲径；凭深邃的“眼力”观察王继才夫妇在岛上饱含着酸甜苦辣的点点滴滴，见证了王继才“生的伟大，死的光荣”；凭深刻的“脑力”思考王继才真实的动机和信念，捕捉隐藏在平民英雄人格深处的初心伟力；凭深厚的“笔力”写出广为人民群众点赞、叫好的系列报道，其中的《坚守32年　王继才永远留在了开山岛》被中央领导批示。

4年多前，刊登在《光明日报》2014年8月26日第六版整版上的长篇通讯《两个人的五星红旗——王继才、王仕花守岛的故事》，连同当日头版头条的《只为五星红旗每天冉冉升起　王继才夫妇28年孤岛守海防》，读后让我深受震撼。如今，同样的题目已经成为王继才先进事迹和奉献精神的宣传品牌，并以报告文学的形式呈现在广大读者面前。我作为报告文学《两个人的五星红旗——王继才与王仕花的守岛故事》（以下简称报告文学《两个人的五星红旗》）首批读者之一，觉得它有几个鲜明的特点可以和大家分享。

第一，坚持党性和人民性有机统一。新闻舆论工作事关旗帜和道路，事关贯彻落实党的理论和路线方针政策，事关顺利推进党和国家各项事业，事关全党全国各族人民凝聚力和向心力，事关党和国家前途命运，唯有坚持党的领导，坚持正确政治方向，坚持以人民为中心的工作导向，才能切实提高其传播力、引导力、影响力、公信力。这是新闻舆论工作的本质要求，也是党性和人民性统一的内在逻辑。报告文学《两个人的五星红旗》堪称用明德引领风尚的精品力作，它融合了精深的体系构划、精湛的布局打磨、精准的信息捕捉、精到的情理阐释、精诚的身心投入，凝聚了脚力、眼力、脑力、笔力。王继才、王仕花夫妇的平凡举动不是孤零零的、碎片式的、偶然的，而是因果联系的、前后呼应的，偶然中包含着必然，人们从中掂出了五星红旗在两个平民英雄心目中有多么重的分量。这不正是需要大力培育和铸就的国家之根、民族之魂吗？

第二，彰显主体间性的价值观。马克思有句名言："人的本质并不是单个人所固有的抽象物。在其现实性上，它是一切社会关系的总和。"作为一个普通人，王继才在现实生活中同样有着七情六欲，同样有着党员、支部书记、民兵、哨所所长和儿子、丈夫、父亲等社会及家庭多重角色之间的冲突，并非一开始就是英雄的"坯子"。报告文学《两个人的五星红旗》正是从客观世界观照王继才其人其事、所作所为，并从主观见之于客观的现实把握中揭示了王继才从一个普通人转变成一个英雄的鲜活际遇和清晰轨迹，让人们从英雄逐步成长过程中与家庭、与自然、与社会、与他人以及与自己的交往、互动、磨合，领受到好人和好事引起的理智感、道德感和美感，领略到英雄人物精神辐射的真实、慈悲、壮美，领悟到全社会渐浓的向真、向善、向美风气。

第三，增强可读性，突出可习得性。可读性是信息传播的生命线，在融媒体时代尤其是这样。报告文学《两个人的五星红旗》集作者对王继才事迹通讯报道之大成，兼具可读性和可习得性，它带给读者的远不止视觉冲击，更多的是情感的交流和理智的共鸣，是精神的交融和行为的示范，是民族的交响和个体的享用。郑晋鸣在 37 年记者生涯中采写过许多先进典型，如孔繁森、邱光华、赵亚夫、李银江、景荣春、王强等，他们如同一尊尊雕像伫立在百姓心房，如同一株株大树矗立在人们身旁。对王继才夫妇的采访和报道似乎也没有什么特别之处，但两个人的故事感动了全国人民，加之“写得很好，文笔生动、感情充沛、文风朴实，没有八股气”的领导批示，都让作者感受了又一次高峰体验，也让他在不同场合的宣讲会上情不自禁地说：“之前所有的付出都值了。”我们有理由相信，该书的问世必将汇入中国故事、中国力量、中国价值、中国精神的时代洪流，以一书之力教化世人，以无声语言感染社会。

2019 年 7 月

自序

“天地英雄气，千秋尚凛然。”“一个有希望的民族不能没有英雄，一个有前途的国家不能没有先锋。”习近平总书记道出了中华民族从黑暗走向光明的力量所在。

从 1982 年拿到第一张新闻通讯员证，到今年，37 年的记者生涯，这条路我走得很艰辛，但也很纯粹。这一路上，我认识了很多好人，写了很多平凡英雄，报道了不少典型。人民的好干部孔繁森、英雄机长邱光华、最美教授景荣春，当他们的事迹凝注于笔端、生命凝固成定格时，我常常叹息：要是他们活着，该有多好！

这是一个真实的传奇故事。在一个远离大陆、荒无人烟、台风肆虐、面积仅 0.013 平方公里的小岛上，一对夫妻坚守边防，一守就是 32 年。32 年的每一天，几乎是同一天。枯燥、孤独、无助、绝望，夫妻俩把所有心酸、痛楚咬碎了往肚里咽，只为让五星红旗每天在孤岛上冉冉升起。

这个岛，叫开山岛，距离最近的海岸 12 海里，虽然环境恶劣，位置孤绝，却是黄海前哨第一岛，必须有人值守。当年，日军侵占连云港时，就曾把开山岛当作登陆的跳板。

“石多水土少，台风四季扰。飞鸟不做窝，渔民不上岛。”在当地人眼中，开山岛就是一座“水牢”。

可王继才、王仕花夫妇却不但要守，而且要“守到老得不能动为止”！

“要走你走，我决定留下！”“你不守我不守，谁守？组织交给我的任务，我就是要守到守不动为止。”这就是王继才！

2004 年，我和王继才在江苏的一次会议上有过一面之缘。那时，王继才守岛已有 18 个年头，夫妻俩的守岛故事也开始被地方媒体发掘和报道。我当时觉得王继才夫妇不容易，也好奇：人们的日子越过越好了，他们需不需要在岛上守下去？能不能守下去？

此后，我去连云港采访过很多次，也到过灌云县。作为一座经济欠发达的苏北县城，灌云公民道德教育建设成果却很丰硕。2011 年，我写下一篇通讯《江苏灌云:满城皆颂道德“经”》。采访中得知，王继才、王仕花夫妇依然在守岛。我有了想要采访他们的想法。

2014 年，距离我第一次认识王继才已有 10 个年头，我发现他和妻子守岛的故事已通过一些媒体在社会上引起反响，两口子还上了电视节目。但是，看完这些，我和许多人一样，更加疑惑了：这到底是个什么岛？为什么要守岛？这对夫妻到底是什么人？

带着好奇，带着疑惑，我决定，带领几个学生，上开山岛，近距离采访。不来就永远不知道开山岛是怎样的……

我们一行搭乘渔政船上岛，一个小时后，馒头状的岛屿出现，远看如同“沧海一粟”；近看，也不见层林尽染，更不见绿波翻涌的世外桃源，而是怪石嶙峋，地面和海水的颜色连成一片枯黄；礁石上，两个穿着迷彩服的人使劲地挥舞手臂。高处，五星红旗迎风飘扬。

在渔政船上，工作了快十年的船员徐江告诫我们说：“正是酷暑天，万一刮台风，十天半个月都下不来，你们可别哭。”开山岛环境十分恶劣，位置孤绝独特——地图上找不到，因为它太小；海岸上望不到，因为它在海角。

当时，开山岛没有专用的码头，船绕了好半天才靠上岸，被王继才粗大的手掌抓住的刹那，一股热腾的力量灌入我的心中。

小岛只有两个足球场大小。跟着他们，只 20 分钟，整个开山岛就转了个遍。岛上除了曾经的守岛边防兵留下的几间营房，还有苦楝树和无花果树，无花果树上结满了果子。两个人和三只总跑在人前头的小狗，三只不打鸣的公鸡，水窖里五条净化雨水的泥鳅——这就是岛上全部鲜活的生命。这便是开山岛。

第一天傍晚，我和老王坐在营房前的门口聊天。那日，老王穿一件白色的背心，和寻常人家夏日搬着小板凳在门外乘凉的情景一样。他很平静，我的内心却焦虑、焦躁，一根接一根地抽烟。可以说，大半辈子习惯了在人群中行走，与城市交融，此时望着四面黄海、一面天，我能感受到的开山岛，全部是孤独和无助。此时此刻，我深刻体味到王继才守岛的苦辣酸涩。

上岛第二天早上 5 点，天刚蒙蒙亮，老王夫妻俩就准时在岛上举行升旗仪式，我们也跟着起来。我原以为因为我们来了，老王才升旗，直到看见王仕花的记录，才知道，这么多年，岛上每一天都会升旗，已经用坏了 201 面国旗、61 个旗杆。我就问老王："没人要求也没人看，为什么这么较真？"老王拉着我，特别认真地往东边指："老哥，当年日本鬼子侵略连云港，就是在开山岛歇的脚。如果当时我们有人在，鬼子就上不来。"王继才负责展开国旗，也没有奏乐，喊声响亮的"敬礼"；个头只有一米五的王仕花站得笔直，仰着头注目五星红旗，向国旗敬礼，敬礼的姿势虽不够标准，却是十分庄严。王仕花背后是孤岛，迎面是喷薄而出的一轮朝阳。看到这一幕，我老泪纵横，这一抹红色就是开山岛的颜色。这不正是"两个人的五星红旗"吗？

我连续四年九上开山岛，有幸成为王继才、王仕花夫妇守岛人生的见证者、记录者；而他们，则是赋予我记者生涯以尊严和力量的人，让我更深切地明白"勿忘人民"这句话的分量。

如今我已年近花甲，但只要是为人民书写，只要是推动社会进步、传递核心价值观的新闻，只要能让这些“时代楷模”精气神感染更多的人，我都会坚持下去。

2019 年 3 月 8 日

目录

民兵也是兵，军令如山

1986 年 7 月的一天，连云港市灌云县鲁河乡鲁河村生产队长兼民兵营长王继才突然接到通知，让他到乡武装部去一趟，说是县武装部王长杰政委来了，要召见他，政委还说有重要任务。身为民兵营长的他，经常会接到这样的通知。县武装部的领导来了，直觉告诉他这次任务一定不小，于是他就急匆匆地赶往鲁河乡政府。

王继才赶到鲁河乡政府时，王长杰政委早已等候多时，见到王继才后热情迎上前握着他的手说："今天找你来是有项重要任务要你去执行。"

王继才一听说让他去执行重要任务，立即本能地提起十二分的精神，立正，挺胸，抬头，目视着王长杰大声道："保证完成任务！"

王政委拉着王继才的手说："来！坐下，先坐下！听我慢慢说。"

"1986 年 3 月，驻守开山岛的部队撤编后，开山岛

开山岛

被列为一类民兵哨所。但是海防前线不能没有人值守，县武装部领导多次开会研究，决定把驻守开山岛的任务交给你。希望你不负众望，勇于担当，保家卫国，守好海疆。”

王政委向王继才交代了守岛的具体任务，同时也如实地说出自从守备部队撤离之后，先后曾派出 4 批人员 10 多个人进驻开山岛。可是他们受不了守岛的孤苦和寂寞，都没能坚持下来。他们中在岛上时间待得最长的人也只驻守 13 天就受不了了，退下阵来。

王政委寄希望于王继才，说：“继才，你是第 5 批驻岛民兵，希望你能坚守下来。开山岛目前急需有人值守，不能耽搁，你尽快把家里安顿好。安顿好了，你就跟我联系！”王继才想，组织上将这么重要的任务交给他，是对他极大的信任。于是，他服从了组织的安排。

那一年，王继才 26 岁。

上开山岛这一天，他精准记时到“分”

王继才回到家后又开始犯难了，他一人去驻守开山岛，他不知道该怎样告诉妻子王仕花。妻子是小学老师，平时两个人都忙得不可开交。他一走，剩下妻子一个人，这日子可咋过呢？如果实话实说，妻子不同意咋办呢？可要是不去，那不是临阵脱逃吗？思前想后，他还是决定暂时先不告诉妻子。

没过多久，王继才主动与王长杰联系，约定了见面

上岛前的王继才、王仕花

的时间，地点定在燕尾港。王政委万万没想到王继才这么快就联系了自己，不由得心生得意，果然没看错人，王继才是个好样的！

临行前的头一天晚上，王继才有生以来第一次失眠了，一晚辗转反侧。直到天快亮了，他才迷糊了一会儿……猛然醒来，妻子早已上班去了。他急忙起床，母亲准备好了早饭。他慌忙吃了一口，就直奔燕尾港。王长杰政委先他一步到了，这让王继才有些不好意思。

燕尾港是国家级优质渔港，盛产带鱼、鲈鱼、鲳鱼、马鲛、兰蛤、牡蛎、螺、蛏子、梭子蟹等多种多样的名贵海产品，对虾更是有名。渔港给当地带来了繁荣与热闹，这里虽不是改革开放的前沿，但渔港独占优

1986 年上岛时，王继才与老政委王长杰合影

势，大大小小的渔场很多，海产品加工厂如雨后春笋般冒了出来，呈现出改革开放正劲的势头。

七月的苏北沿海地区，湿热的空气裹挟着浓浓的咸腥气味。港口上的搬运工人、车辆来来往往，多是运输海产品的。

今天，县武装部王长杰政委是专程陪王继才上岛的，他先让人往船上搬了许多东西。王政委如此细心周到，使王继才深受感动、鼓舞。他们一起搭乘渔船驶向开山岛。

这一天，海面上还算是风平浪静。可是，渔船在航行时还是摇晃得很厉害，一会儿左右摇摆，一会儿前后起伏，就像调皮的孩子故意与你恶作剧。王继才虽说也是在海边长大，可是祖祖辈辈都是庄稼人，很少到海上来，更别说搭乘渔船出海了。王继才头晕得厉害，紧紧地闭着双眼，两只手死死地抓住船帮。王长杰政委也晕船，脸色煞白。两人谁都不看谁。经过一个多小时的航行，开山岛就在眼前了。海拔也就 30 多米，一个圆溜溜的馒头型小岛。西南角有个大石头，可以供船停靠。

船停稳了，头重脚轻的王继才下意识地看了看手表，早上 8 时 40 分，王继才把第一次登岛的时间精准记到了“分”。

这一刻是 1986 年 7 月 14 日早上 8 时 40 分。

上了开山岛，出乎了他所有意料

上岛后，两人都还晕晕乎乎的，似乎还在船上摇晃。王长杰告诉王继才说，使劲深呼吸，反复做几次就会缓解。王继才做了几次深呼吸，果然有效，头真的不晕了。王继才发现从船上卸下来的除了粮食和生活用品外，还有几十瓶白酒，好几条香烟。

王继才不会抽烟，也滴酒不沾，就说："带这些干啥？我既不会抽烟也不喝酒，你还是拿回去吧！"

王长杰说："既然带来了，就留下吧！兴许用得着呢！"

王继才没说什么，心想：留就留下，等以后有人来就用作招待吧。

两人稍事休息后，王长杰陪着王继才在岛上踩着石阶，也就是岛上的路，边走边介绍说："为了保卫祖国，保卫我们的领海，守岛部队曾在山上修筑了军事设施，当时有一个建制连40人的驻军。"

两人来到几排营房前，发现这儿有几十间石头营房、一间食堂和一间活动室，山顶上有个小平台、灯塔和4盏瞭望灯，还有一个小型发电站。这营房是依山而建的石头平顶房子，房顶却不平。王政委告诉王继才，开山岛没有淡水，驻岛部队平常要在房顶上积蓄雨水，通过房檐下的管道，流入地下蓄水池——这便是生活用的淡水的来源。

王长杰指着那排房子说："这有这么多间房子呢！随便住。"

王继才看着几乎一样大小的房子，找了间看上去干净的屋子，说："就住这间吧！"

王长杰说道："到家了，那咱搬东西去？"

开山岛上的石头房

“走！”两人把卸在码头上的东西一趟趟往紧挨着的另一间屋里搬。东西还真不少，他们来来回回搬了好多趟。酷暑天气炎热，上下台阶使他俩累得气喘吁吁。终于搬完了，两人开始聊天。

王长杰问：“继才，你是第一次上岛吧？”

“是。”

王长杰说：“这个岛不大，只有 0.013 平方公里，海拔 36.4 米，用不了半个小时就能围着岛走一圈。从这台阶往上走，走过 208 级台阶就上了崖顶，观察哨楼就立在最顶端。站在哨楼观察窗前，海面一览无余，能看到一两海里外的船只。如果使用高倍望远镜，即便是阴雨天，也能看得很远很远，我们专门给你配备了高倍望远镜。”

王继才听说是专门给他配的高倍望远镜，很受鼓舞。

王长杰和王继才休息了一会儿，说着说着就拾级而上。他们站在观察窗前，面对大海，极目远望。这时王继才心潮澎湃，使命感倍增。

《孤岛卫士王继才》视频资料

一朝上岛，一生卫国。王继才的一生，是以孤岛为家、与海水为邻、和孤独做伴的一生，他和妻子把青春年华献给了祖国的海防事业。

王长杰对开山岛的情况了如指掌，两次近距离的接触，令王继才对他十分敬佩。快一个上午了，王长杰该回去了。尽管王继才和这位领导还没聊够，可是，又不得不送他下岛。

到了码头，渔船发动机不耐烦地喘着粗气，冒着黑烟。船老大等急了，使劲向王长杰招手。王长杰急火火地跳上渔船，还一个劲地叮嘱：“继才，一定要坚持住，我看好你！错不了！有事就给我打电话！”还没等王继才把话茬接过来，渔船就像箭一样驶离了码头。

王继才看见王长杰不停地挥舞着手臂，心里有种说不出的滋味。远去的渔船越来越小，变成一个小白点，直到小白点也消失了，王继才才回过神来。环顾四周，满山怪石嶙峋，空荡荡的几排旧营房，一条黑咕隆咚的

王继才孤独的背影

坑道，加起来顶多100多米长的台阶石道，这里没有淡水，没有电……这时，他才意识到，现在这里只剩他一个人了。他心有些发慌，有想大声呐喊的冲动，可是喉咙发紧，试了两声，不行！喊不出来！他想用喊声驱走孤独和恐惧。他运足了气，终于喊出了声："啊——啊——"

这喊声惊天动地！

下半天过得好漫长，他把王政委带来的物品又仔细地分类码放了一遍，把屋里屋外打扫得干干净净。他就是想干活，不敢停下来。尽管前一天晚上他失眠了，没怎么睡，但他也没觉得困，干了半天不觉得累也没觉得饿，只是耳朵里灌满了"咣——咣——"海浪拍岸的声音，重复单调。

没过多久，太阳好像"咕咚"一下就下山了。涨潮了，海浪推着海水往岛上涌，好像要把这个小岛给淹没……

开山岛的长夜，令人魂飞魄散

第一天晚上，海风扯着嗓子往屋子里钻。王继才很害怕，一宿没敢合眼，煤油灯也亮了一夜，就盼着天亮。心想：只要有船来，我就走！

天终于亮了，打开房门，王继才惊呆了：天哪！蛇、老鼠和蛤蟆到处乱窜！这令他毛骨悚然，不敢直视。

那一年，江淮流域暴发洪水，蛇、鼠和蛤蟆被冲入海里，这会儿又被海水卷上了开山岛。他不敢开门，生怕蛇和老鼠钻进来。他用铁床死死堵住门，蜷在角落里，不敢出门。

王继才使用过的马灯

过了几天，这些可怕的动物都莫名其妙地死在了石头上，大概是因为水土不服吧！这时他才敢出门。

看到海上有渔船在捕鱼，王继才拼命地喊，拼命地挥衣服，可渔船都绕开了，就是不理他。很多年后他才知道，为了能让他留在岛上，灌云县武装部和边防派出所给当地渔民都下过命令：谁都不许带王继才离开开山岛！

接下来，强台风不期而至，王继才经历了一场惊心动魄的“战争”。

强台风是灾难性的，甚至是毁灭性的。王继才上岛没几天，就遭遇了强台风。大多数时候，台风在登陆前多有些风雨，再慢慢升级为强台风。可是这场台风事先没有一点征兆，海面上甚至还风平浪静，阳光明媚。

突然，天边乌云翻滚，黑沉沉地压将下来，好像伸手都摸得着天……

台风说来可就来了，王继才撒腿就往营房跑，跑上半山坡。他被眼前的一幕惊呆了：就在几分钟前还风平浪静的海面，只见巨浪筑起高大的水墙，呼啸着压将上来，撞到岛上，立刻粉碎。那爆裂声响掺着碎块疯狂地砸向岛上，那风浪推起的又一道水墙紧跟而来，呼啸着撵在王继才身后。巨大的冲击力，百米开外就把他推倒了。他想爬起来，可就是爬不起来，更别想站起来了。或许是趴在地上阻力小，他连滚带爬地进了营房。门被大风吹开，他怎么也关不上，用尽力气用身体顶住才把门锁上。他只觉得房子在摇晃，紧紧关闭的窗户剧烈抖动着，水泥浇筑的石头房子，此时此刻却感觉随时都有被风卷起抛向大海的危险。王继才慌乱地在屋子里找能够藏身的地方。他绝望了，就连叫喊都变了声了！他把身子蜷缩成一团，瘫坐在墙角下。他知道无论怎么叫喊都是白费力气，因为岛上只有他一个人。极度恐慌的他还是不由自主地发出“呜——呜——”的哀号声……

外面狂风大作，伴随着更加令人恐惧的海浪撞击礁石的巨大声响。难道这是世界末日到了吗？此时此刻，他真的后悔了，全县那么多民兵，后悔自己硬装好汉，后悔拘着面子听信王政委的话，还瞒着媳妇，到这鬼地方来送死！一想到死，他更是万念俱灰，于是，又大声号啕起来。也不知哭号了多长时间，他感觉到前胸后背剧烈疼痛，他号不出声来了，累了，也真是号不动了，只能坐以待毙！一想到马上就要死了，他反倒不那么紧张了。他大口喘着粗气，缓解心理上的压力。外面的风依然狂吼着，惊涛骇浪撞击着这个小岛，巨大的声浪仿佛要把这开山岛撞碎！

此时此刻，他恐惧到了极点，就盼着天快点亮，因为天亮了，风就停了。他蜷缩在墙角下，腿都麻木了，他似乎觉得天该快亮了吧。屋里一片漆黑，他挣扎着摸到油灯，摸到火柴，两手发抖划不着火；划着了火，怎么也点不着灯；借着火柴光亮，看了一眼手表，啊?!才晚上 10 点多？怎么才 10 点多啊??离天亮还早着呢！沮丧的王继才再次陷落到绝望之中，索性也不点灯了，跌跌撞撞把自己摔倒在床上，等待着死神来接他……

他把自己安放在床上，似乎觉得心稳当了许多。既然等死了，也得死得舒服点，任凭外面狂风肆虐，门窗剧烈抖动，只要不把房子刮塌了，就刮不跑我！我就死不了！一想到这，他就不那么害怕了。

…………

漫长的台风之夜，别说是王继才这个没有经历过强台风阵势的人，就是久经风浪的赶海人也得吓得魂飞魄散。

天，还是亮了。强台风没有因为天亮而减弱，窗外的天空混沌模糊。这就是王继才“度时如年”盼望着的天亮：眼睛所及之处，无不被混沌包裹着。他盼快点天亮，是因为有着求生的希冀；可是天亮了的眼前，更让他恐惧。王继才的精神支柱和心理防线瞬间彻底崩塌，他彻底绝望了，真是应了一句形容人到绝望时的话“叫天天不应，喊地地不灵”。焦灼的王继才，在屋里疯狂地东一头西一头来回乱转。猛然，他看见那部绿色军用电话机，想起了县武装部王长杰政委，像抓到了救命稻草一般，疯狂地摇着摇把。总机很快就接通了，王继才像遇到大救星一样大声呼喊：“给我接灌云县武装部！王政委，王长杰王政委！”

电话铃声只响了一声，王长杰一把拿起电话问道：“是继才吧！”

王继才就像受了极大委屈的孩子，“哇——”的一声，哭出了声。

“是我！是我！”

王长杰语气像个慈祥的父亲，道：“继才啊！吓坏了吧？肯定一夜没睡！”

王继才回答道：“是——！没法睡啊!”

王长杰又问：“你昨晚上怎么不给我打电话啊？”

“晚上了，不都下班回家了吗？”

不知为什么，王继才没有把他昨天晚上的情况对王政委和盘托出。

王长杰说：“从昨天晚上到现在，我一直守在电话机旁，就等你的电话呢！”

王继才听了十分感动，鼻子一酸，眼泪一下子又涌了出来。

王长杰说道：“继才啊！守岛，首先就要经历台风的考验，不过你这一次遭遇的是多年不遇的强台风，这是对你的一次严峻考验。你顶住了，好样的！”

王继才打了这通电话，就像抓住了一棵救命稻草，他迟迟舍不得放下电话。他有一肚子的话要对王政委说，可是自己又说不出来。不是他不想说，是有些话他说不出口，有些话他不能说！

王长杰突然大声地说：“继才，你要继续坚守阵地，站好岗，全县的人民都看着你呢！全国人民都看着你呢！你要坚持住！坚持就是胜利！”说着他就急急地撂下了电话。

过了好半天，王继才才放下一直舍不得撂下的电话。此时的他，如同打了一针强心剂，心情舒展了许多。

外面依然狂风大作，只能待在屋子里，又没事可做，他似乎也不那么害怕了。他突然想起那几条香烟，于是，就拆开一包，模仿着别人抽烟的样子，抽出一支烟叼在嘴里，拿起火柴划着了。可是火柴怎么也点不着烟，还差点烧到手，他急忙甩掉了，笨拙地划了好几根火柴，才算点着了，连忙大口吸了起来。一股苦辣味直冲咽喉，呛得他倒抽一口气，憋得他半天喘不上气来，然后就剧烈地咳嗽，咳得他两眼冒金星，好像五脏六腑都错了位，烟雾又熏得他睁不开眼睛。他心里想：这烟有什么好抽的，又苦又辣又呛，还有人花钱买罪受呢！可是想归想，他不甘心地又抽了一口，仿佛是在探索抽烟的人为什么会喜好这一口。每抽一口，那红艳艳的烟头给他带来快感，似乎也带来了希望。他喜欢看见深深吸一口就出现的红色。接着，他就使劲地抽，又是一阵剧烈的咳嗽，大口喘着气。突然，他找到了答案，二舅①为什么遇事就好使劲抽烟，一根接一根卷着旱烟，原来越

① 王继才的二舅曾是新四军的一名战士，在黄海海面与日本侵略者进行过战斗。

是烦闷越要抽烟。此时此刻的王继才就一支接一支地抽烟。不一会儿，他只觉得胃翻江倒海，想吐却吐不出来，干呕了几下，十分难受。

他才想起来，从昨天中午开始他只胡乱吃了一点儿东西，到现在已经20多个小时水米未进了。他挣扎着站起身来，昨天中午的一锅饭没吃几口，预备拿它当晚饭，台风来了，没顾上吃饭，也不感觉到饿。打开锅一看，饭已经馊了，自己又懒得再煮，就从带来的食品中拣出些能直接入口的吃食，其中还有一盒军用午餐肉罐头。有罐头，何不来点酒？于是，他抄起一瓶灌云汤沟白酒，用牙咬开瓶盖，咕咚就是一口。这一口酒，火辣辣地顺着喉咙下了肚。他顿时觉得胃里像着了火一样，火烧火燎的，于是赶紧抓起碗，喝了一口水，连忙吃点东西，才缓上一口气来。

王继才抽着、喝着、吃着……不知道什么时候，居然睡着了……

从这一天起，王继才学会抽烟喝酒了。

强台风整整刮了两天一夜，原本光秃秃的开山岛被强台风摧残得更没了生机。王继才经历了人生最恐怖、最绝望的两天一夜。过去他年轻气盛，没怕过什么，也不知道什么叫害怕。此时此刻的王继才只觉得，没有强台风的开山岛是多么的美好。

从这天起，白天他就出去，到码头上望着过往的船只，向离得近的渔船打着手语，挥动着衣服，可令他沮丧的是，仍然没有一只船回应他……

憋闷急了，他给王长杰打电话。可是，每次接通了，都说他人不在，王继才绝望了……

接下来的日子，王继才用喝酒来麻醉自己痛苦的神经。他的酒量一天天见长，喝醉了，倒在哪儿就在哪儿睡。

到第 35 天，酒喝光了，烟也抽完了，王继才就挖岛上的大叶菜，碾碎了用报纸卷着抽。

直到第 48 天，王继才盼到了一条渔船，他看见船头上站着的竟然是妻子王仕花——全村最后一个知道丈夫去守岛的人。

王继才是不辞而别，对于丈夫的突然消失，王仕花曾四处寻找，多方打听。后来，她从同村人口中打听到了丈夫被派去守岛的消息，并联系上了王长杰政委。在电话中一番长谈之后，王政委安排人送王仕花上岛探望孤身守岛的王继才。

要走你走，我决定留下

王继才见有船靠近，欣喜若狂，船近了才看清船头上站着的竟然是他朝思暮想的妻子王仕花，他一把抱住妻子像孩子似的哇哇大哭。这可把王仕花吓傻了，面前这个胡子拉碴、满身臭味的“野人”，是自己的丈夫吗？王仕花万万没想到王继才会变成这个样子，她怎么也想不明白：他瞒着我偷偷跑到这小岛上，弄成这样，这叫怎么回事啊？难道他脑子出了问题？家里好好的日子不过，偏要来这儿守什么岛！

眼前的这个男人，任谁看了都一定会说他是“野人”。王仕花又生气又心疼，一边哭一边拾掇扔得到处都是的碗、筷子和脏衣服，一刻没停地叨叨着：“凭什么非得让你来守岛哇？别人不守，咱也不守，跟我回去！”

王继才任凭妻子唠叨，也不言语，只是默默地听着。

王仕花在岛上一刻也没闲着，先烧了一大锅水，让

王仕花心疼王继才，总把温暖送到心坎里

王继才洗了个澡，给他理发，让他换上干净衣服。洗完衣服，王仕花又给他做了一顿可口的饭菜。

同行的一个干部，抹了把眼泪，悄悄把王继才拉去后山的操场，对他说："政委让我转告你，千万别当逃兵！说强台风你都战胜了，就没有你战胜不了的困难了。如果你退缩了，这前面的坚持就白费了，再也难找得到像你这样能坚持守岛的人了。"

王继才心一怔，一言不发，一支接一支地抽完了一整包烟。

第二天，妻子拉着王继才回去。王继才眼睛不敢看妻子，但语气很坚定地说："要走你走，我决定留下！"

此时的王继才，心里其实一点都不平静，这 40 多天里，他无时无刻不盼着有船来岛，他要回去！可是，今天船真的来了，妻子也来接他了，他却一句“要走你走，我决定留下”。这是一个有着怎样坚定意志的人啊！

小船徐徐启动，妻子哭成个泪人。王继才的心在颤抖，在流血呀！船走远了，他就一下子瘫坐在地上，放声大哭起来。

妻子的到来，王长杰政委的嘱托，自己留下来的决心……在这之后的日子里，王继才整理了思绪，按着县武装部的部署，逐步完善工作计划，进入了正常的工作阶段。他的心也踏实了许多。

每天三次围岛巡逻，巡逻一圈也就 20 多分钟。王继才觉得没事可干，浑身有使不完的劲。他是个勤劳的人，就想平整出一块地，种上点什么，庄稼汉的本质就是思谋如何种地。可是，岛上的石头非常硬，在石头缝里刨地可不是一件容易的事。王继才每天早晚除了巡岛，剩下的时间就是在石头缝里刨地。没过多久，他已经平整出大大小小好几块地了。

夫唱妇随，她要和他一起去守岛

王继才怎么也想不到的是，没过多少天，妻子突然又到岛上来了，居然还带着一大堆行李和生活用品。更让王继才想不到的是，县武装部王长杰政委也一起上来了。当两只大手再一次握到一起时，已是他上岛的第三个月了。他激动地张了半天嘴巴，竟然说不出话来了。这可能是因为在岛上没有交流的对象，时间长了嘴就有些木讷了。

其实王继才和王长杰倒是经常通话，大多是王继才打给王长杰。但是，每次电话接通了，也都是王长杰先说话，话还说得挺多。王继才则是问什么就回答什么。能和王长杰政委通上电话，王继才就心满意足了，这一天的心情都格外好。

王仕花放下东西，也不顾晕船晕得头昏脑涨，就开始里里外外一通收拾，一刻也不闲着。她比上一次来自如多了。

王长杰和王继才坐在台阶上，一直在说话。准确地说，是王长杰在给王继才部署任务，只见王继才全神贯注地听王长杰说话，不时地点头称是。

王长杰强调："开山岛是黄海前哨第一岛，是一级战备岛，是军事要塞，连云港的前哨阵地。"其实上岛前，王政委就告诉王继才，这里必须有人值守，保证一旦进入战时，就能迅速引领部队再次进驻。

九月的开山岛，海风习习，正是蟹满膏肥好时节。

早晨，他们在燕尾港等船，渔民有认识王仕花的，听说王老师要上开山岛，这个给带上一篓螃蟹，那个就捡些鱼什么的给装上船——

王仕花生炉子煮饭，没一会儿就张罗出一桌子饭菜。有渔民送的时令海鲜，还有从家里带来的几样小菜。

王继才和王长杰开了一瓶汤沟酒，边喝边聊。

酒过三巡，王继才话开始多起来，和王长杰说了许多掏心窝子的话，说到伤心处，咧着嘴就哭……

王长杰听了也十分难过，他有些自责，甚至感到惭愧，想着"是我把他送到这孤岛上来受罪，让人家年纪轻轻的有家不能回"。此时此刻的复杂心情，是王长杰这一辈子都不曾有过的。

王继才说到第一次遭遇强台风，那恐怖绝望的两天一夜……

王长杰哽咽地说："你给我打电话时怎么没说呀?"

王继才泪流满面使劲摇着头说："不能说，我不能说!"

三个人说着说着，哭成一片……

王仕花充满了母性的温柔，安抚他说："继才，咱不怕啊！我来了，我不走了！我来陪你了啊！再也不让你一个人待在这了哈！不怕啊！……"

王继才猛然抬起头，瞪着哭得通红的眼睛说："你说什么？你不走了?!"接着气急败坏地说道："谁让你来的？谁让你来的?!"

他转脸向王长杰政委大声吼道："是你让她来的吗？!"

王长杰说："我这……不是……刚刚听王老师在说嘛!"

王仕花被王继才的样子吓傻了。死一般的沉寂后，王继才一把抱住妻子，两人放声大哭。其实，他是心疼妻子，他怎么能忍心让妻子和他一起来受罪。

王长杰政委做政治思想工作多年，今天，第一次感到手足无措。他伸出大手轻轻地拍打着王继才的肩膀，想尽可能多地给他些安慰。此时此刻，他能够给他们的，就只能是微不足道的安慰了。这个岛总得有人守啊!

多年以后，王长杰意识到，自己工作一辈子，做得最得意的工作是，派王继才去守开山岛；做得最内疚的事，也是派王继才去守开山岛。

他们就这样聊着……哭着……聊到了下午，王继才不得不送王长杰离岛。王继才紧紧地拉着政委的手舍不得松开。

王仕花自上次离岛到这次回来，对丈夫有了更深的理解。她真后悔！第一次上岛，应该在岛上多陪他几天，那时尽管是暑假的末尾几天，终究还是有时间的嘛！就是请上几天假也应该呀！

新学期开学了，王仕花白天在学校上课、辅导学生、批改作业；放学回家，还要带孩子、帮着婆婆做家务。她尽可能地多干活，劳累自己，这样躺在床上就能很快睡着。可是，脑海里那挥之不去的，是王继才在岛上的样子，那样子让她寝食难安。她时常想，我不能让他一个人在那儿受苦。

自从那次打听到王继才在开山岛，跟县武装部王政委通过一次电话，她就算是和王政委相熟了。她后来还曾给王政委打电话，试探着要把王继才换回来。尽管王政委没有正面反驳，也没有表示不理解，但是，王仕花得到的结论是，绝没有那种可能。

王仕花实在想不出更好的办法，那只能夫唱妇随了。有了这个想法后，她就开始坐立不安。

王仕花虽然是民办教师，但是她十分敬业，工作认真、积极向上，在鲁河乡小学也算是骨干教师。中央早就下发了《中共中央、国务院关于普及小学教育若干问题的决定》的文件，提出在小学教育方面要贯彻执行国民经济“调整、改革、整顿、提高”的方针政策，并指出“要提高教师的社会地位”等。总之，盼望多年的民办教师转为公办教师一事有了新的政策了。听校长说下半年就开始办理，而她各方面条件都具备。难道要前功尽弃吗？这可是多年的夙愿哪！

王仕花陷入了两难的境地，校长也再三劝说道：“好好考虑考虑，这一步迈出去，想回头可就难了。”

可是，她必须从实际出发，丈夫守岛的决心已下，以她对王继才的了解，他是决不会打退堂鼓的。经过和王长杰的几次谈话，她已经对守岛有了更高层次的认识。回想第一次上岛，看到王继才的生活，他真的是太需要她了。当她看见王继才大口大口地吃着她做的饭菜，一副心满意足的样子，就像个孩子一样时，王仕花不由感慨万分。这等于告诉她，之前的 48 天他都吃了些什么！一想起这些，她就恨不能立刻、马上飞到开山岛。

为了照顾丈夫，王仕花给孩子们上完最后一堂课后，毅然决然地辞去了小学教师的工作，将 2 岁多的女儿托付给了婆婆。她就给王政委打电话，说她还想去开

王继才夫妇与
女儿的合影

山岛看看继才。

王长杰说："好！我也上去看看继才。"

王仕花上了岛，给开山岛带来了生机与欢笑。王继才一开始强烈反对妻子上岛，可是，当妻子真来了，他也真舍不得放她回去了。他就像个黏人的孩子，围着妻子身前身后转，听从王仕花老师的安排。

两个人把睡觉的屋子与执勤值班室分开，形成了执勤值班室、住人的房间这一功能分区格局，安排得井井有条。执勤值班室墙上还特意张贴了规章条例、作息时间表。一张办公桌摆放在中间，桌上摆放着那部手摇军用电话机和高倍望远镜。一台半导体收音机，是获取外界信息的唯一窗口。一盏煤油灯、一个煤球炉、一台收音机，是他们在岛上的全部家当。他们每天的首要任务是进行三次全岛巡逻，每天都要上观察哨用高倍望远镜观察海面、观察周边渔船的情况。

岛上风大，路又不好走，有一次他们在海边巡逻，一个大浪打过来，王继才整个人都被卷到海里去了；又一个浪头过来，王继才就不见了人影。王仕花吓死了，“这下完了，老王命没了”。过了好半天，她才看到浑身湿透的王继才，正扒着岩石往上爬。王仕花赶紧跑过去，一把拽住他，使出全力拉他上来。从那以后，怕有危险，每天出去巡逻，夫妻俩都一起去。刮风下雨时，怕滑下山崖，他们就用背包带子拴在各自的腰间，互相拉着。王继才已记不清从山崖、瞭望台上摔下来多少次了，他曾摔断过三根肋骨，还曾两次被山上滑落的飞石砸中。

岛上没有电，过去守备连驻岛有军用发电机，撤离时全部撤走了。太阳一落山，岛上一下子就黑了下来，两人对着一盏马灯百无聊赖。开山岛的夜晚特别漫长，王仕花就想，继才一个人的时候是怎么熬过来的呀！

王仕花一到这个时候就开始想孩子，一想到孩子就

王继才夫妇在开山岛用过的收音机

巡逻时，两人用背包带子拴在各自的腰间，互相拉着

抓心挠肝地难受，眼泪就止不住地往下流……

这时候，如果王继才不说话，她就一个人默默地流眼泪，枕着湿漉漉的枕巾入眠……

有的时候，王继才看王仕花躺床上不作声，就知道她又想孩子了，刚要安抚她两句，王仕花就再也忍不住了，“哇——”的一下子就哭出声来，结果两口子抱头痛哭一场。

王继才安慰王仕花说：“等有船过来，你就回去一趟，天也快凉了，带些厚衣服上来。”他是想给她点盼头。

国旗，开山岛上那一抹红色

在岛上升国旗，是在王仕花上岛后才开始建立起来的庄严仪式。王仕花在学校时，每到周一都会举行一次较大规模的升旗仪式，平常每天也都有升国旗仪式。夫妻俩一合计，开山岛是应该升国旗。开山岛虽然小，但它是祖国的领土，必须插上中华人民共和国国旗。

王继才就和王仕花选址，升旗台要选在岛上的制高点，那就定在观察哨的哨楼顶上。可是，拿什么做旗杆可难住了夫妻俩，他们先到处找能当旗杆的杆子，到处翻腾才找到两根竹竿子。岛上风大，升旗台又在制高点上，首先旗杆要扛得住海风，然后怎么才能把竹竿固定在哨楼顶上呢？这更是把人给难住了，他们想了好多种方法都不行。最后，实在没办法，他们只好把国旗插在门前栏杆上。这也不是长久之计。后来，他们就想到了一个办法——用混凝土浇筑一节铁管固定在哨楼顶上，再把旗杆插进铁管里。

说干就干，王继才马上就找渔民弟兄帮忙弄一些水泥和沙石，水泥和沙石很快就给运上来了。他们成功地用混凝土浇筑了固定的旗杆底座，旗杆完全被固定住了。一切收拾停当，已经是 1986 年 9 月 30 日了。

1986 年 10 月 1 日国庆节，早晨 5 点，天刚蒙蒙亮，

王继才夫妇一人升旗、一人敬礼

王继才和王仕花就扛着鲜艳的五星红旗，走向小岛后山。他们健步登上一层层台阶，登上哨所楼顶，只看见一轮红日从海平面喷薄而出。王继才双手高擎着五星红旗，挥舞手臂，展开国旗庄严地将旗杆插进旗杆底座，仰头看着展开的国旗，随即沙哑却响亮地高喊："敬礼！"王仕花激动地望着国旗，个头只有一米五的她，连敬礼的姿势都显得有些别扭，但这一幕却是何等庄严神圣啊！此时，东方的天边朝霞满天，仿佛是在庆祝中华人民共和国成立 37 周年。

在开山岛上升国旗，王继才和王仕花的心灵也得到了升华，责任感、使命感油然而生。

"国旗是我们中华人民共和国的象征，开山岛虽然小，但它是祖国的东门，我必须插上中华人民共和国国旗。"王继才说，"只有看着国旗在海风中飘展，才觉着这个岛是有颜色的。"

从此以后，王继才、王仕花每天都按时升国旗。没有人看见，没有人监督，但王继才和王仕花同样做得特别认真。五星红旗每天都迎着朝霞，和冉冉升起的一轮红日同步升起。开山岛上刮风下雨是常态，台风袭来更是少不了一场狂风暴雨，遭遇风雨天，只要能站得住，走得了路，王继才都会扛起国旗去升旗，王仕花也是要一起去的。

王继才和王仕花说："那次回家，爸和二舅也想到

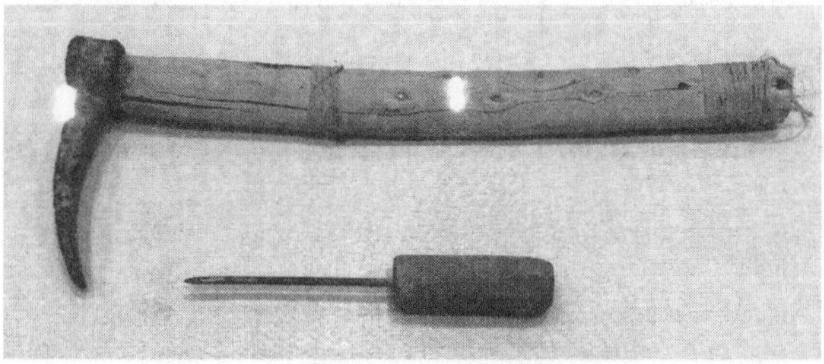

王继才夫妇生活困难时用来挖牡蛎吃的工具

在岛上升国旗的事，他们知道和咱们想到一起了，非常高兴。”曾参加过多次战争，经历过枪林弹雨的二舅还嘱咐王继才：“你守一天岛，就要升一天国旗，无论刮风还是下雨，就是下刀子、下子弹，你也要升旗！开山岛是你的阵地，旗在阵地在，你可记住喽！”

有一次，岛上断粮，王继才吃了生的海贝、海螺，一夜跑几趟厕所。第二天，他照样爬起来去升旗。看着丈夫一脸憔悴，王仕花说：“今天我一个人升就行了，岛上就咱俩，少敬一回礼没人看到。”“那怎么行？”王继才艰难地坐起来，穿好衣服，摇摇晃晃地向山顶走去。

迎风飘扬的五星红旗如一盏明灯，既照来路，也照归途。进出海的船路过开山岛，都会主动鸣笛，既是和夫妻俩打招呼，更是向国旗致敬。

升旗结束后，他们开始一天里的第一次巡岛。他们来到哨所观察室内，用望远镜扫视海面一圈，看有无过往的船只，观察岛上的自动风力测试仪等一些测量仪器是否正常运行……

同样的场景会在黄昏时分再次出现，不同的是这次是降旗，他们手里多了一个手电筒。

每天三次巡岛，观天象、护航标、写日记……这是在岛上每一天的生活。32 年的每一天，似乎都是同一天。他们就这样日复一日，年复一年，重复着相同的程序。

岛上风大，湿度大，太阳照射强烈，国旗很容易褪色、破损。在守岛的 32 年里，夫妻俩自己掏钱买了 200 多面国旗。国旗从开始的 6 元钱一面，到 1990 年的 10 元钱，再到 2017 年的 45 元钱，都是他们自费购买。后来，县武装部送上来一箱 50 面国旗。

竹旗杆经不起海风的强力侵袭，用不了多久。有一

32 年来，王继才自掏腰包购买了 200 多面国旗

次，旗杆又被海风摧毁了，这可急坏了夫妻俩。王继才说："五星红旗必须每天升起，这是我们的职责。"于是两人顾不上睡觉，连夜把旗杆修好，赶在日出之前，将旗杆归位。

记者手记

王继才指着海面上几处礁石上的灯塔，告诉记者："岛东边是砚台石，西边有大狮、小狮二礁和船山，这4盏灯每天都要看。"

升旗、巡岛、观天象、护航标、写日记……

一天的工作结束后，夫妻俩就要记录当天的守岛日记。

一摞摞的守岛日记被王仕花装在大麻袋里，拿出来，铺满了整个桌子。那是记者看过最动人的值班簿。

王继才曾说："守岛就是守家，国安才能家安。"岛再小，也是960万平方公里国土的一部分。国旗插在这儿，这儿就是中国。

和平年代，看似枯燥乏味的坚守，恰恰是对祖国的忠诚。岛虽然小，但它是共和国的东门。"我只要站在这里，共和国大公鸡版图就不缺胳膊不少腿。"

苦楝树在开山岛扎下了根

那个时候的开山岛，除了满地石块儿和几排破旧的房子之外，没水没电，植物都难以存活。但在这种情况下，夫妻俩还是决定在岛上继续开荒。对于庄稼汉出身的王继才来说，勤劳是他的“看家本领”。他一天也不闲着，尤其是妻子上岛后，更觉得有干劲。两人大多数时间是在平整土地，只要是向阳坡能站住一人的地方，他们就不辞劳苦地将山石铲平，再铺上土。他们开辟出来的这些地大大小小，形状各异。王继才看到这些土地就觉得有希望，有生机。王仕花是个有心人，上次上来，她就留意到这一块块的土地，那是丈夫一个人用汗水开垦出来的。她这次临行前就特意带来些容易生长的蔬菜种子。

已经是十月天了，他们只能先种上些白菜和小青菜。自埋下种子，就盼着发芽，他们知道岛上的土壤受海风侵蚀、海水浸润，土壤的性质早就改变了，无论如何也不能和陆地上的土壤相比。就是这些土壤，也是当年的守岛官兵从陆地上一点点捎上来的。后来，他们俩也像燕子衔泥般从岸上背回一袋袋泥土和肥料，在石头缝里种树种菜，不知道能不能孕育出小苗来。这种期盼竟然使荒岛上枯燥单调的生活多了些情趣。

王仕花在维护岛上的小树苗

很快就到了第二年春天。风是开山岛春天的象征，台风、强台风，不请自来，一场接一场的狂风，披头盖脸地掠过海面，冲向海岛把威风耍尽，就慢慢变得温柔了。风刮到了内地，就变成了和煦的春风。其实，平原大地上的春暖花开，是海风送去的，海岛却承受着巨大的打击。

岛上不能没有树，没有树就没有生机。王继才说："有树，就会有生机；有生机，就会有希望。"植树的决心从他们一上岛就下定了。

王继才从外面运上来 100 多棵树苗，栽种上了。两口子起早贪黑给小树苗浇水，满以为杨树好活，然而，可怜的小杨树苗抵挡不住海风的折磨，一棵都没存活。他们不死心，又种下 50 多棵槐树，也无一存活。岛上的淡水很宝贵，只能靠夏天的雨水流进地下蓄水池里以供使用，这些水要一直用到来年的雨季。生活上都不舍得浪费一点水，但是为了小树苗，王继才舍得，上上下下地担水浇树。王仕花见他没事就给小树浇水，就阻止他。因为从植物学的角度来说，应该是适量地浇灌有利于树苗生长。他却理解成妻子太小气，舍不得给小树浇水，搞得王仕花哭笑不得。

后来他们又栽种了一批，再后来，已经记不清栽种了多少批，栽种了多少种，栽种了多少次、多少棵树苗了。

植树是开山岛上的一件大事，他们每年春天都为种树犯难，这成了他们的心病。他们不怕吃苦受累，怕的是那一株株鲜活的小树苗长不好。他们精心栽种上，不辞辛劳地浇水，百般呵护。然而海风一吹，带来大量的盐分，再加上土层浅，土壤都变成了盐碱地，稚嫩的小树苗全部夭折，令他们十分伤心。

开山岛上的春天，是他俩和树的春殇。

王继才说，他就是不信，人能在岛上活下来，树怎么就活不下来！到了第三年，一斤多的苦楝树种子撒下去，长出一棵棵小苗，尽管最后只活下了一棵，但王继才喜极而泣。那是一棵苦楝树，也就是这棵苦楝树给他们带来了喜悦与希冀……

接下来，他们又栽种下 50 多棵松树，居然也活了 3 棵。

一年又一年，就在这种倔强的坚持下，王继才和妻子硬是在岩石间巴掌大的缝隙里，先后种活了 100 多棵树，使石头岛变成了绿岛。

记者手记

曾经的开山岛是个不毛之地，除了嶙峋的山石、陡峭的山坡，就只有一棵长在岩石缝隙中的苦楝树，那是岛上唯一的一抹绿。

王继才有个愿望，把荒岛变成绿洲。

岛上都是岩石，没有土，他就请渔民从陆地把泥土一袋袋往岛上运；海风大，树苗常常长出来一点儿就死了，他不灰心，不信这岛上种不活树！

如今，岛上最多的树就是“苦楝树”，这名字听起来“苦”，岛上的生活也苦，但日子却是越过越好的，小岛也越来越漂亮。所以，苦楝树结出的苦楝子，仔细品味，也有丝丝甜意了。

王仕花命悬开山岛，新公民在这里诞生

1987 年 7 月 8 日这天，王仕花感到肚子隐隐地疼，以为是着凉了，早早就捂着被子睡下了，开始她还没在意，心想离生产还有些天呢！当她睡到半夜，就给疼醒了，接着是一阵紧似一阵的疼，她也没敢吭声，咬牙挺到天亮，就有点挺不住了。王仕花才意识到这是要临产了，她又仔细推算了一下时间，天哪！她竟然算错了预产期，这惊得她出了一头冷汗，看来这孩子是准时报到了，她才不得不跟王继才说。王继才一听，顿时就蒙了，急得团团转，捶胸顿足。他这时候非常后悔，为什么就不坚持让妻子早些天下岛呢！

她万万没想到会在岛上生孩子，其实，王继才早就催她快点下岛去。可是，她放心不下王继才，迟迟不肯下岛，结果台风不期而至。外面狂风大作，茫茫大海，他们想要离岛，海面上却望不见一艘船。

这时已经是 7 月 9 日上午 8 点钟了，王仕花感觉到腰很酸痛，肚子开始往下坠，疼痛到了难以忍受的地步了。此时此刻，王仕花还比较镇静，忍着剧烈的疼痛，吩咐丈夫先烧一大锅开水，让他撕了些穿旧了的汗衫背心，然后放在开水里煮一下，再把剪刀也扔到锅里一起煮……

情急之中，王继才抓起手摇电话机给武装部打电话求救。谁都知道，这个时候了，怎么也不可能下岛生了，就是不刮台风也来不及了，只能在岛上生了。

得知燕尾港镇武装部长徐正友的妻子是医务工作者，王继才又接通了徐部长的电话，再连线部长妻子，这就又过了一个多小时了。王继才急得带着哭腔求救。徐部长妻子顾不得过多安抚王继才，大声说：“听我说！”王继才在徐部长妻子的指导下，当起了“接生婆”。

此时王仕花已经疼得大汗淋漓，汗珠、泪珠一起往下滚——

电话那一端大声喊着：“仕花！你听我的啊！先憋一口气！用力！使劲用力！”

“啊——”王仕花撕心裂肺地叫喊着，这喊声令王继才毛骨悚然。

王继才也跟着“呜——呜——”地喊叫起来！

电话那一边部长妻子也在喊着“用力”“用力”，接着问：“露头了吗？”

王继才惊喜地说：“露头了！露头了！”

“仕花，屏住呼吸！使劲！千万别松劲！使劲！使劲！使——”她就像在现场一样指导着产妇……

“啊——”随着王仕花又一声大叫，婴儿呱呱坠地。

徐部长妻子长长地舒了一口气后连忙喊道：“继才！继才！听我说！拿白酒倒在剪刀上消消毒，剪断脐带。”

王继才哆哆嗦嗦剪断脐带。

婴儿“哇——”的一声啼哭起来！哭声急促而响亮。

王继才听到儿子的第一声啼哭，一屁股坐在地上也哭了起来。

王仕花问：“男孩，女孩?”

王继才激动地说：“带把的——男孩!”

王继才简单地把孩子包扎好，本能地看了一眼时钟，已是中午 12 时 3 分了。

夫妻俩激动得泪流满面，王继才的大手笨拙地给妻子抹了一把眼泪，两人破涕为笑。

那一刻，是 1987 年 7 月 9 日中午 12 时 3 分。

王继才亲手剪断了儿子的脐带。为儿子接生，成为他后来最为得意的一件事。可是，在当时可真把他吓坏了。

王继才给儿子取名叫“志国”，他说：“‘志’字上面一个‘士’，下面一个‘心’，就是希望他当一名战士，心中有祖国，立志要报国！”

几年来，王继才、王仕花又遭遇到两次险情。有一天，王继才右腹部有些疼，开始没在意，后来越来越疼，再后来疼得他满床打滚，疼得他脸都绿了。其实，那是因胆囊管破裂引起的。因胆汁渗出，眼睛和皮肤先是发黄，慢慢地脸色会变成黑绿色。岛上没镜子，他自己也没在意。后来，节假日上岛打鱼的渔民看到王继才脸色不对，劝他下岛，到医院去看看。医院检查结果出来，王继才才知道胆囊管破裂了，这差一点就把他推进“鬼门关”。

还有一次是王仕花得了阑尾炎。她生病了自己也不在意，每天弯着腰，捂着肚子干活。她想：能忍就忍了，忍一忍也就过去了，下岛看一次病实在太麻烦。后来疼得实在受不了了，王继才和王仕花才搭过路的船，到了医院。医生说：“再晚来就没命了。”他们自己也后怕：如果赶上台风或休渔期，后果不堪设想。

从此以后，他们就自备一个小药箱，里面都是些常用药。为自己，也为过往的渔民兄弟，有备无患，至少能争取一些去医院的时间。

薪火相传待后生

在开山岛上出生的王志国，大海的涛声是他的摇篮曲，海风伴着他一天天长大。王志国 5 岁时，王仕花准备教他识字并按小学一年级教学方案给儿子上课。可是，小志国的小脑袋瓜里没有上学的概念。

王仕花想给儿子营造良好的学习氛围，便向王继才提议：“我们为儿子办个学校吧！”王继才立刻同意道：“好！你当老师，我当校长。”

于是他们就打扫出一间营房当教室。王仕花在门口墙上用粉笔写上几个美术字——“开山岛小学”，王继才用旧桌子改做了一个小课桌，在墙上挂上一块小黑板。每天上午两节课，时间是在升旗、巡岛之后。

王仕花像过去在鲁河乡小学给学生上课一样给儿子王志国上课。上课时，妈妈就成了王老师，王志国就是王志国同学了。刚开始王仕花主要是在给王志国立规矩，培养孩子良好的学习习惯。王仕花要求他：老师上课时不许随便说话，有事要举手报告老师批准。开学第一天，他们还举行了开学典礼。

王仕花老师是一对一的教学，更是开放式的教学，在教学方式上很灵活，语文、算数按教学大纲教课。小志国毕竟才 5 岁多一点，限于开山岛的地理环境，她结合实际情况，让小志国了解海洋知识，带他去钓鱼；又带他去观鸟，带他去看云。王仕花竭尽全力传授给这个小小学生更多的知识，开阔他的眼界。经过母亲精心教育的王志国与同龄孩子相比，他掌握的知识更为丰富。王仕花的努力没有白费。

儿子王志国下岛上学前和他的妹妹王帆留影

王志国刚刚学会走路就和爸爸妈妈一起去升旗。可是当时的旗杆是立在哨所顶上的，岛上风大，往高处走很不安全。王继才决定在营房右前方向阳的一座崖头上立一个旗杆，这个位置是开山岛正中间，得天独厚。

自从旗杆立在离营房不远处，王志国每天都参加升旗仪式，他还要求当一次升旗手。

王志国升旗的那一天，天还没亮，就起床了，不像平常，还得妈妈叫醒才起床。

在那天的升旗仪式中，王志国十分认真地朗读了一遍《我爱北京天安门》，这是他自己安排的一个环节。妈妈问他："为什么这样做?"他说："我要像北京天安门广场的旗手那样每天升国旗。"然后，他迈着正步走近旗杆，将国旗系在绳子上，眼看着国旗徐徐升起，他扬起胳膊把国旗展开。一连串的动作做得准确到位，堪称完美，对于一个7岁大的孩子来说，真是难能可贵。王继才和王仕花看着儿子一连串的动作，激动得热泪盈眶。

三个人向国旗敬礼，高唱国歌。

升旗仪式结束后，王继才激动地说："咱们后继有人啦!"

王志国在"开山岛小学"学习了2年，他已经7岁了。为了能让他有一个良好的学习环境和一个能与外界接触沟通的生活环境，王继才夫妻俩决定让王志国下岛到燕尾港镇小学读书。岛上长期只有他们一家人，志国习惯了这样的生活，因此下了岛他怕见生人，胆小怯懦，对新环境有些不习惯，但他在学习方面却适应得不错。一开始王志国上课精神总是不集中，老师询问他："你怎么了?"他说："这些我都学过了，是老师妈妈教的。"老师感到很诧异。

长大成人后的王志国非常感谢当过自己老师的母亲，是她帮他打下扎实的基础，让他受用一辈子。

开山岛传播爱的呼唤

风暴与台风不是一回事，中央电视台每天的《新闻联播》播出后，接下来是《天气预报》节目，其中就有海洋天气预报，我们经常会听到类似这样的海洋气象报告："一股强热带风暴从菲律宾以东的海面生成，以每小时一百海里的速度，进入我国南海海面，继续向东北移动，进入黄海海面……"

海洋风暴常常以迅雷不及掩耳之势猛然袭来，瞬间乌云翻滚，天昏地暗，有时还裹挟着不知从什么地方卷起的屋顶、苫布、芦席，呼啸着在天上飞舞，大海在风暴的袭击下掀起了滔天巨浪，疯狂地砸向小岛。风暴的强势似乎是要摧毁一切。

风暴常常连续刮十几天。有一次，王继才夫妇俩被困在屋里，燕尾港 300 多艘渔船出不了海，供给跟不上了，他们只能干着急。一般情况下，粮食和煤都有足够的储备，可是偏巧就在煤只够用十天半月的时候风暴猛然来袭，而且这狂风一刮就是十几天。

煤无论怎么省着烧，终究还是用完了，没有煤就做不了饭，烧不成开水。他们用的淡水是雨水，必须烧开来喝，最后这些天，他们只能用雨水泡米吃了。

煤用完了，王继才的香烟也都抽完了，岛上的烟火都没了。没了烟火，孤岛就没了生气。王继才自打上岛就学会了抽烟，由于开始就吸入量大，起点高，后来就减不下来了，平均一天得抽两三包烟，香烟成了他逢船必带、不可或缺的“精神食粮”。没烟抽的王继才就没了精神，甚至坐立不安。后来王仕花在墙角发现一个烟头，如获至宝。王继才拿到先是使劲闻了闻，然后就和干菜叶子混合在一起卷成烟卷，贪婪地大吸一口。于是，他们就从犄角旮旯里到处找烟头，这令人不由得想起“宁舍二亩地，不舍好烟屁”的话。

岛上的台风、风暴，王继才和王仕花早就习以为常了，但有时难免估计不足，会被风暴给打击一下。就他们两个人时，他们可以不在乎，任凭狂风大作，他们会计划、安排好生活。大不了就像几年前遭遇那场风暴那样，那时不也挺过来了吗?

可这次的风暴，刮了十几天，尽管每天的粥里只有稀稀拉拉几粒米，但粮食还是很快吃完了。那段时间，孩子们天天拉着王仕花的手喊饿，她一点办法也没有。真是应了那句话：叫天天不应，喊地地不灵！王仕花只任泪水在眼眶里打转。

一声不吭的王继才卷起裤脚，顶着狂风，在落潮的海水里捡海螺。几个小时后，王继才回来了，他叫着孩子们的名字，却怎么喊也没人答应。原来，孩子太饿了，晕过去了。那天，王继才一夜无眠，在海边一直捞到天亮。

风好不容易停了下来。这几天来，王继才的好友金华平[①]一直惦记着岛上的这一家子。半个多月前，他好像听王仕花说过“煤还有呢！够用半个月的，不急”。金华平心里想：这都半个多月了，等风小一点儿了，就先往船上装上两口袋煤。金华平是第一个出海的，上岛一看，眼泪就下来了：夫妻俩已吃了好几天生米，饿得连话都说不出来。金华平说：“都说渔民日子苦，可你们比我还苦上十倍百倍!”

再说王继才夫妇自从上岛后，就和渔民相处得非常好。岛上需要的生活物品、与家里的联络、往返陆地海岛，都是靠渔民兄弟帮忙。王继才夫妻两人也从不亏待这帮渔民兄弟。纯朴的渔民，给开山岛上夫妻俩的生活增添了暖色。王继才本分厚道，王仕花热情开朗，在这片海域的渔民都得到过他俩的帮助。

秋天是收获的季节，开山岛也不例外，若干块巴掌大的菜地收成逐年递增，夫妻俩有了丰收的喜悦。这个

---

① 金华平是燕尾港众多渔民之中与王继才夫妻俩走得最近的一个。

时节会有亲友来岛上探望他们，渔民兄弟们也会给他们送来刚打捞上来的海鲜。

俗话说，靠山吃山，靠海吃海。刚上岛时，周围作业的渔民兄弟给他们送上了一篓篓的鱼虾和螃蟹。后来，王继才也跟渔民学会了钓鱼，还用小网箱做成蟹笼来捉螃蟹，冬天还可以捕捉到大螃蟹。

王继才捕捉鱼虾的技术越来越娴熟，收成也越来越好。刚捕上来的鱼虾，趁新鲜拿到镇上去卖，换些零钱贴补日常开销；吃不了的，就晾成鱼干。到了秋冬时节，王继才夫妇就开始大量制作鱼干和各种海产品了。做好了码放整齐，等着机会卖出去，既可以增加他们的经济收入，又给岛上单调寂寞的生活增添了一些情趣。王继才在岛上把副业搞得有声有色，也从真正意义上，贯彻执行了中央军委“以劳养武”的指示精神。1993

王继才夫妇
学习国防知识

年，开山岛民兵哨所被国防部嘉奖，并被评为“以劳养武先进单位”，还被江苏省军区授予“一类民兵哨所”光荣称号。

开山岛在1995年之前没有灯塔，岛的东边是砚台石，西边有大狮、小狮二礁和船山，有4盏灯照着四面八方来岛的船。只要海上起大雾，王继才就拿起脸盆站在崖上使劲地敲，循着咣咣的响声，渔民就能辨得出船的航行方位。“那是救命的声音！”“晚上出海时，王继才还会亮起信号灯，给过往船只照亮，让我们看清航道。”渔民陈玉兵说。

有一年刮台风，一艘山东的渔船触礁，4名船员落水。王继才夫妇听到呼救声，冒着被狂风巨浪卷走的危险，赶到出事现场，向他们抛出缆绳，把他们拉了上来，安顿他们在岛上食宿，直到台风过去。4个山东渔民兄弟对王继才夫妇的救命之恩感激不尽。后来，他们出海，只要是到开山岛附近作业，都会绕道上岛来看望救命恩人。

每逢农闲时节，靠海的几个县的老乡就会结伴到附近的海岛捞虾、晒虾皮。开山岛离陆地最近，又有人值守，这里还有空房子遮风避雨，所以附近的村民都愿意上开山岛来。王继才夫妻俩都会尽量给予他们方便。1996年夏天，有10个妇女结伴来到开山岛捡虾皮，她们住在第三层营房。一天中午饭后，一个19岁的小姑娘肚子剧痛。住在一层的王继才知道了，以为是普通的肚子疼，就从备用药箱里找药给她吃。不过药不管用，小姑娘的疼痛一点儿都没减轻，她还是疼得在地上直打滚，双脚后跟在水泥地上不停地磨，血淋淋的，话也说不出，疼得就只会哭了。

王继才一边照看小姑娘，一边联系渔船，在营房上下之间来回跑。小姑娘病情未见好转，他急得团团转，又给县武装部、海警打电话求救。时间一分一秒地过去了，王继才忙得大汗淋漓。后来，好不容易找来一条小船，王继才抱起小姑娘就往码头跑。小姑娘疼得乱抓乱踹。小船在大海中摇摇晃晃十分不稳，王继才怕有危险，紧紧抱着小姑娘，他的胳膊都被小姑娘抓破了。

王继才也顾不得什么危险不危险了，救人要紧。幸好，那天海上还算风平浪静。到了燕尾港镇，王继才顾不得向船主致谢，抱起小姑娘就往燕尾港镇卫生院跑。王继才一边跑，一边大声呼喊："大夫——大夫——快救人哪！快救人！"王继才把小姑娘放在病床上时，她已经疼晕过去了。

医生诊断，小姑娘患的是急性阑尾炎，已经穿孔了。医生都来不及打麻药，就给小姑娘做了手术。医生说："再晚来 10 分钟，小姑娘就没命了。"

王继才垫交了医疗费，联系了姑娘的家人，做完这一切，他才连忙赶回开山岛。

小姑娘得救了。

光阴荏苒，一晃 20 多年过去了。曾经的小姑娘现在已经是两个孩子的母亲，她名叫潘弗荣，还开了一家建筑装潢设计公司。2017 年 11 月 25 日，承接政府关于开山岛党建设施设计项目的潘弗荣，打通了项目留下的一位联系人的电话，不料话筒那头传来似曾相识的声音。确认是王继才王大哥后，她感动不已。潘弗荣 12 月 1 日上岛看望王继才一家。“见面后抱着王大哥哭了，”她说，“王大哥是我的再生父母，给了我第二次生命。”

渔船经过小岛时，渔民也总习惯到岛上看看。当看到他俩摇着红旗，渔民便知道是他们粮食或生活用品用完了。于是，渔民就会帮他们带些过来。一位姓温的船老大说：“凡是在开山岛附近作业的船家，哪个没得到过这两口子的帮助？”

“王继才！王继才！”一天午饭后，王继才巡逻到开山岛的瞭望塔时，突然听到急切的呼叫声，于是迅速往山脚下跑。一条渔船正在向码头靠近，船老大焦急地说：“孩子肚子疼得厉害！”王继才迅速抱来一个小木箱，里面有常用药 30 多种，全是王继才、王仕花夫妇自掏腰包买的，为自己，也为别人。

一次，渔民黄小国路过开山岛时发动机没了油，于是把小艇靠向码头，在烈日高温下用桶加油，不慎引起大火，小艇随时都有爆炸的危险。王继才见状立刻抱来自家的两床被子，往海水里一滚，盖在发动机上把火扑灭，救了人，保住了艇。

对王继才夫妇来说，虽然岛上只有他们两个人生活，但渔民和他们亲如一家，他们感觉没那么寂寞了。他们说："这么多年来，有这么多好心人帮助我们，才使我们在孤岛上不孤单！"他们也用善良和纯朴，温暖了这片海，温暖了渔民兄弟的心。

记者手记

王继才也是有血有肉的平凡人，他一生的爱恨情仇都洒在了这片方寸小岛上。爱的是谁？恨的是谁？

王继才常说"在海上，大家都不容易"，自己能帮多少是多少。朋友来了有好酒，若是那豺狼来了，迎接它的有猎枪。

开山岛不是世外桃源，更不是“避风港”

改革开放初期，国门打开了，走私行为在当时的环境下滋生，沿海就成了那些走私分子眼中的第一块跳板。开山岛位置独特，是离码头最近的岛，虽然不大，但岛上有很多当年部队修建的战备地下工事，因此这里成为一些不法分子向往的“避风港”。各色人等打着改革开放的旗号而来，有想开发开山岛的，有想把开山岛

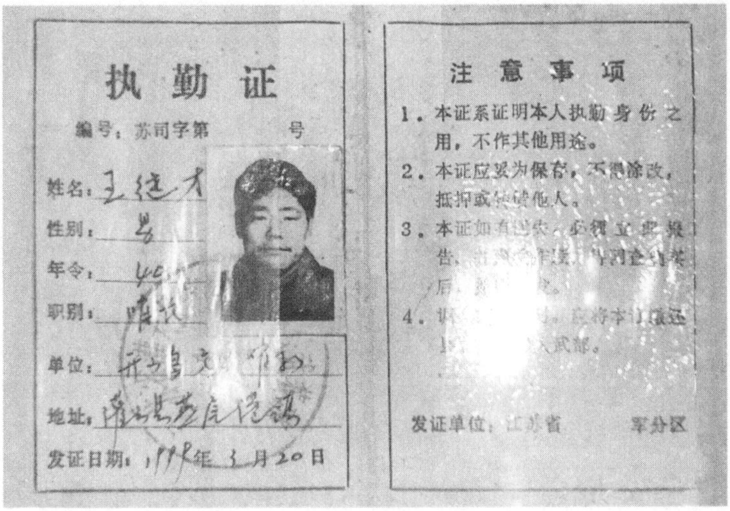
执勤证

编号：苏司字第 号

姓名：王继才

性别：男

年令：

职别：

单位：

地址：

发证日期：年3月20日

注意事项

1．本证系证明本人执勤身份之用，不作其他用途。

2．本证应妥为保存，不得涂改，抵押或转借他人。

3．本证如有遗失，必须立即报告

4．

发证单位：江苏省 军分区

王继才的执勤证

建成“世外桃源”的。

有一年夏天，快中午了，一艘渔船停靠在开山岛小码头。这个时候，一般的渔船早就经过开山岛驶向深海区作业去了。船头站着一个戴蛤蟆镜、穿着时髦的年轻人，不等船停稳就急急地跳了下来，老远就热情地向王继才打招呼，就像见了多年没见面的亲娘舅。

王继才愣住了，问道：“你是谁呀？”

“不认识我了？叔！”年轻人说着摘下蛤蟆镜。

王继才似乎觉得挺眼熟，可是一时又想不起在哪儿见过。

年轻人忙套近乎说：“是我，前村的，王龙生的儿子。”说着他掏出香烟，忙递上，“噗”的一声，点着打火机，给王继才点燃了香烟。

王继才看了一眼烟盒，心想：“这就是传说的骆驼牌香烟，美国货？”

“呵，是你小子！你找我？有事？”

“叔，这岛是你的地盘！”

王继才两眼立刻凌厉起来，义正词严地说：“开山岛是国家的地盘！”

那年轻人还是一味地奉承道：“听说这岛归你管，你就是一岛之主！”说着弯下腰打开一个箱子，拿出几条烟递给王继才，“拿着，孝敬你的。”

“无功不受禄，呵！这可都是名烟。”

“那当然，不是名烟倒腾它干啥呢?!”船老大和小伙计把十几个大纸箱子卸下来，码放在岸边。

王继才明白了，他这是想把开山岛当成他走私的中转站哪!

“叔，这几箱烟先放在你这里，过两天就有人来取。”

“你就给我这几条烟，让我帮你干那么大的事?”

那人嬉皮笑脸地说：“叔，这不是头一回嘛！我也刚刚干，事成少不了你的。今后，咱叔侄配合，生意就能做大了，我保你这辈子不缺钱花。”

“行！都放下吧！一会儿，我给边防派出所打个电话，让他们先取走！你再接着运!”王继才调侃着说出了真话。

“你——你什么意思啊！叔!”

“什么意思你都不懂！你个傻小子！你这叫走私，这叫犯法！我是看在你爸的面子，谁叫我和他一起出过工，和他一根扁担抬过筐、一根绳子打过夯、一块儿睡过大通铺呢！你就赶紧走！把你这货哪儿来的送哪儿去！赶快处理掉，干点什么不好！非干这违法乱纪的勾当!”

年轻人一听，这分明没戏啊！连忙吩咐船工赶紧装船。那两个船工很诧异：“这——?”

“少废话！钱少不了你的!”

装好了船，那年轻人仍然不死心，觍着脸说：“叔！不然你再想想，干这个的人多了！这年头撑死胆大的，饿死胆小的！”

“滚——”

自80年代末以来，偷渡者就逐渐往东海、黄海海域转移。随着改革开放的大潮，开山岛变得不那么鲜为人知了，成了偷渡组织者“蛇头”眼中的“挪亚方舟”。

1996年夏天的一个早晨，东边的天刚刚露出鱼肚白，潮水还没退，一艘货运驳船便停靠在开山岛的码头。一个留着小胡子的年轻人走出驾驶室，朝岛上望了望，然后掀开盖在舱盖上的帆布，打开了舱盖。从舱里一个接一个爬上来一些人，有男有女，一个个神情疲惫，两眼充满了惶恐与不安。可能是在船舱里憋闷得太久了，他们一个个刚爬上来，就都贪婪地大口大口呼吸着新鲜空气。

王继才没有说话，默默地一个一个地数着数儿。好家伙！不知道下边还有没有人了，上来的是49个人。

王继才迎了上去，小胡子有些紧张，不由自主地后退了两步，定了一下神，又疾步迎上前来，笑着和王继才打招呼：“王大哥！”

看来这些“蛇头”是有备而来，事先都做了功课，他们对开山岛并不陌生，知道在早潮未退时才能靠近开山岛，还知道他姓王。

王继才一脸严肃地说：“这里是海防重地，你们是干什么的?”

小胡子和同伙使了个眼神，只见那人把一个编织袋“扑通”一声扔在王继才脚下，王继才看都不看一眼，两眼仍然一动不动地死盯着小胡子。

“我们是做生意的，在王大哥这儿歇一歇，顺便也想和王大哥谈谈生意。”

王继才笑了，他说：“哈！跟我谈生意？那你可找错人了！我祖祖辈辈都是庄稼人!”

“我不跟你绕弯弯，你都看到了，”小胡子有些急躁，指了指这群人，“你只要让他们在岛上休息休息，晚上我就来接走。生意就算做成了，就这么简单。”小胡子又提了提地上的编织袋说道：“喏，这是 10 万元。”

王继才踢了一脚编织袋，轻蔑地说：“就这一点儿钱，还想……”

小胡子着急了：“这还少啊！你一个月挣几个钱？一年挣几个钱?！不就是行个方便嘛！举手之劳!”

王继才说：“这个方便我给不了你，你该知道我是什么人了吧!”

王继才看着那么多钞票继续说：“是啊！我是挣不了几个钱，第一次看到这么多钞票。我一辈子可能都挣

王继才夫妇严守开山岛，时刻戒备

不了这么多钱，但只要我在，你们休想从这里偷渡！”

小胡子恼羞成怒，几个壮汉把王继才团团围住，就要动手打人。

王继才说：“你们可别动粗，我不是吓唬你们！我可是国家派来守岛的，敢动手打我，对你们可没好处！你们一上来，边防派出所就知道了。他们正在往这边赶，快到了。一会儿退潮了，你们就是想走也走不了了。”

小胡子一听，慌忙指挥道：“都上船，快！都上船！”他恶狠狠地瞪着王继才，抓起编织袋慌慌张张地爬上船，逃离了开山岛。

王继才转身回到办公室，首先向边防派出所报告，随即又给县武装部打了电话报告。

偷渡者没走多远就被武警边防支队的快艇给堵截在海上。

1999年，有一个姓孙的老板看中了开山岛，打着开发旅游项目的旗号，想在岛上办娱乐场所。

王继才迅速向上级报告。那老板明知道报告给上级，肯定办不成了，却又不死心，就威胁王继才说："你30多岁了，死了也就死了，可你儿子才……那可就太可惜！"

当时，王继才听到"儿子"两个字，心里真是咯噔一下。但是王继才毫无惧色，说："少来这一套，我明白地告诉你，我是为国家守岛，如果我家人出事了，你休想逃脱！"

见硬的不行，孙某又赔着笑脸掏出一沓钱来说道："只要你以后不向什么上级报告，赚了钱咱俩平分。"

王继才推开他，说道："不干净的钱，我不要！违法的事，我坚决不干！"

孙某见王继才软硬不吃，又想出一个恶心人的脏法子。一天，趁王仕花下岛回家的时候，孙某指使一个穿得十分暴露的年轻女子，往王继才的值班室走，女子一进门就脱得精光，想用美色引诱他，后面还有人偷偷拿着摄像机摄像。王继才一把将她推出去，连忙关上门，气愤地骂道："混账东西，给我滚！"孙某恼羞成怒，带

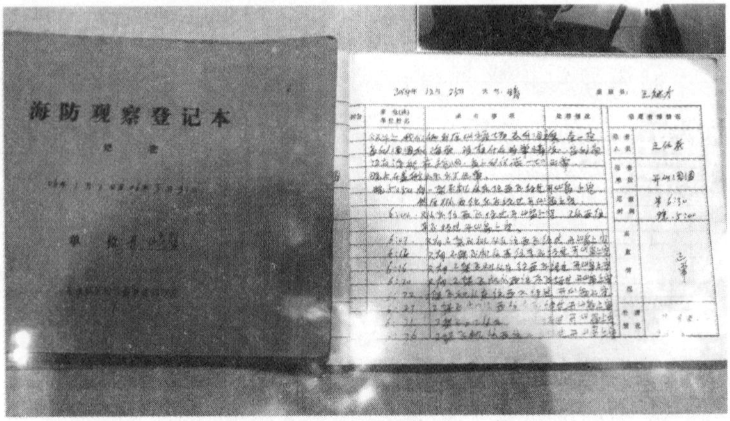

王继才夫妇使用过的海防观察登记本

人强行把王继才拖到码头狠狠地打了一顿。

一回头，王继才看到的是哨所值班室燃起的熊熊大火。值班室里，多年积攒的文件资料、观察记录瞬间化为了灰烬。[①]他的心都碎了。

当地公安机关和武装部门得知情况后，立即组织警力赶到开山岛，最终将不法分子绳之以法。

时间久了，“挡人财路”的夫妻俩就成了不法分子的眼中钉、肉中刺，险情时有发生。但夫妻俩从没有退缩过，他们先后向上级报告了 9 起涉嫌走私、偷越国(边)境等违法案件，其中 6 起成功破获，维护了国家的边境安全和管理秩序，也为国家挽回了重大经济损失。

① 1999 年之前共 10 多年的观察日记，堆起来有一个人那么高，被孙某一把火烧了。开山岛只有 1999 年之后的海防巡查记录。

2007年的一天，王继才下岛去办事，刚走出燕尾港，只见一个人径直向他走来，步子很快，王继才还以为是熟人，笑脸迎着。可那人并不看他，也不躲闪开。王继才仔细看了看，并不是熟人。可是，他又觉得似乎在哪儿见过，于是放慢了脚步给他让路。此人非但不过去，还朝着王继才就冲上来了。就在这一瞬间，王继才猛然想起来了："这不是那年想在岛上开高级娱乐场所的孙老板吗？就是他！"此人曾在开山岛上对王继才大打出手，还恣意纵火烧毁了10多年的守岛日记和重要资料。王继才后来得知，孙某是淮安人，有钱有势，被公安局抓捕后判了10年有期徒刑。不难判断，此人这是出狱了，是来寻仇的。孙某在燕尾港一定是守候多日了，今天终于等到了王继才下岛来。

报仇的时刻到了，孙某显得有些激动，还有些迫不及待，脸涨得通红，像一头发疯的野兽般扑上来，疯狂地对王继才拳打脚踢。王继才奋勇还击，两人厮打在一处。王继才大声呼喊："抓坏人哪！抓坏人！"突然，孙某从腰间抽出一截硬邦邦的短棍，劈头打过来。王继才一躲闪，那棍子狠狠地落在他的肩膀上。王继才身子晃了晃，险些栽倒。

码头上的人熙熙攘攘，大家听到呼喊声，再仔细一看，是王继才被打，在呼喊，于是纷纷涌上来。那歹徒趁乱慌忙逃窜。看王继才伤得不轻，大家都争着送他去医院。王继才坚决不肯去医院，他自己清楚，今天出来身上没带多少钱，他怕给别人添麻烦。王继才挣扎着先到港口派出所报了案，然后让一个与自己比较熟悉的渔民兄弟把他送回了家。他又嘱咐渔民兄弟，不要告诉王仕花他被打了。

记者手记

回想起当年的一幕幕，王继才憨笑着说："其实他们威胁我，我一点儿都不害怕。他们做的事是违法的，肯定会被抓。"

和平年代了，这座小岛为何非守不可？

有人说，和平年代，没有再守岛的必要。王继才经历的一个个爱与恨的故事告诉我们：不守岛，就无法进行天象观测和海上救援；不守岛，不法分子就会虎视眈眈，肆意妄为，黄赌毒就会趁虚而入。但是，不法分子的利诱和威逼没有俘虏王继才。孤岛虽然寂寞，却因为能够帮助到别人，而多了缕缕暖意。

可是要知道，一天的坚守或许不难，一年的坚守已不易，数十年如一日的坚守才称得上弥足珍贵。到底是一种什么样的力量，让一个人把一生中最美好的年华都奉献在这样一座孤岛上？

老王好几次和我讲过当初他受命上岛，其间如何受尽煎熬，后来又如何留下来，几经思想挣扎，直到最后决定一生守下去的心路历程。他说自己一开始只是想完成任务；后来想坚持坚持，盼着有人来替换他；再后来，才决定要守一辈子。

“知善知恶是良知，为善去恶是格物”，如王继才一样，对真善美的追求是人的本性和本能。因爱人而互爱，生命才有了温度；是非明、方向清、路子正，敢于与恶行斗争，社会才有了向上的能量。也唯有如此，我们才能真正成为精神富足的人，才能共建我们的精神家园。

外面的世界很精彩，挡不住的诱惑

20 世纪 90 年代初，改革开放的春风吹遍了大江南北。脱贫致富是人们的奋斗目标，经商是奔小康的捷径。那个年代仿佛所有人都在谈论下海经商，都在盘算着做生意。人们不再满足于“万元户”头衔的荣耀，而是不断追求更多的财富，到处是躁动不安和忙碌的身影，仿佛一夜间全民都经商了。

不经意间，村里的张某某就成了张老板了；李家的老二出去三年不到，家里就拆平房盖小楼了。村里很多人盖起了小楼，就连王继才的大姐，都去上海跑运输了。

那一年王继才的大姐上了开山岛，大姐是第一个上岛来看望他们的家里人。大姐的到来，使王继才感到温暖、激动。两口子非常高兴，带大姐在岛上到处转。他们先是上了观察哨瞭望大海，随后，又参观了一块块分布在岛上各处的巴掌菜地。王仕花说还想再多养几只鸡，每天能捡七八个鸡蛋呢！大姐看了都不住地点头称赞。

到了晚上大姐才把这次的来意和盘托出，她是来劝说弟弟、弟妹和她一起去上海搞运输的。

大姐说："我这次是专程来找你们跟我去上海搞运输的。我已经在上海站住了脚。搞运输不需要多高的文化，还来钱快！现在生意非常好做，忙都忙不过来。你们也过去，我们一起干，趁年轻干上几年，保你也是个大老板。"

王继才一支接一支地抽烟，低头不语，光听大姐一人说。

"离开这吧！看你们在这都待傻了，外面的世界大着呢！在上海可长见识啦！"

早在半年前，有人也说过同样的话。上海测绘大队在开山岛周边海域搞测量，王继才给他们提供了许多方便。有个姓江的队长上岛来对王继才夫妇表示感谢。后来，江队长时常上岛和王继才聊天，有时还喝点小酒。他觉得王继才是个厚道人，一来二去两人就成了朋友。

他们完成测绘任务的前一天，江队长特意上岛来和王继才道别。江队长拉着王继才的手说："继才，你是个好人，踏实肯干，干什么都差不了，有没有想过换个工作？"

"换个工作？怎么换？"王继才问道。

“离开开山岛！到上海来，我给你找个合适的工作。收入虽说不是很高，但肯定比你现在要高得多，主要是生活条件会有很大的改善，你考虑考虑。”

王继才一时不知说什么好了，“我还真没想过。”

江队长说：“我当过兵，是测绘兵，常年在野外作业，我知道没人跟你交流是啥滋味。直到转业了，在上海安了家，我才算稳定下来。人往高处走，不为自己想，也要为孩子们想想，得给他们一个安稳的家呀！上海正在大开发，有机遇，别错过。想好了，就来找我。”

王继才深受感动，紧紧握着江队长的手说道：“谢谢！谢谢！我考虑，我会考虑！”

王继才考虑再三，觉得还是不能去。上海虽好，但那儿不是他王继才安身立命的地方。更主要的是，他怕给江队长添麻烦，越是好朋友，就越不能给他添麻烦。这份情谊，他深深地珍藏在心底里。

今天，大姐又提出让他去上海发展。大姐说了那么多话，有几句他是真的听进耳朵里，直接坠到心底，心里沉甸甸的。上海好赚钱，是啊！当年，为了建房子，他曾经向大姐借过钱。如今他上有老下有小，他太需要钱了。可是，他和妻子两个人一年的收入才 3000 多元钱。他动心了，向大姐借的钱至今未还，她却只字不提。就凭这姐弟情分，他也该帮帮大姐，帮大姐也是帮自己呀！

王继才一支接一支地吸烟，地上一片白花花的烟灰。大姐说了一会儿，就想听听弟弟的态度。可是每当说到关键的地方，王继才就是一阵咳嗽——不失时机的咳嗽，大约是烟抽多了，抑或是用咳嗽掩饰难以抉择的尴尬。

王继才并非冥顽不灵的“一根筋”，虽然远离突飞猛进、日新月异的改革开放前沿阵地，但半导体收音机里每天都传送着改革开放大潮推动下的大变革，过往船只，也会带给他各式各样的新鲜事。过去熟识的人大多数都选择了做生意，变得忙碌起来。人们削尖了脑袋寻找发大财的生意，一切都向“钱”看，然而能赚到大钱的总归是少数。对于这一点，王继才有自知之明：他不是个能做生意的材料。如果让他去打工，他不是没想过，出去干几年多挣点钱，远了去广州、深圳；近了到上海、温州……从十几年前开始，苏南苏北乡镇企业如雨后春笋，近几年民营企业也都干得风生水起，这些都对王继才有很强大的吸引力和冲击力。王继才曾经去乡镇企业打过工，三班倒工作，干的是熟练工种，没有什么技术含量，每天都是机械地重复劳作。那时他还年轻，后来就回来和王仕花恋爱结婚了。

要说和大姐去上海，比不了从前一个人的时候，可以说走就走。现在他已经拖家带口的了，一家人都去上海势必会增加大姐的负担，如今他一个人是很难跨出这一步了。但这或许只是原因之一，更深层次的原因王继才还没真正地意识到：他不知不觉在开山岛经历了一场场狂风暴雨、一道道惊涛骇浪，走过了一年年冬去春来、一个个朝霞满天的日子，他已离不开这里。他——王继才，披着晨曦，风雨无阻。手擎着鲜艳的五星红旗庄严升起的每个瞬间，都让他有一种责任感、使命感、自豪感，他由此而对这里产生了深深的眷恋。

王继才对开山岛有了深深的眷恋

王继才已经适应了岛上的生活，岛上的一草一木、一土一石都刻在脑子里。在岛上，他可以闭上眼睛走遍每一个角落，他可以从容地面对强台风。他喜欢岛上的清静，喜欢看窗外的大海。他离不开亲手栽种的苦楝树和无花果树，每一块菜地的收获都会给他带来喜悦。开山岛已经成了他的精神家园。

王继才没忘记，他是带着使命来的；更是

因为被信任，他才能受王政委的嘱托来守岛，“全县人民看着你呢！全国人民都看着你呢！你是国家派来守岛的人，全中国就你王继才一个人为国家守住一个岛”。王继才突然感到很自豪，过去还真没这么仔细想过……

到了王继才非表态不可的时候了，他倒显得十分淡定。“大姐，我还是想留在这儿。我离不开这儿，这里没我不行，真的不行!”

大姐被他这几句没说出任何理由的话惊呆了，“我说什么来着，我说什么来着！就是在这儿待傻了！彻底傻掉了!”

王继才从容淡定的答复也把王仕花给惊到了。王仕花被大姐说得心动了，但是，她不能表态，她得听继才的。她想到的是，继才不可能马上就和大姐走，但是，一定会去给大姐帮这个忙。去上海投奔的是自己大姐，不吃亏！一想到上海的繁华，她还有些小激动，上海是她过去想都不敢想的地方，她想抓住这个机会。但是继才的态度，她有些不理解了。不该啊！于情于理他都不该拒绝大姐。但是她也知道，以继才的性格，一旦决定了的事，就绝不含糊。自从上岛以来，许多事王继才都听她的，大事小事都由着她。她知道，这是丈夫对她的爱，其中当然也包含着对她陪他上岛一起吃苦的歉意。但这件事，王继才做了决定，王仕花只好选择服从。

大姐虽然很失望，但是，还是不肯放弃。她说：

“你们好好想想吧！想通了就给我写信。”

大姐走了，小岛又恢复了往日的平静，可是王继才和王仕花的心里都不平静了。王继才独自一人喝着闷酒，王仕花从下午到晚上没说一句话。大姐的到来，让夫妇俩平静的生活激起了层层涟漪。

王继才十分感激大姐。大姐让他们去上海，不仅仅是让他们去帮她什么忙，其实是在帮他们，帮他们脱离这艰苦的环境，去上海长见识。是啊！大姐过去就是个农村妇女，现如今，无论是穿着、举止、言谈，还是思维方式，都和过去完全不一样了。由此可见，环境是多么能改变一个人哪！王继才想：我真的像大姐说的那样傻了吗？我不走了，在这里守着孤独，守着寂寞，守着清贫，在这开山岛要守多久？王继才还真好好地考虑了很久……考虑归考虑，夫妇俩还是继续重复着昨天的日子。

为国尽大义，弃家忍己欲

王继才夫妻俩要是碰上有事非得下岛回岸上，也从来都是留下一个。后来，有记者问王仕花："老王不在，你一个人待在岛上怕吗?"

"习惯了，一开始来岛上的时候害怕。"

王继才在一旁插嘴道："一开始，她睡觉都躲在我里边。"

王仕花笑了，她说道："后来我就不怕了，你们看这儿是岛，我们看这儿就是自己家，在自己家哪会怕。现在对我们来说，家就是岛，岛就是国。"

孩子是父母的心肝宝贝儿，女儿是娘的心头肉。刚上岛时王仕花实在太想女儿了，儿子一岁多时，王仕花也把女儿接到了岛上。孩子们在岛上注定是要吃苦的，这一点夫妻俩都明白。可是为了下面这些原因，还是决定把孩子接上岛来：一是两个孩子有个伴；二是这样能减轻婆婆的负担；三是一家四口可以团聚，免去了分离惦念之苦。

要说难，那个时候可真难。二十世纪八九十年代，改革开放前十年，人们还都懵懵懂懂摸着石头，还没过河呢！物资十分匮乏，更别说在那荒岛上。王仕花抓了几只小鸡来养，长大了好生蛋。可是，活下来的竟然全是公鸡，那也养着，她舍不得杀了它们，岛上能喘气、有生命的就这几个，留着做个伴吧！

王仕花在开山岛养的鸡

岛上生活的苦是我们无法想象的。夏天的开山岛虽然不像陆地那么炎热，但是，湿漉漉的海风吹得人身上如同被盐卤了似的，浑身不自在，衣服洗了一个星期都干不透。

更让人难以忍受的是苍蝇。一到夏天，苍蝇就铺天盖地地扑上岛来。开山岛上的苍蝇个头大，还叮咬人，隔着衣服也能叮得你生疼。嗡嗡——嗡——，苍蝇如同侵略者的轰炸机群，整天在人的头上盘旋，走到哪儿跟到哪儿，赶都赶不走。苍蝇瞅准了机会就狠狠地叮上一口，一开始看上去皮肤上就一个小红点儿，但不一会儿就又痒又疼，直到抓破皮肤结了痂才算完。王仕花想尽了灭蝇的办法，可是它们还是赶不尽杀不绝，“前赴后继”。王仕花只能在环境卫生方面尽量做到不给苍蝇繁殖的空间。为什么岛上会有这么多的苍蝇？是生物物种多样性使然，还是外来生物入侵，或是生态环境变化造成的？在那个年代对这种现象还没有一个科学的解释。反正在那个年代，一到夏天，人蝇大战，是开山岛上年年都要上演的。

开山岛的冬天，天空是灰色的，光秃秃的礁石是灰色的，营房是灰色的，目光所及之处，都是黑灰色的，使人心情压抑。

开山岛的冬天可不好过，阴冷潮湿。长期生活在这样的环境中，两人都患上了严重的风湿性关节炎，他们的手指、脚趾能活动的关节都变形了，常常在夜里痛醒，只能互相敲打止疼。另一个困扰就是湿疹。患上湿疹，最难以忍受的就是瘙痒，胳膊、腿经常被抓烂，然后结痂，再被抓烂，如此反反复复。吃药打针，均不见效。医生说常年在潮湿的环境下，不好治，也治不好，他们后来也就不去看了。这两种病困扰着他们，并影响到了情绪，由此而产生的焦虑和抑郁不言而喻。

冬天的一项主要工作任务是维护国防工事。

1962 年，台湾当局企图乘大陆困难之际发动攻击，为保卫祖国的东大门，防止入侵者偷袭，沿海前线加强战备。开山岛开始驻军，由济南军区的一个连队驻守。他们大规模修筑战备工事，开山岛地下基本都挖空了。因战备需要，工事做了合理布局，每个坑道都编了号，无论哪一个方向发现敌情，战士们都可迅速通过坑道到达阵地。

半个世纪以来，坑道一直没有派上用场。但是，对于国防工事、国防设施的保养维护是必须坚持做下去的。

1986 年，部队撤离开山岛，后续由民兵值守，继续执行此项任务。现在王继才、王仕花就是在继续做着此项工作。20 多年来，他们精心维护着海岛上的工事，对

夫妻俩买来建材，自己动手修补护墙

各项设施修修补补，一直坚守着职责。

坑道的保养工序虽然不是十分复杂，但也是要费一些力气的。这项保养工作是有程序、有标准的。程序标准是：定期检查各个坑道的防护门，确保它们处于完好状态。海岛空气中含大量盐分，防护门上的金属部件容易被腐蚀，维护时先要除掉厚厚的一层锈，再用钢丝刷反复清理，然后用砂纸打磨，直到露出金属的本色。此时需要给防护门涂上两遍防护漆，等漆完全干了，再涂抹上黄油。那么，五条坑道，就有进出的十道大门，里边又有许多小门，王继才和王仕花两人的工作量可想而知。当年开山岛驻军是一个连，过去全连人的工作量，现在由他们两个人来完成。没有人监工，也没有人来验收，全凭自觉。

这项工作最好是在冬天干，那不仅是因为春天要植树、种地，秋天忙收成，捕捞、晾晒海货；还有一个重要原因是，夏天坑道里寒气逼人，这种寒气蚀骨的凉啊！穿多少衣服都抵挡不住寒气的侵蚀，他们都患有风湿性关节炎，就怕这种地方。坑道冬暖夏凉，王继才王仕花夫妇俩在漫长的冬季，于这漫长的坑道里，干着烦琐的维护工作。他俩从未停止过扩充与完善岛上设施这项工作。

他俩像雕塑家一样地改变着开山岛的一草一木、一山一石，历经几十年的磨砺，不知不觉地已经把开山岛打理得有模有样了。

无论岛上的日子过得多么漫长，日子还是一篇一篇地翻过去了，只是苦了几个跟着王继才母亲在村里生活的孩子。

王继才母亲年纪大了，自己都顾不了自己，三个孩子只能彼此依靠，相依为命。

大女儿王苏是 80 后，她小学刚毕业就辍了学。她早早挑起家庭重担，在家照顾弟弟妹妹。那一年，王苏该上初中了。王继才一根接一根地抽烟，最终还是狠心地开了口："王苏，你别念书了，爸爸求你了。"那年，王苏才 13 岁，在本该被父母宠爱的年纪，却要挑起照顾弟弟妹妹的重担。她辍学了，为此她把眼泪都哭干了。从此，王苏死活不愿意和父亲说话。

有时候，姐弟仨甚至忘了，自己还有父母。一年夏天的一个夜晚，滑下床沿的蚊帐被蚊香点燃，火苗蹿了起来。被惊醒的姐姐王苏一跃而起，拽起弟弟妹妹，然后一盆又一盆地泼水，直到把火浇灭。看着湿漉漉的、被烧焦了的被子，三人抱着哭成一团。

王苏托渔民给岛上的父母递了张纸条，王仕花满心欢喜地打开，却一下子僵住了。纸上写的是："爸爸妈妈，你们差点就再也见不到我们了。"妈妈失声痛哭。这些字，像是用刀剜在夫妻俩心上，痛得鲜血直流。

“三个孩子这么可怜，为什么不申请回岸上生活？不能像正常人那样照顾孩子，不能为父母尽孝，这样付出值吗？”有人曾经这样问王继才。

晾晒自己种的瓜干储藏以供冬季食用

“我走了，岛怎么办？”面对追问，王继才忽然掩面而泣，“我对不起妻子，这么多年，我吃过的苦她都吃了，我没吃过的苦她也吃了。是妻子的陪伴，冲淡了海水的苦涩腥咸。我对不起孩子，儿子上学后，别人嘲笑他没爹妈，欺负他，他总是一个人躲在角落抹眼泪。”

王继才说：“我也对不起家人，父亲、母亲去世，我都不在身边，母亲曾和我说‘自古忠孝不能两全，你是为国家和人民守的岛，就是我死的时候你不在身边，我也不怨你’，但我怨我自己。有时候，我想家人想得直掉泪。”

记者手记

社会上行业种种，岗位种种，许多人都会面对同样的两难选择，但是永远不要低估亿万国人对党和人民、对组织、对集体、对岗位的忠诚和热爱之心。他们和王继才一样，讲政治、顾大局，他们不讲条件、不计得失，他们心中有国家、有组织、有事业、有敬畏。

王继才不是没有犹豫过、挣扎过，和所有平凡人一样，他也害怕黑夜，害怕狂风暴雨，害怕孤独无助，放不下亲人，放不下原本热闹的生活，但既然下了决心，再难也要守下去。不少人问，这是一种什么样的力量，能让一个人把一生中最美好的年华都奉献在一座远离陆地的小岛上。信念。王继才用一个民的本分，完成了兵的职责。

他把愿望深深埋在了心底

为了孩子上学的事，突然有一天，王继才终于考虑好了，决定离开开山岛。

他搭乘渔船到燕尾港，要去找王长杰政委，跟他说明情况。快十年了，别人都没待上半个月就下来了，我都待了快十年了！也算够意思了吧！政委是个好人，他一定会理解我的。

王继才一下船，就在燕尾港给县武装部打了一个电话，电话那头说王长杰生病住院了。王继才想：领导生病住院，谈工作上的事，这不合适，等出院再说吧！可是又一想，不行！回来一趟不容易，还是先去医院。政委病了，无论如何也该去看看。王继才在港口买了点时令水果，就搭一个便车直奔县医院。

王继才轻轻地推开房门，看了一眼病床上躺着的病人，又拉上门，出来。他以为走错门了，又去问护士，王长杰住几号病房。护士指了指，就是那间。王继才再一次推开房门，他先是一愣，紧接着眼泪就涌出来了。

王长杰躺在床上，整个人瘦得就剩骨头架子了，他眼睛直愣愣地盯着天花板。王继才嘴唇嗫嚅了两下，低声叫了声："政委!"

王长杰立时回过神来，眼睛一亮，问道："继才，你怎么来了？"

王继才连忙上前，紧紧拉住王长杰的手。这双曾经给过他决心和力量的手，这双他再熟悉不过的手哇！如今，软绵绵的，苍白得没有一点儿血色。王继才的眼泪无论如何也控制不住了，半天说不出一句话来……

"你怎么知道我住院了？唉——是啊！两个多月了，该知道的都知道了……"王长杰自说自话。

王继才深深地低着头，哭得像个孩子。他的眼泪一多半是为王长杰流的，多么好的一个人，怎么就得了绝症；还有一小半是为自己流的，自己终于下定决心，不再放弃这次下岛的机会，却让他赶上这样的情形，他为自己的命运而流泪。这辈子很少有人见过他哭，他为之掉眼泪最多的除了老娘，就是王长杰了，他可以肆无忌惮地在这位如父如兄的领导面前放声大哭。

王长杰还是一如既往轻轻地拍着他手背，和蔼可亲地说："别这样，别这样……"

王继才好不容易才停止抽泣。

王长杰说："我这一病，好多天没跟你联系了，怎么样？都还好吧？”

王继才只是使劲地点着头。

王长杰兴奋地说：“那天，边防支队政委来看我，还说起你，说你勇敢智斗‘蛇头’成功截获了偷渡团伙，要嘉奖你呢！武装部宣传科也在整理你的材料，和平时期，你却在战斗，而且是一个人跟走私犯罪团伙战斗。继才，你是好样的！”王长杰稍微激动一点儿就喘不上气来，喘息了一会儿，又接着说，“继才啊，你上岛有十来年了吧？”

王继才道：“9 年了。”

“继才啊，你不容易啊！你干得很好！比我想象得还要好！有你在，我就能放心地走了！”

王长杰吃力地抬了抬手，王继才将手递过去。

“我走了，你要继续把开山岛守好，我才能放心！”

王继才看着政委期待的眼神，应道：“政委放心，我一定把开山岛守好，一直守到我守不动为止。”

王长杰是个很健谈的人，他和王继才坐在一起，基本都是他在讲话。他还想说些话，却感到很累，心慌气短，两眼殷切地看着王继才，分明是还有话嘱咐王继才。王继才见状，站起身来，那双大手却一直握着王长杰的手，久久不舍得松开。

王继才又大声地说一遍：“放心吧，政委！我一定把开山岛守好，一直守到我守不动为止！”

王继才敬礼

王长杰不住地点头，他十分信任王继才。

医生、护士都来了，王继才只好松开手，依依不舍地走出病房。他一进病房就开始掉眼泪，怎么都忍不住。他坐在走廊的椅子上怎么也平静不下来，过了好一会儿，王继才从医院出来，哪儿都不想去了。计划要办的几件事，他也没心思去办了，匆匆赶到燕尾港码头，搭上一艘渔船便回了开山岛。

从此，他把下岛那桩事，深深地埋在心底。

“子要尽孝，父要尽责。但我的家人都理解，忠是最大的孝和责。”王继才说，“身体是自己的，但人是国家的，而家就是岛，岛就是国，守岛就是卫国。”

王继才何尝不知儿女的苦，但在他心中，岛小，却关系国家尊严。在守岛和个人生活之间，国家和自家、大家与小家之间，王继才选择了把自己的一生投入到守岛卫国的大义之中。

渠清如许，必有源头活水。在中国人的骨子里，从来都是有国才有家。我们的民族历经磨难，斗志弥坚。正是因为有了无数和王继才一样舍小家为大家的平凡人，执着奋斗于平凡岗位，我们祖国的发展才能欣欣向荣。

开山岛上放歌给党听

新世纪的曙光来临了，全世界同步迈向 21 世纪。开山岛虽然也迎来了 21 世纪，但一如既往地重复着昨天的日子。在这里，新世纪的曙光没给他们的生活带来多少新意。日复一日，他们只能从收音机里领略千禧之年的样子。收音机是他们打开精神世界的唯一窗口。

开山岛上的日子和昨天一样，一天天地过去了。当三个孩子都陆续下岛上学，岛上只有夫妇二人时，开山岛更安静了。可是，安静下来的开山岛，令人不安、令人烦躁、焦虑，甚至令人窒息……如今，在开山岛，强台风带来的狂风暴雨不可怕，寒冷湿热不可怕，可怕的是寂寞。这寂寞会使人狂躁发疯，可是他们只能默默地忍受着。工作时他们觉得时间过得还挺快的，可是一整天下来，活儿总有干完的时候，剩下的时间很难打发，两人就打扑克、下跳棋。可是，只有两个人的牌局，天天玩，久而久之也变得乏味无聊，有时玩着玩着就推倒

夫妻俩在岛上的闲暇时光

不玩了。

王仕花性格开朗，她作为教师，有着一名教师的许多优点：善于引导、启发和鼓励。每天都是她先提出话题。当然，大多是没话找话。其实王仕花的心情比丈夫更焦灼，她时刻惦记着三个孩子。可是她知道，如果她不挑头说话，王继才怕是一天都不会说上一句话的。王仕花活泼大方、爱好文艺、喜欢唱歌，收音机里播送的歌曲，她都跟着学会唱了。实在没话题了就唱歌，为了照顾王继才的情绪，她都挑王继才喜欢的或者耳熟能详的歌儿唱。她发现，每当她唱歌的时候，王继才眼睛就发亮，他总是竖着耳朵听，听着听着，脸上的表情也变得轻松了。于是，王仕花就开始在枯燥的生活中增添一点新意。她想给他们自己过“周末”。自从上岛，哪有什么周末啊？在岛上，除了春节、元旦、国庆节，根本没有其他节假日的概念。

王仕花决定，在周末开个演唱会。经过一番精心布置，晚会现场很像样。王继才坐在桌子后边，俨然一个大首长坐在贵宾席上。王仕花落落大方地款款走到舞台中央，手里拿着一个胡萝卜当话筒，开场说道："开山岛民兵哨所周末演唱会现在开始！请听女声独唱——《唱支山歌给党听》。"王仕花放开喉咙高声歌唱，她刻意模仿才旦卓玛的吐字归音。

> 唱支山歌给党听，
> 我把党来比母亲……

王仕花仿佛是站在灌云县文化宫的舞台上，仿佛不是唱给王继才一个观众听，而是唱给满满一礼堂人听，唱给开山岛听，唱给大海听……

随着最后一句歌词"党的光辉照我心……"唱出，王仕花飙的高音将演唱推向高潮，王继才的大巴掌拍得啪啪响。王仕花歌声刚停下来，又马上回身报幕道："下面请听男声独唱——《咱当兵的人》。"这是王继才最喜欢的一首歌，他整天哼唱这首歌。王继才的台风可不是十分稳定，但是，唱这首歌时，他还是以军人的姿态挺拔地站在"舞台"中央，维持着一个姿势，一口气唱完，最后一句"一——二——三——四！"唱得格外带劲！

接下来王仕花也不报幕了，直接就唱她最喜欢的一首《绣红旗》。完了，王继才又迫不及待地唱起了他新学的一首歌——《战士的第二故乡》。这是歌唱家李双江的一首歌，这首歌仿佛是写给开山岛的，又仿佛是唱给王继才听的，王继才百听不厌。一开始他只是跟着哼唱，慢慢就学会了。

云雾满山飘
海水绕海礁
人都说咱岛儿小
远离大陆在前哨
风大浪又高
啊——
自从那天上了岛
我们就把你爱心上
陡峭的悬崖
汹涌的海浪
高高的山峰
宽阔的海洋
啊——祖国
亲爱的祖国
你可知道战士的心愿
这儿正是我最愿意守卫的地方

云雾满山飘
海水绕海礁
人都说咱岛儿荒
从来不长一棵树
全是那石头和茅草
啊——
有咱战士在山上
管叫那荒岛变模样
搬走那石头
修起那营房
栽上那松树
放牧着牛羊
啊——祖国
亲爱的祖国
你可知道战士的心愿
这儿就是我们的第二个故乡
这儿就是我们的第二个故乡

夫妻俩你一首我一首，把会唱的老歌都唱了一遍，唱了整整一个晚上。歌声抒发了情怀，歌声驱走了心中的孤寂和郁闷，他们有一种久违了的畅快淋漓感。转眼午夜时分了，两人却还是意犹未尽。歌声把他们带入了甜蜜温柔的梦乡……

党的光辉照耀着开山岛

多年来，王继才、王仕花夫妇年年被江苏省军区评为“国防工程先进管护员”，开山岛也获得了“一类民兵哨所”光荣称号。地方媒体也做过相应的报道。他们的故事，他们的先进事迹也逐渐被传颂。

2003 年 10 月的一天，天还没亮，王继才就起床了，早早地把自己拾掇得干干净净。王仕花看丈夫这么精心打扮自己，还是第一次，她也就起来帮他打理。

前些天，王继才接到电话，今天乡党委和县武装部领导会上岛来为他举行入党宣誓仪式。王继才喜悦的心情溢于言表，加入中国共产党，是他人生中最重要的一件大事。早在上岛的第二年，时任县武装部政委的王长杰就鼓励王继才要进步，要靠近组织。可是，那时的王继才，总觉得自己思想觉悟不够高，距离共产党员的标准还相差很远。所以，每次提起他都红着脸推辞，尽管心里十分渴望，却迟迟没写入党申请书。但是，王继才在工作中都是不断地以共产党员的标准要求自己，以共产党员的条件约束自己。

关于王继才同志入党的问题，各级党组织都很关心，乡党委书记每次见了他都提示说：“继才，入党申请写了嘛!”王继才总是不大好意思地说道：“我行吗?还不行！还不够格儿。”直到省军区领导来开山岛视察工作，对王继才上岛十几年来的工作给予了充分的肯定，这才给了他入党的信心。面对专程而来的省军区领导，老实本分的王继才十分腼腆地把自己的工作和思想做了一次详尽的汇报。领导听了汇报非常感动，使劲拍了拍王继才的肩膀，说道：“你真是好样的！你守岛十分艰苦，工作却取得了很大的成绩，组织上一直在考量你。依我看，你已经符合共产党员的标准了，我可以做你的入党介绍人！怎么样?”王继才激动得两眼紧盯着这位领导，却半天说不出话来。王仕花在旁边感动得连连说：“愿意！愿意!”于是，王继才郑重递交了《入党申请书》。

王继才和王仕花今天像过年一样，把营房、台阶里里外外打扫得干干净净。

天刚刚亮，两个人准备升旗仪式。今天是个好日子。王继才扛着鲜艳的五星红旗正步走在前面，王仕花正步紧随其后，精神抖擞，步伐一致。开山岛的晨曦静

夫妻俩在哨所观察海情

谧、安然。东方海平线一片金红。

古往今来，有许多文人描写海上日出的手法出神入化，而开山岛上的日出风光在王继才、王仕花眼里也是千变万化的，他们每一天都可以欣赏到不同的日出。今天的朝霞格外鲜艳，红日似乎也比往日大。随着王继才的一声“敬——礼！”五星红旗在朝霞的映衬下，伴着一轮红日冉冉升起！这是最美的海上日出……

王继才携着王仕花拾级而上，登上哨所，打开高倍望远镜，辽阔海面尽收眼底。王继才只要站在这里，强烈的自豪感就油然而生。镜头里的海疆辽阔宽广，他情不自禁地唱起那一首歌：

我爱这蓝色的海洋

祖国的海疆壮丽宽广
我爱海岸耸立的山峰
俯瞰着海面像哨兵一样
…………

9点多钟，一阵机帆船的马达轰鸣声由远而近，王仕花说："他们到了……"王继才和王仕花急急走下码头。机船在他们说话间就靠了岸，一行三人，是县武装部政委、乡党委书记和村党支部书记。

王仕花收拾出一间屋子，正面墙上悬挂着中国共产党党旗。面对党旗，王继才庄重地举起右拳，村党支部书记带领王继才宣誓：

"我志愿加入中国共产党，拥护党的纲领，遵守党的章程，履行党员义务，执行党的决定，严守党的纪律，保守党的秘密，对党忠诚，积极工作，为共产主义奋斗终身，随时准备为党和人民牺牲一切，永不叛党。——宣誓人王继才。"

此时此刻的王继才，感受到了在43年的生命中不曾有过的神圣与庄严！他心潮澎湃，热血偾张。这一刻，令王继才永生难忘！

多年之后，王继才入党宣誓的这间屋子，成了新党员入党宣誓的特定地址，成了党员基层组织活动的场所。一批又一批新党员来到开山岛，在这间屋子举行入党宣誓仪式。

2013 年 2 月，中共灌云县委特别批准，开山岛成立党支部、村委会，王继才担任党支部书记，王仕花任村委会主任。这可能是全中国规模最小的党支部，只有两名党员；也是最小的行政村，村民只有王继才夫妻俩和两名极少登岛的渔民。但是，开山岛党支部的活动十分活跃，过往渔船来避风借宿，渔民中的党员有了归属感。只要几名党员集中到开山岛，王继才就组织支部活动，结合当前形势，开展党员学习教育活动。

于是，王继才夫妻俩在开山岛哨所门前又增加了两块牌子：中共灌云县燕尾港镇开山岛村党支部和灌云县燕尾港镇开山岛村民委员会。

党的光辉照耀着开山岛！

奥运精神激励着开山岛

2008 年，全中国人民都在同心协力迎接在北京召开的第 29 届夏季奥运会。很长一段时间，收音机里播送的都是关于迎奥运的消息。开山岛上的人也和全国人民一道热切地盼望着奥运会的到来。王仕花在守岛日记中是这样写的：

2008 年 6 月 19 日，星期四，天气：阴。开山岛又有人上岛钓鱼，老王说，上岛钓鱼可以，但是卫生要搞好。其中一个姓林的和姓王的说：岛也不是你家的，卫不卫生，关你什么事。老王很生气。

2008 年 8 月 8 日，星期五，天气：晴。今天是奥运会开幕，海面平静，岛上一切正常。

2008年8月8日8时，是一个举国上下关注的历史性时刻，在距离北京1000多千米的黄海上的一个小岛——开山岛，这里看不到电视，但两颗激动的心脏随着收音机里传来的声音与祖国一起跳动。收音机里传来了时任国家主席胡锦涛同志宣布北京奥运会开幕的声音，传来了刘欢和莎拉·布莱曼合唱的《我和你》，传来了2008名演员击缶而歌，吟诵着“有朋自远方来，不亦乐乎”那激荡人心的声音……王继才和王仕花虽然看不到表演现场，但却听到了北京奥运会开幕式的热闹声响。王仕花非常激动，就在身旁的无花果树上刻了一行字：

奥运八月八日八时在北京举行。热烈庆祝北京奥运会胜利召开！

王仕花心想：以后树长大了，字也会越来越大。

王仕花在树上刻下的庆祝奥运的字迹

记者手记

这棵无花果树，真的长大了，字也随着时间的年轮慢慢变大了。

王继才夫妇关注国家大事也早已成为习惯。收听广播是两人获知外界信息的唯一通道。几十年来，他们在开山岛用坏了 19 台收音机。王继才平时收听最多的是时政新闻，他对王仕花说："虽然我们守在孤岛上，但我们得关心国家大事。"每当听到国际形势有变化时，王继才就自觉加强巡逻，有时深夜还去巡岛一圈。他对妻子说："这阵子，不多巡逻一遍，心里不踏实，睡不安稳！"

五星红旗在开山岛上高高飘扬

最令王继才夫妇感动的是，他们在孤岛上升国旗的故事，竟传到了北京。

2011 年 9 月 25 日下午，王继才和王仕花来到北京，应邀参加“五星红旗，我为你骄傲——庆祝中华人民共和国成立 62 周年专题文艺晚会”。他们俩有生以来第一次乘飞机，第一次来到首都北京，激动的心情溢于言表，他们像做梦一样。车子行进在宽阔笔直的长安街上，他们就感觉到，好像穿梭在传说中的时间隧道里。他们在 0.013 平方公里的开山岛上时，目光所及都是近在咫尺的景物，只有在哨所用高倍望远镜远观辽阔的大海时，才能展开视野极目远眺。那时，他们只有一个感觉：北京太大了，中央电视台太远了！

中央电视台大演播厅灯火辉煌，王继才觉得灯光太亮了，晃得他睁不开眼，更觉得灯光将自己暴露得一览无余。常年生活在孤岛中的他，显得有点拘谨。

王继才被请上了舞台中央。中央电视台主持人董卿微笑着迎上前去，自我介绍道：“我是中央电视台节目主持人董卿。”

董卿的自我介绍充分展现了她的职业素养。因为她知道，王继才、王仕花夫妇俩没有看过电视。尽管在他们眼前的是大名鼎鼎的中央电视台节目主持人董卿，可是王继才、王仕花却不认识她。

1986年，王继才刚上岛时，电视机可是奢侈品。城里人都要凭票或凭关系“走后门”购买，更别说开山岛了，而且那里没有电视信号。2010年，开山岛上才安装了太阳能发电机，可是一碰上刮风下雨就没电了，且电压很不稳定。董卿是谁，他们真的不知道。

在董卿的引导下，王继才逐渐平静下来，话匣子慢慢地打开了。

那天晚会的主题是“五星红旗，我为你骄傲”。

董卿展开话题说道：“刚才我们也看到了，小岛上始终飘扬着一面五星红旗，其实从来也没有人命令你，规定你，也没有人会来检查你是否每天升旗。为什么还这么做?”

王继才回答说：“因为国旗是我们中华人民共和国的象征，开山岛虽小，但是我们中华人民共和国的东门，我必须插上中华人民共和国的国旗。”

他们每天都在小岛升国旗，茫茫大海上鲜艳的五星红旗格外醒目

现场的掌声像潮水一般响起。

晚会现场，王继才夫妻俩还认识了北京天安门国旗护卫队国旗班第一任班长董立敢（董立敢退役后，担任中国国旗基金会秘书长一职）和他的几位战友。他们也是作为特邀嘉宾被邀请到节目现场的。

董立敢和他的战友们，在听了王继才与董卿的对话后，知道了王继才夫妇的事迹：从 1986 年 10 月 1 日第一次在开山岛升国旗，他们 25 年来风雨无阻，就是生病了，他们也咬牙坚持，让国旗准时升起，高高飘扬……台风来袭，王继才、王仕花用绳索将两个人牢牢地捆在一起，顶着狂风，相互搀扶，相互提携……有一次王继才被台风掀翻到崖下，摔断了三根肋骨，可他硬是咬着牙爬上来，坚持把国旗高高升起。

这是怎样的信念和意志啊！王继才、王仕花的守岛事迹感动了几位国家级旗手。

董立敢和他的战友们商量后，做出了一个决定。

晚会结束后，王继才和王仕花刚从台上下来，董立敢和他的几个战友就迎上来。董立敢向王继才夫妇一一介绍了天安门国旗班先后几任班长。董立敢和他的战友们得知：20 多年来，王继才都是自费买国旗、自己做旗杆。于是他们决定代表天安门国旗班，向开山岛哨所赠送升旗台。天安门国旗班第八任班长赵新风说："中国已经富强，不能再用手持竹竿升旗了。我们要送给开山岛哨所一座标准的旗台和一根标准的旗杆。"

王继才、王仕花激动得连连说好!

董立敢说："我们将给开山岛捐赠最新式的升旗全套设备。升旗台带有电动开关，轻轻一按电钮，国旗就能徐徐升起。旗杆是不锈钢的，即使是海上刮十级台风，也不会受影响。2008 年奥运会上的升旗仪式，用的就是这样的设备。设备落成后，我们去开山岛现场操作，传授升旗仪式仪规。"

王继才说："这是我做梦都想不到的好事啊！真的太好了。虽然我们每天升国旗，但是不正规，有国旗班升旗手来指导我们，我们也能实现升旗现代化、正规化了。"

2011 年年底，一座特别制作的 2 米长、1.5 米宽的全钢移动升旗台和 6 米高的不锈钢旗杆，由北京发往连云港，再由江苏省军区、连云港市灌云县政府派人用船运上了开山岛。

赵新风随船第一次登岛，安装调试旗杆。设备于2011年12月31日前安装就绪，调试完毕。

天安门国旗护卫队国旗班第一任班长、时任中国国旗基金会秘书长的董立敢，天安门国旗班第八任班长赵新风，武警天安门国旗护卫队三班班长常超，武警天安门警卫支队副参谋长刘建光一行四人前往开山岛。

2012年新年第一天，一场特殊的升旗仪式在开山岛举行。旗手是开山岛哨所所长王继才同志，护旗手是时任武警天安门警卫支队副参谋长的刘建光、武警天安门国旗护卫队三班班长常超。

江苏省委常委组织部长、宣传部长等省委领导，江苏省军区司令、政委、政治部主任等部队首长，连云港市委市政府主要领导，灌云县委县政府主要领导等出席了这场特殊的升旗仪式。

当6米高的不锈钢旗杆高高竖起时，王继才激动地围着旗杆转。那一刻，注视着冉冉升起的五星红旗，王继才夫妇俩觉得所有的艰难、痛苦都有了意义。

天安门国旗班第八任班长赵新风在一篇文章里这样写道：

2011年年底前我们特制的移动旗杆由北京

发往连云港，在江苏省军区、连云港市灌云县政府支持下，旗杆被装船运上了开山岛。我也随船第一次登岛，安装调试旗杆。

2012 年元旦中午 12 点半，开山岛上举行了特殊的升旗仪式。旗手是王继才同志，护旗手是时任天安门支队副参谋长刘建光、护卫队班长常超。

江苏省委常委组织部长、宣传部长等省委领导，江苏省军区司令、政委、省军区政治部主任等部队首长，连云港市委市政府主要领导、灌云县县委县政府主要领导等出席了特殊的升旗仪式。

升旗仪式原定上午举行，但因遇到大风浪，临时调来挖泥大船送领导们上岛。大船被风浪不时抛起摔下，在风浪中缓慢前行，寒风中站在甲板上的我们冻红了脸，我也深切体验到王继才夫妇几十年来在风浪侵袭中守岛的艰辛不易。

升旗仪式上，我和董立敢班长分别向哨所捐赠了旗杆和国旗。

2012 年央视网络春晚，我和董立敢班长再次与王继才夫妇在舞台上相聚，我们向他们赠送了一面新的国旗。

2015 年迎新春茶话会上，习总书记亲切接见了王继才夫妇。“我是农民的儿子，为了一个承诺，我选择了上岛；我是哨所的民兵，为了一面国旗，我留下来守岛；我是一名共产党员，为了一个信仰，要在开山岛守下去，直到守不动的那一天！”这是王继才同志的一段发言，这也是他的实际行动。

据悉，开山岛新建了一座爱国主义教育基地，里面陈列了王继才夫妇守岛三十多年的很多物件，如 190 多面被风雨撕破的国旗、40 多本守岛日记、1 部手摇电话机、20 台听坏的收音机、10 多盏用坏的煤油灯……

32 年守岛升旗，32 年始终如一。当下社会需要这种坚守的精神，当今中国离不开这些坚定的爱国者。

敬礼！守岛民兵。

敬礼！守岛升旗手。

董立敢和天安门国旗护卫队官兵共同见证开山岛升起了 2012 年新年第一面五星红旗，他们还向开山岛捐赠了一面曾经在天安门广场飘扬过的国旗和一本《升旗手册》。

他说，他欠全家人一个道歉

王继才时常站在礁石上朝家的方向望去，面色凝重，有时泪流满面。每当这时候，王仕花知道，他这是又想家啦！他想他那 90 多岁的老母亲，而家中的老母亲也一定正躺在床上盼望她的二儿子呢。

大女儿王苏捎信来，说奶奶身体一天不如一天，整天昏睡不吃东西，醒了就问几点了，问“二子怎么还不回来”。显然，老人家神志已经不清楚了。王苏在信中说：“爸爸还是快回来一趟吧！”可是，这几天省里来领导检查工作，实在走不开呀！

他最对不起的人就是母亲，想到这里，泪水不由得模糊了双眼，多年前的一幕浮现在眼前：临上岛的前一天晚上，母亲悄悄掏出五元钱塞到他衣服口袋里，告诉他“带上！穷家富路”。那是姐姐们给她的零花钱，她舍不得花，攒下的。后来仕花也上岛了，把两岁多的王苏丢给了母亲，孩子时常想妈妈，半夜总哭闹着要找妈

作者与王继才全家合影

妈，那年母亲已经70岁了，抱着两岁多的王苏，哄她入睡。

2003年，80多岁的老母亲病重住院，正巧赶上领导检查战备工作，王继才没能到医院探望母亲。直到母亲出院好几天了，他才匆匆赶回去待了一天。他感到十分愧疚。

早在1998年，父亲就病重去世了，王继才兄弟姐妹8个，连远在上海的大姐都及时赶了回去。开山岛离燕尾港也就十几海里，可是，王继才就是没能回家送老父亲最后一程。海面上风大浪急，所有渔船全进了避风港，王继才急得团团转，望着汪洋大海，他悲痛欲绝，面向家的方向长跪不起。

老母亲也终没能见上她日夜惦念的二儿子最后一面。数日之后，王继才送走了检查组的领导，安排好工作后才下岛。为此，弟兄姐妹们都对他十分不满。当年，王继才没能给父亲送终；如今，又没能给母亲送终。老母亲在世时曾经对王继才说过，自古忠孝不能两全，你是为国家和人民守的岛，就是我死的时候你不在身边，我也不怨你。可王继才心里愧疚，他，不能原谅自己！这成了他终生的遗憾！

他痛哭过后，第二天照样升旗，继续守岛。

王继才对大女儿王苏始终充满了愧疚，甚至可以说是这辈子都没能愈合的伤痛。王苏2岁多，爸爸就上岛了，没过多久，妈妈又撇下她，也上了开山岛，由奶奶带她。后来妈妈又生了弟弟，父母就接她上了开山岛，帮忙照看弟弟。在岛上两个孩子和大人一样受苦，一样挨饿，一样受蚊蝇叮咬，一样经受狂风暴雨。该上学了，她又回到奶奶身边，和爷爷奶奶一起生活。奶奶没文化，管得了她吃穿，却管不了学习和教育。王苏的童年一点都不快乐，因为缺少父母的关爱，她幼小的心灵蒙上了一层阴影。

后来弟弟王志国、妹妹王帆也该下岛上学了，奶奶已经80多岁，实在是没有精力管他们了。叔叔把奶奶接走了。王苏13岁就辍学了，早早地担起照顾弟弟妹妹的家庭重担。

这还不算，王苏还有一项重要的任务，就是给爸爸妈妈当后勤。妈妈让她把托船老大捎回来的鱼和蟹给卖了。刚刚辍学的王苏最怕见人，妈妈却让她卖海货，她觉得丢死人了。懂事的王苏，知道爸爸妈妈在海上打捞这些鱼和蟹很不容易，非常辛苦；她还知道海货要在新鲜的时候卖掉。所以尽管内心一百个不愿意，她每次还是早早地等在码头。拿到鱼和蟹，就在燕尾港上卖，换回钱，给爸爸妈妈买粮食和岛上必需的物品。

女儿王苏搭出海渔船给父母送给养

她不好意思做生意，总是低着头，有时遇到好心人，对方看她一个小姑娘，就帮她吆喝着卖。后来又听人说，镇上好卖，能多卖不少钱。她就把东西搬到镇上去卖，换了钱，再按照妈妈的吩咐买煤、买粮、买烟、买酒、买油盐酱醋……都置办齐了，再一一搬到码头上。她还要先去看看，是哪家船出海，请船家帮忙捎上东西。船老大们都很乐意帮忙，因为他们都得到过王继才夫妇的帮助，而且看这孩子小小年纪，要干那么多事儿，太不容易了。有时周围一些热心的熟人，还会帮她往船上搬东西。干完了这些事儿，她还得赶紧回家给弟弟妹妹烧饭，还要像个小家长似的管教弟弟妹妹，她所做的已超出同龄孩子所能干的。

王苏就这样整天忙碌着，一天天长大了，出落成一个大姑娘了。

眼看就到了谈婚论嫁的年纪，她谈恋爱了。女儿要结婚了，王继才兴奋不已。王继才早就在心里做好了打算，他要请一个靠得住、值得信任的人上来帮他守几天岛，因为他答应女儿一定亲自送她出嫁，他一定要亲手把女儿交到那个值得托付的人手上。终于，这一天到来了。可是，王继才又失约了。又是和上次一样：遭遇海洋风暴，海面上不见船的踪影。王继才隔海遥望着，一遍遍抚摸着女儿小时候的照片，那是上岛前，王继才和妻子带着女儿拍的一张照片。他想象着女儿做新娘的样子，一会儿哭，一会儿笑，酒一杯接着一杯地喝，泪水把衣襟打湿了一大片。

王苏的婚礼现场，化妆间里，新娘一遍一遍补妆，眼泪却又一遍一遍地将妆弄花。王苏失落地走进结婚礼堂，可还是忍不住放慢脚步，她想："父亲说不定就在路上。"她一步一回头地对伴娘说："我走慢点，也许我爸就能赶上呢!"

然而，直到婚礼结束，父亲还是没有出现。父亲终究没能出现……

第二天，王继才照样升国旗，巡岛。

王继才的爽约，似乎时有发生，这让他很无奈，也让他百口莫辩，这些苦楚他都只能独自吞咽。

相似的事情再次发生在儿子王志国身上。

2013 年，王志国研究生毕业了，就读的南京航空航天大学举行研究生毕业典礼，邀请父母参加，夫妻俩高兴得不得了。高兴归高兴，夫妻俩同时离岛，对他们来说可不是件容易的事。这种情况还真不多，大都没能成功离开，但这一次两口子下定了决心，说什么也得去参加儿子的毕业典礼。倒不是他们偏心儿子，而是想对儿子的歉疚做一个补偿。他们早早就开始做准备，开始攒钱，最重要的是物色一个能替他们守岛的人。这个合适人选相当不好找，亲戚中能找的都找遍了，没有一个合适的。过去来帮过忙的人，都是看在王继才夫妇的为人上才来的。可是，在岛上实在太难熬了，帮忙守岛的人下去后，都说再也不来了！王继才真不好意思再开口了。找不到亲戚朋友，只有花钱雇人。先讲好条件、工作要求，再讲报酬。那时候，雇人守岛一天要 140 元。从儿子放假回来跟他们说这件事起，他们就开始攒钱了。他们去趟南京怎么也得五六天时间，这可是一笔不小的开销。为国家守岛，有事请假要找人替班，却得自己掏腰包。可是这笔钱他们舍得出，憨厚的王继才说："去看儿子，是私事，费用不能让公家出吧！"

他们的收入是这样的：原来由上级主管部门一年给 3700 元；到 1995 年岛上建起了灯塔后，他们代市航标管理部门管理灯塔，每年领 2000 元；成立开山岛党支部和村委会后，每月领 780 元。他们日常开销、赡养老人以及抚养三个孩子的生活费，都要靠王继才捞鱼和蟹、在礁石上铲海蛎子、从海滩上捡贝和螺来换钱才够维持。

就在接到儿子王志国的电话，说好去南京的行程安排后不久，王继才把岛上一段时间的工作都安排好了，雇工上岛的日子也敲定了。这时，王继才突然接到电话，上级通知他：部队要在这一片海域搞军事演习，开山岛哨所要全力配合。王继才接到命令，明白这是一项重要的军事任务，此时他不在岛上万万不可。开山岛哨所的任务是维护好通信设施、提供气象信息和协助海军部队做好潮汐监测等一系列工作。王继才和王仕花南京是又去不成了！

王继才只好给儿子打电话，告诉他这个让全家人都失望的消息。

王志国毕业典礼这天，王继才和王仕花站在开山岛最高处往南京方向遥望……

王继才又一次爽约了。

记者手记

王继才的父母先后病重离世，他没能守在他们身边。母亲生前常对他说："你为国家守岛，做的是大事，你不在妈身边，妈不怨你。"为人子，为人父，王继才觉得最愧对的就是家人。因为这份大义，王继才舍弃一己之欲，他说自己欠全家人一个道歉。

儿子参军入伍当兵，圆了父亲的梦

王志国研究生毕业后，有几家大公司和条件不错的研究所向他伸出了橄榄枝。一家公司开出的年薪高达40万元，他把好消息告诉了父亲。王继才很吃惊，他当然为儿子高兴。可是王继才的心突然沉了下来，低头抽起了闷烟，一言不发。原来，王继才从小就有一个理想，这个理想就是参军、入伍、当兵！这个理想和愿望从来都没有改变过。这个愿望他没能实现，是他人生中最大的遗憾。直到生了儿子，他好像看到了希望，更增强了他心中的渴望，他盼着儿子快快长大，长大了替他圆梦！他就把全部的希望寄托在儿子身上，他太想让王志国当兵了，可儿子长大了，读了大学，又读了研究生。如今一毕业就有大公司聘用他，还给他那么高的薪水，这是王继才想都不敢想的。可是，王继才仍然没放弃说服儿子参军入伍的想法，其实儿子王志国何尝不知道老爸的这个心愿呢！

终于有一天，王继才绷不住了，给儿子王志国打了个电话，先说点儿其他事情，然后话锋一转："志国，你想没想过到部队去锻炼锻炼？"

王志国听后就笑了，王继才说："你笑什么！我说的可是正经话，不开玩笑的！"

王志国一时不知该怎么回答老爸严肃认真的指示和要求了，沉吟了一会儿说道："行！除了找对象，其他全听老爸的！爸，满意了吧！"

儿子答应得如此痛快，倒叫王继才有些惴惴不安，甚至有点儿后悔，不该把自己的愿望强加给儿子。但是，王继才又很得意，他认为完全可以得出这样一个结论：儿子是很孝顺的。王继才从心底感激儿子。

其实，王继才还不知道，早在半个月前，江苏省军区李笃信政委得知王志国马上就要毕业了，就邀请王志国到他办公室，进行了一次深入的谈话，鼓励他到部队上工作。李政委说军队很需要像他这样的名校毕业的人才，他到军队一定会大有作为的。王志国听了政委的一番教诲和鼓励，回去后确实认真地考虑了。就在这时，父亲来电话直接表明希望儿子去参军的想法。所以王志国当即就答应了父亲的请求。

王志国决定，参军、入伍、当兵！

李笃信政委是一位将军，曾视察过开山岛。他上岛后先了解岛上的军事设施，然后钻进坑道亲自检查防护门的开关情况，仔细查看防护门金属部件保养情况，又登上哨所，认真翻看王仕花记录的巡岛日记和气象潮汐以及监测设施的运行记录，他还边看边向王继才问起一些关于岛上地理地形的基本情况。王继才对答如流，表述精准，说明他对开山岛了如指掌。李将军边听边不住地点头，之后又围着岛巡视了一圈，看了岛上栽植的树木，还有一块块大大小小形状各异的菜地。菜地中最大的一块也就像床铺那么大小，小的还没有脸盆大，但是都绿油油的，有的已经结了果实。李将军很兴奋，边走边和王仕花聊家常，问她家里的情况，有几个孩子。当他听说王继才的儿子在南京航空航天大学读研究生时，眼睛一亮，突然停下来说：“哦！你儿子很优秀嘛！有

站在父亲的雕像前，儿子决心要做父亲那样的人

机会让我认识一下。”王继才不知该如何回答这位大首长了，王仕花连忙抢上前说：“等孩子放假了，一定让他去看望首长。”李将军道：“那咱们一言为定！”

县武装部的领导向李将军介绍王继才夫妇舍小家，为国家，做出了很大奉献与牺牲的事迹。李将军听后很感动，当即挥毫，写了一副对联：上联“心系万家欢乐”，下联“眼观四海风云”，横批“以岛为家”。

老王把小王送到部队，留下一句“先报国，再顾家”就走了。就这样，王志国穿上了军装，成了一名戍边武警战士，在灌南县武警边防支队当了四年兵，后来调到南京禄口机场武警边防部队担任正营职干部。

2016 年王志国三次写信，申请参加了公安部常备维和警队选拔。他要到祖国最需要的地方去。听到这个消息，王继才很是兴奋：“我守岛是报国，儿子从军也是报国，一家人，两代兵，光荣！”父子俩都有一颗炽热的赤子之心。

王志国说：“我的军旅路不仅是自己的，也是父亲的。自己一定要把岗位当战位，高标准、严要求地约束自己。”

从默默无闻，到名扬四海

王继才、王仕花夫妇最初上岛那几年，确实默默无闻。他们在岛上安定下来后，王继才不曾给任何一级领导添过麻烦，尤其是在王长杰政委过世以后，他就更少给武装部打电话了，偶尔有重要情况必须报告，他才会打个电话。每年的 3700 元钱基本能按时取到。夫妻俩每天在岛上按部就班地升旗、巡岛、看天气、护航标、写日记，每年春天植树种菜，夏天与台风搏斗、与蚊蝇大战，秋天忙捕捞、晾晒海产品，冬天维护国防工事。他们就这样默默地守护着开山岛，年复一年，日复一日。

王继才自 1986 年上了开山岛，一个生龙活虎的大小伙子、干劲十足的生产队长、威武雄壮的民兵营长突然就淡出了人们的视线，甚至有人揣测王继才是不是犯了什么错误给关起来了。王继才成了被遗忘的人。5 年过去了，村里尚有人闲聊时提起王继才过往的趣闻轶事。10年过去了，人们都在忙着向“钱”看，都忙着发家致富，很少提及王继才，就是偶尔有人说起王继才，也是嗤笑他傻。自从王继才上岛后，他的家也搬到燕尾港了，认识王继才的人已经寥寥无几。

2014年8月的一天，一名光明日报社记者带领5个学生搭乘渔政船，登上了开山岛。

王仕花在守岛日记里这样记载：

> 2014年8月6日，天气：多云，东北风6～7级。今天早晨我们俩到后山操场去升国旗，查一查岛的周围和海面，没有什么异常情况。岛上的仪器一切正常。上午10：00有燕尾渔政船516拖县宣传部李主任陪同人民日报和光明日报记者3名来岛采访并住岛，别的一切正常。

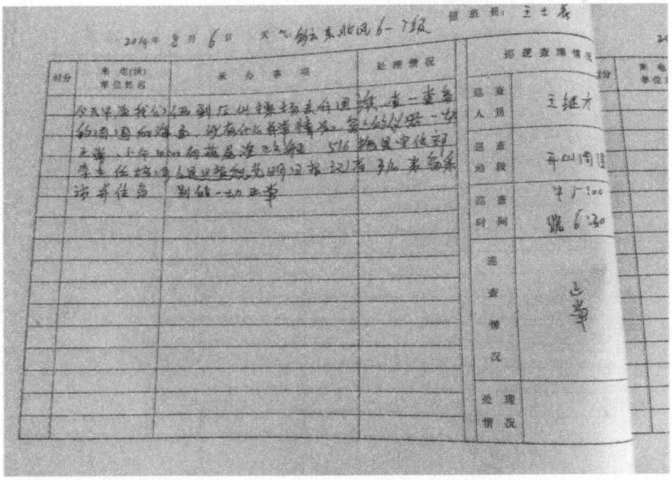

王仕花记录的巡防日记

记者采写的长篇通讯《两个人的五星红旗——王继才、王仕花守岛的故事》在2014年8月26日的《光明日报》发表后，一对守岛夫妻的故事在江苏广为传诵。“王继才”“王仕花”夫妇的名字也成了网络热词，被频频“点赞”。他们在一个没有淡水、没有电、面积不足0.013平方千米的弹丸小岛上坚守28年，只为五星红旗每天冉冉升起。为此，江苏省委、省政府、省军区专门发出文件，授予灌云县开山岛民兵哨所“海防模范民兵哨所”称号，号召全省人民向他们学习。

之后，王继才的名字被人们传颂。当他走在燕尾港小镇上时，过往的人们都向他打招呼。他路过镇文化广场时，只见广场四周围满了人，群众演员正在演唱连云港市地方戏——花船戏，一人唱道：

小船浪到河滩上。

哎，大姐，你这船上装这么些蔬菜水果到哪里去的呀啊……

是去慰问守岛英雄王继才、王仕花夫妇俩的……

——花船戏曲调悠扬。

“哎，这唱的怎么是我们啊？”王继才又惊又喜。

到村里后，老人告诉他：“你现在火了，花船戏、大鼓、琴书，唱的都是你哟。”

回到岛上，王继才把这件新鲜事讲给王仕花听。

人民日报社、新华社、经济日报社等全国各地的记者都来采访王继才，从中央到地方各大新闻媒体纷纷刊发王继才、王仕花的守岛事迹。突然间王继才、王仕花成了名人，王继才下岛办事时，到处都是关注的目光和向他打招呼的人。王继才本来就不善言辞，几十年来的孤岛生活更是使他的性情有了很大的改变。出门在外，他怕有人认出他来，能躲就躲，可是面对媒体他又不得不调整心态。现在手机高度普及，人手一部，走在路上他经常被路人认出来，被要求一起合影。他感到很不自在，又不能拒绝人家的一片热情，每到这时王继才就必须努力地去适应。

王继才最怕在公共场合有电视台跟踪采访。那年去北京参加中央电视台“五星红旗，我为你骄傲——庆祝中华人民共和国成立62周年专题文艺晚会”节目录制，第二天，江苏省军区的领导特别安排王继才夫妇去游览八达岭长城。如果就只是夫妻俩也没什么，但因为有电视台记者扛着摄像机跟着，再加上那些天电视台多次报道他们的守岛事迹，所以他俩格外引人注目。他们此行引起了游客们的注意，大家纷纷围上来要求合影留念。王继才和王仕花看围观的游客越来越多，很是尴尬，只好匆匆游览了一下，就返回来了。

过去在岛上，他们很希望有人来；如今，有人来看望他们，他们又感到过意不去，认为给大家添麻烦了。他们的守岛故事广为流传之后，常有文艺团体上岛来慰问他们，每次观众就他们两个，演职人员却有很多。就为两个人，劳动这么多人，每每这时候，王继才、王仕花就会感到十分不安。

2014 年 10 月 22 日，鞠萍、姜昆、戴志诚、周炜等文艺界名人上开山岛慰问他们。他们带来了一场精彩的文艺演出。可是，开山岛没有舞台，没有灯光、音响，也不像其他地方的演出有那么多的观众。节目一开始是鞠萍和周炜合唱黄梅戏《天仙配》选段《夫妻双双把家还》——这是苏北人最喜欢的唱段，百听不厌。姜昆和戴志诚合说的相声使王继才和王仕花乐得前仰后合。尤其是歌曲《战士的第二故乡》，令王继才激动得热泪盈眶，这是他最喜欢的一首歌。演出效果非常好，让王继才、王仕花赞叹不已。

节目最后，鞠萍提议请王仕花唱一首歌。一阵热烈的掌声过后，王仕花大大方方地站起身来说：“我为大家唱一首《最浪漫的事》。”这是由杨亚洲导演，倪萍、朱媛媛、张延、彭玉主演的电视连续剧《浪漫的事》的主题曲。王仕花将歌词改了，改成了自己的心声——

背靠着背坐在礁石上
听听海涛轻轻歌唱
你希望我越来越年轻
我希望你放我在心上
你说想送我个浪漫的梦想
谢谢我伴你驻守海疆
哪怕用一辈子坚守承诺
只要心里有就记住不忘
我能想到最浪漫的事
就是和你一起慢慢变老
一路上收藏点点滴滴的欢笑
留到以后对着星辰日月慢慢聊
我能想到最浪漫的事
就是和你一起守着开山岛慢慢变老
直到我们老得哪儿也去不了
就待在岛上看夕阳不也挺好

王仕花把这首歌唱得情真意切，把北京来的大艺术家都给感动了。每次有慰问演出，需要招待客人，王仕花就向大女儿王苏请求援助。王苏就请假，自掏腰包去买菜、准备物品托人送上岛。如果演职人员超过十人，王苏还会叫来闺蜜帮忙。后来上岛的人逐年增多，招待费用也不断增多，都是王苏默默地帮妈妈解决掉了。

当夫妻俩的故事跨过黄海海面，被更多的人知道后，来自各方的关切，便无时无刻不温暖着这座小岛。

驻扎在灌云县城的解放军，常常来看王继才王仕花夫妇。每次上岛，战士们都要为夫妻俩带来充足的食材与饮用水。

省军区营房管理部把岛上的住房修缮一新，换上铝合金门窗。门窗非常结实，刮风时再也看不到、听不到窗户“痛苦”地颤抖了。灌云县有关部门给他们装上了太阳能热水器，王仕花再也不用一锅一锅烧洗澡水了。每逢建军节、国庆节、元旦、春节等节日，连云港市委市政府以及灌云县委县政府的领导和驻连云港各部队的首长还会到岛上来看望王继才夫妇。

驻扎在灌云县城的解放军常去看望夫妻俩

“咱们守岛，是尽自己的本分，没想出名。现在这么多领导来看望我们，大家这么关心我们，我们感到过意不去。我们无以为报，只能更认真地守好每一天。”王继才说。

快过春节了，王继才专门找人写了这副对联：

甘把青春献国防　愿将热血化丹青

记者手记

王继才、王仕花夫妇28年孤岛守海防的故事让我登上了位于江苏省灌云县的开山岛。2014年8月在小岛上的5天，我细细聆听这里的声音，看遍了这里的一草一木，被夫妻俩28年坚守小岛只为五星红旗冉冉升起的故事深深感动，写下长篇通讯《两个人的五星红旗——王继才、王仕花守岛的故事》，发表在2014年8月26日的《光明日报》上。

开山岛上团圆饭

2015 年春节，开山岛上灯火通明，王继才一家欢聚在开山岛上。这是 28 年来全家人第一次一个不少的在一起过大年——真正意义上的团圆年。

《光明的故事·牵挂》视频资料

守岛英雄王继才，一生牵挂着黄海前哨开山岛；习近平总书记，牵挂着王继才这样的英雄。

王继才的报道者、光明日报社高级记者郑晋鸣，为你讲述王继才的牵挂，和牵挂王继才的人。

2 月 11 日上午，在 2015 年军民迎新春茶话会开始之前，习近平总书记亲切接见了全国双拥模范代表。其中，就有荣获“情系国防好家庭”“爱国拥军先进个人”称号的王继才。后来，中宣部向全社会公开发布“时代楷模”王继才、王仕花夫妇的先进事迹，他们的事迹感动了无数人。

往年春节，是 28 个春节啊！每一个春节都是怎么过的，王继才、王仕花已经记不清了。但是，有一点他们记得很清楚，就是没有一次是阖家团圆年。无论是在岛上过，还是在村里过，总是人不齐全。这些年中，父母在世的时候，王继才都没能回家过个团圆年。王继才每每想到这些，内心就一阵绞痛，他必须留下，在岛上

2015 年，《光明日报》推出《行进中国·回家的故事》专栏，郑晋鸣与王志国一起上岛“回家”贴“福”字。

站岗，不能下岛，他们只能隔海相望……28 年来，遥望岛下，王仕花的心情只能用惆怅来形容，其中有母亲对儿女的牵挂……按照民俗，除夕夜是不能掉眼泪的，她只能咬牙忍着，此时的王继才喝着酒，也只能是闷酒，夫妻俩的目光各自回避，尽量不对视，他们都怕有绷不住的时候……

后来，孩子们都长大了，各奔东西。他们有的工作忙，有的值班回不来。再后来，他们成家有了孩子，各自的孩子还小，都不方便上岛。渐渐地王仕花也就习惯了。

王仕花和女儿王苏忙着张罗年夜饭。王仕花个子小，够不到灶台，踩在两块石板上，身子吃力地向前微倾。看着母亲的背影，王苏眼眶泛了红：小时候特别羡慕别人家的孩子，过年有父母在身旁，有蜜饯糖果，还有红包拿。而她吃上一顿母亲做的年夜饭，都是特别奢侈的事儿。

王苏从小就担起了“小家长”的重担，给弟弟妹妹做饭。弟弟妹妹吃惯了她做的菜，他们长大后在外地工作，难得回来一趟，都很怀念姐姐做的菜的味道。王苏在这个家庭里的地位举足轻重，她在厨房忙碌着，王仕花退居二线给女儿打下手。

今天王仕花特别开心。多少年来，王仕花和王继才对大女儿一直感到亏欠太多。由于连初中都没读，王苏没有正式工作，一直在燕尾港到处打短工。尽管如此，在弟弟妹妹的眼里，大姐还是最能干最完美的大姐。令人高兴的是，后来，在连云港市领导的关心下，连云港港口集团给王苏在燕尾港安排了一份正式工作。大女儿有了稳定的工作、稳定的收入，王仕花的心踏实了许多。

王继才和儿子王志国此时此刻正聊得热火朝天，这是这么多年来父子俩第一次坐在一起说这么多话。志国现在是标准的军人，难得休假回来一次。如今儿子也已娶妻生子了，这让王继才感到十分欣慰。儿媳妇是个湘妹子，夫妻俩是大学同学。但王继才最感兴趣的、说得最多的还是关于他大孙子的话题。

大家团团围坐下来，一场不同寻常的年夜饭开始了……

晚饭后，孩子们吵闹着要放鞭炮。在王继才的小女儿王帆的带领下，大家登上了灯塔下面的那个小广场——当初部队修的篮球场，现在已经变成了一个小广场。

天色暗下来，小岛上放起了烟花。王继才说，往年这个时候，儿女们都在大海那头的燕尾港给他们放烟花。夫妻俩会猜测哪朵烟花是女儿放的，哪朵烟花是儿子放的。他们也会在岛上给儿女放烟花，看到开山岛的方向有光，儿女们就知道父母在岛上一切都好。在那通信尚不发达的年月里，烟花成了亲人间隔海沟通的语言。

正月初一，国家电网的同志为小岛送来汽油发电机。王继才兴奋不已地说："这下，能踏踏实实看春晚了！"过去夫妇俩用的是小功率太阳能发电设备，遇上阴雨天岛上就没了电。连云港市国家电网的同志告诉我，过完年还要给开山岛装上风光储一体化发电系统。等风光储一体化发电装置的"绿电上岛"项目在开山岛正式运行，以后就不会有断电的事情发生了。这个项目解决了开山岛几十年来断电的难题。如今，岛上电视机、空调等家电一应俱全。开山岛也过上了现代化的幸福生活。

岛上的生活条件发生了巨大的变化。

坚守32年，王继才永远留在了开山岛

2018年7月27日，全国“时代楷模”、开山岛守岛英雄王继才在执勤期间突发疾病，经抢救无效不幸去世，他的生命定格在58岁。

事情发生得这样突然，英雄竟这样匆匆离去！

他的妻子王仕花不信，他的家人不信，他的上级领导不信，他的亲友、同事不信，媒体记者、许许多多的认识、不认识的受众们都不信：他怎么就这么突然离去？

王继才离开了他的妻子、儿女、家人，离开了他的同事、领导，离开了已经融入他生命的开山岛。

在岛上工作生活了32年，一万多个日出星落，记不清次数的狂风恶浪，常人难以忍受的孤独、缺电缺水少食……种种困难，王继才都凭着顽强毅力克服了，在孤岛上坚守下来了，现在开山岛条件渐渐改善，他却突然离开了，离开得那样决然：即便倒下，也似大树崩裂，轰然倒地，毫不拖泥带水。

英雄真的就这样永远离开消失了吗？

你看，开山岛上的国旗每天照常升起；继任的执勤者每天依然循着王继才走了三十多年的线路在认真巡岛；守岛日记每天在增加新的内容；过往的船只依然记得岛上的王继才；王继才亲手种下的苦楝树、无花果树依然生机勃勃；礁石上的那4盏灯依然在黑夜时点亮……

英雄虽然离开，但是开山岛、国旗、王继才这三个元素融合凝聚的开山岛之魂还在！

英雄不言，英雄无悔！

夫妻俩一朝上岛，一生卫国

子女眼中的父亲母亲

王继才说，这辈子他最对不起家人，孩子跟着自己，吃了不少苦。而在孩子们看来，爸爸妈妈是最伟大的人。2014 年 8 月 31 日，3 个孩子给记者写信，道出了他们眼中的爸爸妈妈。

我从内心深处爱着你们

大女儿王苏，13 岁辍学后挑起照顾弟弟妹妹的重担

父亲开始守岛那年，我刚满两岁，我的人生也因此彻底发生了变化。在我童年的记忆中没有爸爸妈妈，因为每一次尚未完全记住父母的模样时，他们便又匆匆离别。

1991 年，我到燕尾港镇读小学，虽然与父母距离近了，但却没有加深我与他们的感情。作为家里的老大，我 13 岁便不再念书，不仅要照顾弟弟妹妹，还要一个人深夜提着大包小包走在漆黑的码头上，找出海渔

船捎带东西给父母。我不止一次地问父母：“为什么非要守岛，难道守岛比我们还重要吗?”父母说：“这是爸妈的工作，你是老大，要给弟弟妹妹做榜样。”

如今，我也有了孩子，每当女儿在家哼着“小小开山岛，钢铁第一哨，夫妻守岛二十载，搏击风浪逞英豪”的歌谣时，我内心五味杂陈。现在，我们三个孩子都已长大，而父母却白发丛生，我也逐渐理解他们为何非要坚守海岛。我想对爸爸妈妈说：“我从内心深处爱着你们。”

父亲对我的爱是那么用心良苦

儿子王志国，现役军人，南京航空航天大学硕士研究生毕业

从我11岁到外地住校读书开始，父亲便将我当成小男子汉看待。一年之中，只有寒暑假我才有时间见到父亲。每次相见，父亲也大多是严肃地与我商讨家事，教育我要成为一个有担当的人。长大后才发现，父亲对我的爱是那么用心良苦。在我成长之路上，父亲虽然没有一直陪伴在我身边，给予我生活上的照顾，但每一次跌倒，我都能感到有一双有力的臂膀将我扶起。

2001年中考失利，父亲借了高利贷为我交了高中入学的赞助费。

2010年，父亲又借钱支持我辞职考研。

母亲是个十分操劳又能吃苦的人。从我记事起，她就没闲下来过。

1995 年父亲被走私犯罪分子非法监禁；

1999 年父亲胃出血病情恶化，命悬一线；

2007 年父亲在岛上摔断三根肋骨。

我们这个家，母亲撑起过一片天！每当我在学校勤工俭学疲惫时，我便会想到身高不足 1 米 5 的母亲，拖着腰椎间盘严重突出的身体，在悬崖峭壁、在浪花里捡海螺、挖海蛎补贴家用的身影，那身影督促着我不断努力前行。

一路走来，父亲母亲从没参加过我的家长会，没有在下雨天给我送过一次雨伞，没有一次在我生病时守护在我的床前。但当我 2013 年研究生毕业，成为江苏省边防总队连云港边防支队的一名军人时，我才真正明白了父母的选择，他们坚持 28 年守卫着那座孤岛、那片海域，是一个中国人对祖国的赤诚大爱。

隔海传来的母爱是那样温暖

小女儿王帆，南京市人力资源和社会保障局职工

小时候我常问爸爸："你们为什么不能陪在我们身边?"爸爸说："等你长大了，就明白了。"那时，我是多么急切地盼望自己赶快长大啊！如今，我们都长大

了，爸爸也老了，白发一天比一天多，而我也的确理解了父母的选择。在我心中，父亲就像一座大山，有父亲在，我就踏实、安心。

都说女儿是妈妈的小棉袄，对于母亲来说，我这个“小棉袄”并不让她省心。每次受到委屈、遇到挫折时，我便试图向妈妈诉说，小的时候我会瞒着姐姐偷偷写纸条，请渔民叔叔帮忙捎上岛，后来有了手机，“哭诉”的途径更方便了。妈妈是个感情细腻的女人，接到我的纸条后，常常急匆匆地回来看看我，再急匆匆地返回。虽然我从没在妈妈怀里撒过娇，但她隔海传递回来的母爱是那样温暖、甜蜜。

在许多人看来，我有一个经济贫困的家庭，父母是一对倔强、死脑筋的守岛人，但我为有他们这样的父母而骄傲，他们给予我的精神财富是金钱无法比拟的。

上岛学生眼中的王继才夫妇

“岁月洗礼下的坚持，最让人感动。”“他们是中国的好夫妇，他们的信念如五星红旗般耀眼夺目。”2014年8月以来，《光明日报》对王继才夫妇28年孤岛守海防的报道引起了持续热烈反响。江苏省委书记罗志军做出批示：“此报道很感人，是培育和践行社会主义核心价值观的生动典型和实践。”同年，三名上岛参与采访的学生写下了他们的心里话，让我们得以从另一个视角观察王继才夫妇。

韩灵丽：用五天思考青春的意义

住岛的日子，虽然只有短短五天，却刻骨铭心。

岛上蚊虫多，第一个夜晚，我怎么也睡不着，苍蝇、蚊子在眼前乱飞，我一遍遍喷杀虫剂，喷到自己被呛得眼泪直掉，蚊虫依然坚强地活着。第二天起床，我已被咬得浑身是包，胳膊、大腿被抓得满是红印。王继才看到后，给了我支药膏，说："你那风油精不管用，涂这个。"我接过它，好奇地问："蚊子这么多，你们怎么能睡着?"他说："别说蚊子，连蛇也不咬我。"王继才告诉我说，刚上岛时，他也被咬得浑身是包，痒得能抓出血，血干掉了，蚊子再咬，他再抓……咬着咬着，皮也厚了，现在蚊子根本不碰他。这些年，上岛看望他们的人越来越多，他就托人带了这支药膏，专给"城里人"用。我脸"刷"的一下红了，突然特别后悔在他面前抓痒，我觉得自己根本没资格嫌弃这里。为了守岛，老王夫妇忍受孤独和寂寞，而我却最害怕独自一人，还为了寻求热闹，把大把时间浪费在无聊的事情上。那晚，我彻夜未眠，"爱国""奉献"这些被大多数同龄人视为"高大上"的词语，却在一夜之间烙在我心底，让我第一次认真地思考青春的意义。

张曙光：身体是父母的，人是祖国的

有一次，我看见王继才坐在营房门前的一块石头上抽烟，便走了过去。俯首的一刹那，我的心咯噔了一下。只见老王的胳膊和腿上长满了豆大的白点子。密密麻麻的白点子和他黝黑的皮肤形成了强烈的反差，晃得我眼睛都有些晕。

一年到头吹着海风，老王患上了严重的湿疹。江苏省军区领导曾专门把老王送去军区总医院治疗，但医生说那是潮湿的海风吹的，没办法治，离开海岛到陆地上生活就会好了。

王仕花告诉我，老王喜欢泡澡，以前上岸，忘不了去澡堂过把瘾。可现在，因为身上有湿疹，老王不敢去澡堂了，生怕吓着别人。

白天或者是天热的时候还好，可是到了晚上或天冷的时候，长湿疹的地方会特别痒。“痒就抓呗，这点身体上的小事不算回事儿。”王继才说。

也许有人会说，老王夫妇俩都五十几岁了，也到退休的年龄了，上岸得了。可老王哪里答应，他说：“身体是父母的，人是祖国的，家就是岛，岛就是国。”

蔡檬檬：做一个纯粹的人

几天的住岛采访有太多的意想不到。比如登岛第一天还激动不已的一行人，第二天对着孤寂的大海就不想说话了；再比如无意翻看岛上的值班簿，可当我翻开其中一本，看完其中一篇后，就忍不住想一页一页、一本一本翻下去：原来看似孤寂的小岛上竟有这么多的故事。

在岛上的第三天清晨，或许是一下子多了几个一起升旗的人，王继才有些激动，他拉着我们，指向远方认真地说："东边就是日本，当年日军侵占连云港，是以开山岛为跳板登陆的。岛虽小，但它是祖国的东门，我必须在这里插上中华人民共和国国旗。"一行人向着云雾缥缈的远方眺望，其实什么也看不到，可王继才的话却在耳边，字字有力。

去后山拍照的路上，看到王仕花正蹲在地上拔草，"这岛上树难长，草蹿起来却厉害"。从台阶间到岩石缝里，她两三天就得拔一回，"家就得有家的样子"。

岛上其实不止三只狗，苦楝树下还埋着一只。王仕花告诉我："大狗吃了有毒的东西死了，我和老王两个人把它抬到树下。"我按下快门，拍下了那棵长了28年的苦楝。

我一直在想，为什么这孤岛上的一草一木，都美得叫人流泪。后来我明白了，是这对平凡夫妻对国家的赤诚大爱和对海岛的刻骨深情，浇灌、感染着它们，赋予了它们更加饱满的生命。

而我也被感染了：要像他们一样，爱国、敬业，做一个纯粹的人。

王继才的感召效应

2018年7月27日，全国“时代楷模”、守岛英雄王继才病逝，一篇报道引起中央领导高度重视。一时间，王继才夫妇守岛爱国的先进事迹广泛传播，感动了全国亿万群众。

习近平总书记对王继才同志先进事迹做出重要指示强调：王继才同志守岛卫国32年，用无怨无悔的坚守和付出，在平凡的岗位上书写了不平凡的人生华章。我们要大力倡导这种爱国奉献精神，使之成为新时代奋斗者的价值追求。

2018年9月12日，中宣部、中央军委政治工作部、江苏省委共同举办学习宣传王继才同志先进事迹座谈会，中共中央政治局委员、中宣部部长黄坤明出席会议并讲话强调，要深入贯彻落实习近平总书记重要指示精神，广泛学习宣传王继才同志的先进事迹和崇高精神，大力营造崇尚英雄、学习模范、争当先进的浓厚氛围。

全军和武警部队迅速行动起来，把贯彻落实习近平主席重要指示精神、学习王继才同志先进事迹纳入当前部队思想政治教育，进一步激励广大官兵弘扬爱国奉献精神，在本职岗位建功立业。

从黄海前哨到雪域高原、从南沙岛礁到北疆大漠，广大官兵一致表示：贯彻落实习主席重要指示精神，就是要像王继才同志那样，做新时代的奋斗者，在平凡岗位上书写不平凡的人生华章。

正在西北大漠驻训的陆军某炮兵旅，利用野战影音系统，组织2000余名官兵第一时间学习习近平主席重要指示，围绕“我向王继才同志学什么”“如何立足基层岗位做奉献”等主题进行深入讨论，感悟王继才同志的爱国奉献精神，牢记自身使命职责。

海南省三沙警备区号召全体官兵以王继才同志为榜样，矢志卫国戍好“祖宗海”。官兵们纷纷表示：要把从王继才同志先进事迹中汲取的精神养分，化作戍边守海的精神动力，用实际行动戍好“蓝色国土”。

有网友问：“守岛卫国32年，不惧风雨不言苦。这是一种什么样的力量，能让一个人把一生年华都奉献在一座远离陆地的小岛上？”

答案只有一个：信仰。在王继才的境界里，是“守岛就是守家，国安才能家安”；在他的荣誉里，是“你不守，他不守，这岛，谁守？”

“王继才是我们这个群体的突出代表，他身上有我们戍边人共同的故事。”广西那坡县天池国防民兵哨所哨长凌尚前表示：守边防和守海岛环境虽然不同，但性质相似、任务相通。在王继才事迹感召下，凌尚前动员女婿放弃货运生意上哨所当了哨兵，还告诉儿子让他来接班。如今，哨所被评为爱国主义教育基地，凌尚前自告奋勇担任讲解员，他要把王继才和像王继才那样的戍边人的故事讲给更多的年轻人听。

全国“时代楷模”、山东兰陵县卞庄街道代村社区党委书记王传喜一步一个脚印带领村民致富，在全县率先实行了土地流转，建起全国首个“国家农业公园”和“代村商贸物流城”。“王继才同志舍小家为国家，不为利益所惑，不为困难所惧，在平凡岗位做出了不平凡的业绩。”王传喜说。

全国“时代楷模”、农业专家赵亚夫正带领团队走进贵州大山深处的沿河县，为这个在脱贫攻坚一线的贫困县“把脉问诊”。他们4天时间走过了沿河7个镇14个农业点，不是在路上，就是在地头。“王继才用一生守岛卫国，我们也要为老百姓脱贫致富贡献所有力量。”赵亚夫说。

2018年8月，江苏省淮安市盱眙县桂五镇敬老院焕然一新。江苏“时代楷模”李银江院长为了做好养老事业服务社会，对敬老院进行亮化、美化、净化、绿化。“我要以王继才同志精神的正能量，走完王继才没走完的路，继续为社会奉献自己的光和热。”李银江说。

中央军委国防动员部副部长王东海指出，王继才身上蕴含着四个方面的精神内涵：

> 灵魂内核是忠诚——32年守岛，他始终听党话、跟党走，用行动铸就听党指挥的不变军魂。
>
> 质朴情怀是奉献——他无私忘我，不辞艰苦、不求回报、不计得失，把有限的生命投入到无限的爱国奉献之中。
>
> 价值追求是坚守——他每天干着巡海岛、观天象、护航标等普通的工作，日复一日、心无旁骛，在平凡的岗位上书写了不平凡的人生华章。
>
> 时代精神是奋斗——他把对祖国的感情融入工作奋斗中，始终脚踏实地、敬业务本，是我们走进新时代、实现新作为的一面镜子、一盏航灯。

网友纷纷留言，当今社会既有英雄辈出，亦有沉渣泛起。英雄们可歌可泣的事迹，理应获得全社会关注，从而增添激浊扬清的“正能量”。真善美从未随风而逝，无须包装，也不用升华，原生态的正能量最叫好，也最叫座。

事实胜于雄辩，正能量永远是主旋律。

伟大时代呼唤崇高追求

习近平总书记对王继才的守岛事迹做出的重要指示，在江苏引起强烈反响，广大干部群众纷纷表示，英雄离去但精神永存，要深刻领会总书记的重要指示精神，在各自岗位上大力倡导践行爱国奉献精神，并将之化为新时代奋斗者的价值驱动。

带着老王的诺言保家卫国

2018 年 8 月 8 日上午，连云港市委做出《关于开展向王继才同志学习活动的决定》。下午，灌云县委召开常委会学习传达习近平总书记重要指示精神。县委书记左军表示，开山岛夫妻哨为全县党员干部树立起标杆，我们要学习他们默默坚守、甘于寂寞、克服困难、无私奉献的精神。全县干部群众要在各自岗位上坚守职责，用实际行动学习榜样，在高质量发展和脱贫攻坚的道路上交出满意答卷，带领全县人民走向全面小康。

“老王走了，但他的精神永存，我会带着老王的诺言坚守岗位、保家卫国。”灌云县燕尾港镇副镇长、人武部部长姜驹说，王继才最让他佩服的，就是在艰苦条件下数十年如一日的坚守。他对事业的执着，对荣誉的珍惜，在当今社会尤显珍贵。“爱国奉献就是要踏实走好自己的路、做好自己的事，这样才能无愧于党，无愧于国家，无愧于良心。”

江苏省军区官兵纷纷表示，要认真学习好、领会好、贯彻好习近平总书记对王继才的守岛事迹做出的重要指示精神，迅速掀起学习王继才同志矢志守岛卫国、无悔奉献国防精神的热潮，把理想信念的火种、红色传统的基因一茬茬、一代代传下去。

共产党员身份是一辈子的坚守

“共产党员身份不是一阵子的坚持，而是一辈子的坚守。”淮安市盱眙县桂五镇敬老院院长李银江对王继才这位守岛英雄格外钦佩，在他看来，王继才坚守一线，对工作有种特别的热爱。“学习王继才，就是要把平凡的小事做好。”李银江表示。他说今后自己将一如既往地坚守岗位，站在服务群众最前沿，全心全意为群众排忧解难，在无怨无悔的奉献中为人民服务，无愧于新时代的使命担当。

“王继才的爱国奉献精神让一线基层干部肃然起

敬。”南京市栖霞区仙林街道党工委书记孙金娣长期扎根基层，对于坚守一线的艰苦深有体会。“与王继才相比，我还远远不够。”孙金娣说。她表示今后自己要坚持爱国奉献、心系群众，把为群众谋实事作为工作的原动力，继续守在基层一线，做群众的知心人。

“王继才夫妇32年来，坚持每天升旗、巡岛、护航标……这是多么让人震撼的平凡。我们将组织社区干部学习王继才先进事迹，把爱国奉献、不怕艰苦的精神融入对街道居民的日常服务中。”扬州市邗江区新盛街道党工委书记王爱隽表示，“习近平总书记的重要指示激励着我们，要把王继才同志这种爱国奉献精神自觉化为自身的价值追求。”

在平凡岗位书写人生华章

“守岛卫国32年，用无怨无悔的坚守和付出，在平凡的岗位上书写不平凡的人生华章。”王继才的先进事迹让宿迁市宿城区黄河水上志愿救援队队长王爱东深受感动和鼓舞。黄河水上志愿救援队作为公益志愿组织，10年来默默坚守，从最初4个人发展到今天8600多人。王爱东说：“我们一定深刻领会习近平总书记的重要指示精神，学习王继才长期在艰苦岗位甘于奉献、勇于担当的精神，继续坚守志愿救援。”

江苏省委组织部副部长周为号说，重要指示精神充分体现了习近平总书记重视基层、关爱党员的深情。王继才守卫的是孤岛，坚守的是信念，诠释了对党忠诚、敢于担当、吃苦奉献、甘于寂寞的宝贵品质。广大党员和基层党组织要认真学习贯彻总书记的重要指示精神，积极发掘、关爱那些长期奉献在边远地区、艰苦岗位的基层党员干部，让他们身上有荣誉、心中有温暖，激励每名党员干部争做新时代的奋斗者。

江苏省委常委、宣传部部长王燕文说，王继才夫妇是践行社会主义核心价值观的时代楷模，是所有党员干部的学习榜样。江苏省各级各部门要深入学习宣传王继才夫妇胸怀祖国、情系国防的爱国精神，公而忘私、顾全大局的奉献精神，立足岗位、忠于职守的敬业精神，善良朴实、一诺千金的诚信精神，用他们的模范行为和高尚精神感召大家、带动群众，努力在全社会培育和践行社会主义核心价值观。

尾声　英雄并未远去

写了这么多年、这么多内容的王继才与开山岛，总觉得还有很多东西没写完，还想写。

在写王继才的时候，我总在想，王继才只是一个普普通通的守岛民兵，几十年所干的工作就是守一座小的不能再小的孤岛，每天的工作内容单调枯燥，并没有惊天动地的壮举，但为什么他会赢得这么多人的尊重和崇敬？

王继才是一个平凡的人。在许多人为了发家致富在商海忙碌时，他却逆向而行登上孤岛，而且一待就是32年，把青春和生命都奉献给了这座岛。在很长一段时间里，有不少人不理解他，他们心里有一个疑问：王继才这么做值吗？

我想起中国汉代的司马迁曾经说过这么一句话："人固有一死，死有重于泰山，或轻于鸿毛……"

毛泽东在抗战期间为悼念一位普通八路军士兵，引用了司马迁的这句话，并为这句话做了诠释："为人民利益而死，就比泰山还重。"

王继才上岛后，由于客观条件所限，很少与外界交流，他在有限的和他人的交流中，多次表述："我做不了别的，只能干好本分继续守好岛。""我要守岛守到守不动为止。"在王继才心里，岛是国家的，这个信念任凭风吹浪打，谁也无法撼动。这就是一个平凡人朴实的心声。

习近平总书记对王继才同志先进事迹做出重要指示强调，王继才同志守岛卫国32年，用无怨无悔的坚守和付出，在平凡的岗位上书写了不平凡的人生华章。我们要大力倡导这种爱国奉献精神，使之成为新时代奋斗者的价值追求。

王继才用32年坚守孤岛的朴实无华行为向世人证明：持续的平凡就是伟大！

一个国家、一个民族不能没有英雄。在中华民族迈向伟大复兴的新时代，更需要许许多多像王继才这样的平凡英雄。

英雄并未远去！

附录

《光明日报》对王继才事迹的宣传报道

只为五星红旗每天冉冉升起

王继才夫妇28年孤岛守海防

本报南京8月25日电（记者郑晋鸣） 近日，一对守岛夫妻的故事在江苏广为传诵，王继才、王仕花[①]夫妇的名字也成了网络热词，被频频“点赞”。他们在一个没有淡水、没有电、面积不足20亩的弹丸小岛上坚守28年，只为五星红旗每天冉冉升起。为此，江苏省委、省政府、省军区近期专门发出文件，授予灌云县开山岛民兵哨所“海防模范民兵哨所”称号，号召全省人民向他们学习。

开山岛虽然环境恶劣、位置孤绝，却是黄海前哨、我国的东大门。8月5日至9日，记者一行来到开山岛，和夫妇俩住在同一屋檐下，追寻他们28年的足迹。

1986年，岛上驻扎的一个边防连撤离，地方人武部开始派民兵守岛。有人干了3天，哭了；有人干了13天，几乎疯了。“就算给100万，也决不来！”最终，没有一人留下。

---

① 在《光明日报》有关王继才、王仕花的报道中，曾用“王士花”一名。“王士花”为王仕花曾用名，本书统一为“王仕花”。

只为五星红旗每天冉冉升起

王继才夫妇28年孤岛守海防

培育和践行社会主义核心价值观

富强 民主 文明 和谐
自由 平等 公正 法治
爱国 敬业 诚信 友善

本报南京8月25日电（记者郑晋鸣） 近日，一对守岛夫妻的故事在江苏广为传诵，王继才、王士花夫妇的名字也成了网络热词，被频频"点赞"。他们在一个没有淡水、没有电、面积不足20亩的弹丸小岛上坚守28年，只为五星红旗每天冉冉升起。为此，江苏省委、省政府、省军区近期专门发出文件，授予灌云县开山岛民兵哨所"海防模范民兵哨所"称号，号召全省人民向他们学习。

开山岛虽然环境恶劣、位置孤绝，却是黄海前哨、我国的东大门。8月5日至9日，记者一行来到开山岛，和夫妇俩住在同一屋檐下，追寻他们28年的足迹。

1986年，岛上驻扎的一个边防连撤离，地方人武部开始派民兵守岛。有人干了3天，哭了；有人干了13天，几乎疯了。"就算给100万，也决不来！"最终，没有一人留下。

1986年7月14日，27岁的王继才被送到岛上。怪石嶙峋，一片枯黄，就连飞鸟都不在此停留，王继才心生绝望，从不抽烟喝酒的他一个月喝了30瓶酒、抽了60包烟。

"你不守我不守，谁来守？"朴素的信念，支撑着王继才选择了坚守。48天后，妻子王士花上岛探望看到完全变了模样的丈夫时，心疼不已，便辞去小学教师的工作，和丈夫一起，开始了漫长的守岛生活。

28年来，夫妇俩只做了一件事，那就是：坚守承诺。王继才说："妻子的陪伴，冲淡了海水的苦涩腥咸。"有人说，他们是孤岛上的夫妻哨，一辈子相守相爱。

清晨5点，太阳刚跃出海平面，王继才和王士花就扛着旗走向小岛后山，一人升旗，一人敬礼，没有国歌，没有奏乐，却庄严肃穆。28年的每一天，五星红旗都会在孤岛上升起。王继才说："开山岛虽小，却是国家的东门，我必须升起中华人民共和国的国旗。"

因为每天飘扬的五星红旗，28年的苦和痛都有了意义。

每天两次巡山，怕对方出什么意外，夫妻俩都要去。风大或下雨时，他们就用绳子拴在各自腰间，互相拉着，怕滑下悬崖。老王已记不清从山崖、瞭望台上摔下来多少次，他断过3根肋骨，两次被山上滑落的飞石砸中头部；王士花曾因胆囊管破裂，差点走入"鬼门关"。岛上湿气大，夫妻俩都患上了严重的风湿性关节炎，常常在夜里痛醒，互相敲打止疼。记者看到，窗台上放着两瓶止疼喷剂。

1987年7月，王士花临产，无奈台风大作，茫茫大海，没有一艘船只。情急之中，王继才通过手摇电话向对岸医生求救，才把儿子接生下来。

1997年8月，一个搞偷渡的"蛇头"私下上岛找到王继才，掏出10万元现金，让他行个方便，在岛上留些"客人"住几天。王继才一口拒绝，对方恼羞成怒，威胁要让他"吃罚酒"。最终警方将这名"蛇头"及其同伙抓获。

过去，岛上无水、无电，一盏煤油灯、一个煤炭炉，一台收音机是岛上的全部家当。20多年里，夫妻俩听坏了19台收音机。今天，岛上生活已有了很大改善，安装了太阳能发电机，光照好的时候，每天可以看到不同的电视节目。连云港军分区还把6间旧营房重新整修，盖了卫生间和浴室。

"要守到守不动为止。"一朝上岛，一生卫国。以孤岛为家，与海水为邻，和孤独做伴，夫妻俩把全部青春年华献给了祖国的海防事业。

（6版刊登通讯《两个人的五星红旗》）

图为8月7日早晨5点，王继才夫妇在升国旗。

本报通讯员 蔡樑樑摄

1986年7月14日，27岁的王继才被送到岛上。怪石嶙峋，一片枯黄，就连飞鸟都不在此停留，王继才心生绝望，从不抽烟喝酒的他一个月喝了30瓶酒、抽了60包烟。

"你不守我不守，谁来守？"朴素的信念，支撑着王继才选择了坚守。48天后，妻子王仕花上岛探望看到完全变了模样的丈夫时，心疼不已，便辞去小学教师的工作，和丈夫一起，开始了漫长的守岛生活。

28 年来，夫妇俩只做了一件事，那就是：坚守承诺。王继才说："妻子的陪伴，冲淡了海水的苦涩腥咸。"有人说，他们是孤岛上的夫妻哨，一辈子相守相爱。

清晨 5 点，太阳刚跃出海平面，王继才和王仕花就扛着旗走向小岛后山，一人升旗，一人敬礼，没有国歌，没有奏乐，却庄严肃穆。28 年的每一天，五星红旗都会在孤岛上升起，王继才说："开山岛虽小，却是国家的东门，我必须升起中华人民共和国的国旗。"

因为每天飘扬的五星红旗，28 年的苦和痛都有了意义。

每天两次巡山，怕对方出什么意外，夫妻俩都要去。风大或下雨时，他们就用绳子拴在各自腰间，互相拉着，怕滑下悬崖。老王已记不清从山崖、瞭望台上摔下来多少次，他断过 3 根肋骨，两次被山上滑落的飞石砸中头部；王仕花曾因胆囊管破裂，差点走入"鬼门关"。岛上湿气大，夫妻俩都患上了严重的风湿性关节炎，常常在夜里痛醒，互相敲打止疼。记者看到，窗台上放着两瓶止疼喷剂。

1987 年 7 月，王仕花临产，无奈台风大作，茫茫大海，没有一艘船只。情急之中，王继才通过手摇电话向对岸医生求救，才把儿子接生下来。

1997 年 8 月，一个搞偷渡的"蛇头"私下上岛找到王继才，掏出 10 万元现金，让他行个方便，在岛上留些“客人”住几天。王继才一口拒绝，对方恼羞成怒，威胁要让他“吃罚酒”。最终警方将这名“蛇头”及其同伙抓获。

过去，岛上无水、无电，一盏煤油灯、一个煤炭炉、一台收音机是岛上的全部家当。20 多年里，夫妻俩听坏了 19 台收音机。今天，岛上生活已有了很大改善，安装了太阳能发电机，光照好的时候，每天可以看到不同的电视节目。连云港军分区还把 6 间旧营房重新整修，盖了卫生间和浴室。

“要守到守不动为止。”一朝上岛，一生卫国。以孤岛为家，与海水为邻，和孤独做伴，夫妻俩把全部青春年华献给了祖国的海防事业。

本文刊载于《光明日报》2014 年 8 月 26 日 01 版

两个人的五星红旗
——王继才、王仕花守岛的故事

这是一个真实的传奇故事。在一个远离大陆、荒无人烟、台风肆虐、面积不足20亩的小岛上，一对夫妻坚守边防，一守就是28年。

28年的每一天，几乎都是同一天。枯燥、孤独、无助、绝望，夫妻俩把所有心酸、痛楚咬碎了往肚里咽，只为让五星红旗每天在孤岛上冉冉升起。

这个岛，叫开山岛，距离江苏连云港灌云县燕尾港12海里，虽然环境恶劣，位置孤绝，却是黄海前哨，必须有人值守。当年，日军侵占连云港时，就曾把开山岛当作登陆的跳板。

“石多水土少，台风四季扰。飞鸟不做窝，渔民不上岛。”在当地人眼中，开山岛就是一座“水牢”。

可王继才、王仕花夫妇却不但要守，而且要“守到老得不能动为止”！

“要走你走，我决定留下！”“你不守我不守，谁守？组织交给我的任务，我就是要守到守不动为止。”

在渔政船上，工作了快十年的小伙子徐江一听记者是去开山岛采访的，半开玩笑地说：“万一刮个台风，十天半个月都下不来，你们可别哭。”

一个小时后，馒头状的岛屿出现了。眼前的小岛，不是什么层林尽染、绿波翻涌的世外桃源，而是残垣断壁、怪石嶙峋，和海水的颜色连成一片枯黄。礁石上，两个穿着迷彩服的人挥舞手臂。高处，五星红旗迎风飘扬，呼呼作响。

岛小石多，没有专用的码头，船绕了好半天才靠近岛岸，被王继才粗大的手掌抓住的刹那，一股热腾的力量灌入心中。

跟着他，只 20 分钟，整个开山岛就转了个遍。

两个人、三只总跑在人前头的小狗、三只不打鸣的公鸡、水窖里几条净化雨水的泥鳅——这是岛上全部鲜活的生命。

28 年，除了岩石缝里的蒿草，就种活了屋子前后的 3 棵无花果，长了 10 多年直径只有六七厘米的苦楝，还有散了一山种子，毛毛糙糙冒出来的才半人高的松树。

1986 年 7 月，连续走了 4 批 10 多个民兵后，人武部政委找到了当时的生产队长兼民兵营长王继才，在大家眼里，这个老实巴交的年轻人恐怕是最后的希望。“当年大女儿才两岁，家里上有老、下有小。”“王继才，这岛，只有你能守住！”政委拍了拍他的肩膀，

“先别和老婆讲。”27 岁的王继才心里明白：军令如山。

“1986 年 7 月 14 日早上 8 时 40 分。”王继才把这个登岛的时间记到了“分”。

满山怪石，野草在石缝里乱颤，空荡荡的几排旧营房，一条黑咕隆咚的坑道，加起来顶多 100 多米长的台阶石道，没有淡水，没有电……这哪是人待的地方！

第一晚，海风扯着嗓子往屋子里钻。王继才害怕，一宿没敢合眼，煤油灯也亮了一夜。“就盼着天亮，第二天只要有船来，我就走。”

天终于亮了，打开房门，王继才毛骨悚然：岛上，到处是蛇、老鼠和蛤蟆！江淮流域暴发洪水，蛇、鼠和蛤蟆冲入海里，又被海水卷上了岛。“我用铁床堵住门，蜷在角落里，抽烟喝酒壮胆。”送王继才上岛的船，留下 6 条玫瑰烟、30 瓶灌云云山白酒，王继才苦笑着告诉记者，他就是从那天起学会了抽烟、喝酒。

后来，蛇、鼠和蛤蟆都莫名其妙地死在干石上了，他才敢出门。海上有渔船在捕鱼，王继才拼命地喊、拼命地挥衣服，可船都绕开了，他心生绝望，想到了跳海。很多年后他才知道，为了能让他留在岛上，灌云县武装部和边防派出所给当地渔民都下过命令：谁都不许带王继才离开岛！

“岸上的人都说我去坐‘水牢’了，但坐牢还有人陪，有人说话。”王继才说自己喝醉了，倒在哪里就在哪里睡。到第35天，酒喝光了，烟也抽完了，就挖岛上的大叶菜，碾碎了用报纸卷着抽。

直到第48天，王继才盼到了一条渔船，船头，站着妻子王仕花——全村最后一个知道丈夫去守岛的人。

王继才跳上船，抱着妻子就哭。王仕花说自己当时吓傻了，面前这个胡子拉碴、满身臭气的“野人”，是自己的丈夫吗？“这边是碗，那边是筷子，脏衣服到处都是。”在王仕花心里，丈夫守着家里好好的日子不过，偏要来守这巴掌大的岛，让她又气又心疼：“别人不守，咱也不守，回去吧！”

同行的领导抹了把泪，悄悄把王继才拉去后山的操场：“政委说发洪水的时候你肯定会害怕，让我转告你千万别当逃兵！”“如果你逃了，很难找得到守岛的人了。”

王继才心一怔，一言不发地抽完一整包烟。

第二天，妻子拉着王继才回去，他平静地说：“要走你走，我决定留下！”

王继才告诉记者：“当时心里其实一点也不平静，小船徐徐启动，老婆也要离开了，我的心开始流血，等船走远了，我就坐在那儿放声大哭。”

但令他怎么也想不到的是，不到一个月，妻子带着包裹，又上岛了。

王继才气急败坏：你来干吗！你怎么也不和我商

量！死一般的沉寂后，王继才一把抱住妻子，两人哭成一团，其实，他是心疼妻子。为了上岛照顾丈夫，王仕花辞去了小学教师的工作，将两岁大的女儿托付给了婆婆。

说起王继才夫妇，渔民们心里又暖又心酸："在这片海域打鱼的人，哪个没得到过这两口子的帮助?""晚上出海时，老王会亮起信号灯，遇到雨雾下雪天，他就在岛上敲盆子，咣咣直响，引我们绕开危险的地方。"一位姓温的船老大告诉记者，大家经过小岛时，也总是会习惯地往岛上看看，"他们没粮食就会摇红旗，我们看到了，就会帮他们从岸上带。"

"有一年，连续刮了十来天大风，我心里估摸这岛上煤用光了，两口子吃什么?可船出不了海，只能干着急。"金华平是燕尾港300多艘渔船主人里和夫妇俩走得最近的渔民之一。他说，等风小后上岛，夫妇俩已吃了好几天生米，饿得话都说不出。金华平心里酸透了："都说渔民日子苦，可他们比我还苦上十倍百倍!"

过去，一盏煤油灯，一个煤炭炉，一台收音机，是岛上的全部家当。20多年里，夫妇俩听坏了19台收音机。

王仕花说，看不到电视，就边听收音机边在树上刻字。记者一看，那棵长了20多年的无花果树上，刻着"热烈庆祝北京奥运会胜利开幕"，绕到背面，一行清晰的字——“钓鱼岛是中国的”。

“以后树长大了，字也会越来越大。”王仕花腼腆地笑了。

“这么苦，为什么还守?”

“你不守我不守，谁守？我是幸运的，我还有一个家，我不能对不起老祖宗流的血，组织交给我的任务，我就要守到守不动为止。”王继才在一旁斩钉截铁地说。

记者抬头一看，那棵无花果树，结了一树的果子。

“开山岛虽然小，但它是祖国的东门，我必须插上中华人民共和国国旗。”“只有看着国旗在海风中飘展，才觉着这个岛是有颜色的。”“现在对我们来说，家就是岛，岛就是国。”

早晨5点，天刚蒙蒙亮，王继才和王仕花就扛着旗走向小岛后山。3只小狗跑在前面，它们对这段通往后山的台阶已太熟悉。

破旧的小操场上，王继才挥舞手臂，展开国旗，一声沙哑却响亮的“敬礼”融进国旗沿着旗杆上升摩擦的响声中，3只玩耍的小狗也消停下来，王仕花认真地望着国旗，个头只有一米五的她，连敬礼的姿势都显得有些别扭，但这一幕在记者眼里，却美得叫人流泪。

“没人要求，没人监督，没有人看，你为什么还要如此较真?”

“国旗是我们中华人民共和国的象征，开山岛虽然小，但它是祖国的东门，我必须插上中华人民共和国国旗。”王继才转过身子对记者说，“只有看着国旗在海风中飘展，才觉着这个岛是有颜色的。”

岛上风大湿度大，太阳照射强烈，国旗很容易褪色、破损。在守岛的 28 年里，夫妇俩自己掏钱买了 170 多面国旗。

升旗结束后，夫妻俩开始一天里的第一次巡岛，他们来到哨所观察室内，用望远镜扫视海面一圈，看有无过往的船只，看一看岛上的自动风力测风仪、测量仪是否正常，王继才指着海面上几处礁石上的灯塔，告诉记者：“岛东边是砚台石，西边有大狮、小狮二礁和船山，这 4 盏灯每天都要看。”

同样的场景在晚上 7 点再次出现，不同的是，夫妇俩的手里多了一个手电筒。

一天的工作结束后，夫妇俩就要记录当天的守岛日记。一摞摞的巡查日志被王仕花装在大麻袋里，拿出来，铺满了整个桌子。那是记者看过最动人的值班簿。

2008 年 6 月 19 日，星期四，天气：阴。开山又有人上岛钓鱼，老王说，上岛钓鱼可以，但是卫生要搞好。其中一个姓林的和姓王的说岛也不是你家的，卫不卫生，关你什么事，老王很生气。

2008 年 8 月 8 日，星期五，天气：晴。今天是奥运会开幕，海面平静，岛上一切正常。

2011 年 4 月 8 日，天气：晴。今天上午 8：30 有燕尾港看滩船 11106 号在开山前面抛锚，10：00 有连云港收货船和一只拖网船也来开山前面抛锚。岛上的自动风力测风仪、3 部测量仪都正常。

2014 年 8 月 6 日，天气：多云，东北风 6～7 级。今天早晨我们俩到后山操场去升国旗，查一查岛的周围和海面，没有什么异常情况，岛上的仪器一切正常，上午 10：00 有燕尾港渔政船 516 拖光明日报记者 6 名来岛采访并住岛，别的一切正常。

…………

“这里只有 1999 年以后的观察日志，之前十多年的堆起来有一个人高了，都被那混人烧了！”王继才点了支烟，一脸心痛。

开山岛位置独特，并且有很多地下工事，是一些犯罪分子向往的“避风港”。

1999 年，孙某看中了开山岛，打着旅游公司的牌子，想在岛上办色情场所。

王继才迅速报告上级。孙某眼看事情要败露，威胁王继才说：“你 30 多岁，死了还值，可你儿子十来岁，死了多可惜！”

“当时听到‘儿子’两个字，心里真是咯噔了好几下。”王继才抿了口酒说，但自己不害怕，“少来这一套，我明白地告诉你，我是为国家守的岛，如果我家人出事了，你休想逃脱！”

见硬的不行，孙某又赔着笑脸掏出一沓钱来：“只要你以后不向部队报告，赚了钱咱俩平分。”王继才推开他：“不干净的钱我坚决不要，违法的事我坚决不干！”

孙某见王继才软硬不吃，又想出栽赃陷害的法子。一天，在骗王仕花离开小岛后，孙某指使一个脱得精光的女孩往王继才的值班室走，想用美色引诱他，后面还有人偷偷拿着摄像机摄像。王继才连忙关上门，气愤地骂道：“混账东西，给我滚！”孙某气愤至极，带人强行把王继才拖到码头狠狠鞭打。

一回头，王继才看到的是哨所值班室燃起的熊熊大火，值班室里，多年积攒的文件资料、观察记录瞬间化为了灰烬，他的心都碎了。

所幸的是，当地公安机关和武装部门得知情况后，组织人员赶到岛上，最终将犯罪分子绳之以法。

时间久了，挡人财路的夫妇俩就成了违法分子的眼中钉、肉中刺，险情时有发生。

回想起当年的一幕幕，还没等记者问，王继才就憨笑着说：“其实他们威胁我，我一点儿都不害怕，他们做的事是违法的，肯定会被抓。”

那几年，夫妇俩及时报案 9 次，其中 6 次成功破获，为国家挽回了重大经济损失。

升旗、巡岛、观天象、护航标、写日志……

28 年的每一天，几乎都是同一天。

夫妻俩要是碰上事非得下岛回岸，也从来都是留下一个，记者问王仕花："老王不在，你一个人待在岛上怕吗?""习惯了，一开始来岛上的时候害怕。"王继才在一旁插嘴道："一开始，她睡觉都躲在我里边。"王仕花笑了："后来我就不怕了，你们看这是岛，我们看这就是自己家，在自己家哪会怕。"

"现在对我们来说，家就是岛，岛就是国。"王继才夫妇说。

> "老母亲说，自古忠孝不能两全，你是为国家和人民守的岛，就是我死的时候你不在身边，我也不怨你。可我心里愧疚，有时候想家人想得直掉泪，但哭过了，第二天照样升旗，继续守岛。"

一阵急促的脚步把我们惊醒，打开门，冰冷的雨水和呼啸的海风灌入衣领，大夏天里也让人直哆嗦。王仕花不好意思地笑了笑："对不起啊，把你们吵醒了。"

对于早已习惯孤寂的夫妻俩来说，记者一行人的到来，打破了他们平日的宁静，小岛一下热闹起来，却也慌乱起来。王仕花掏空家里所有好吃的给大家做早饭，但或许是太着急了，屋里屋外都跑了起来。

“你孩子很喜欢吃这些吧？”“应该吧。”王仕花又一次尴尬地笑了笑，“我去给你盛饭。”端起饭碗，记者分明闻到了泪水的腥咸。

孩子是夫妻俩的心肝儿，也是俩人的心头痛。

那次，台风大作，刮了个把月，尽管每天的粥里只有稀稀拉拉几粒米，但粮食还是很快吃完了。孩子们天天拉着王仕花的手喊饿，她一点办法也没有，叫天天不应，叫地地不灵，只任泪水在眼眶打转！

一声不吭的王继才卷起裤脚，顶着狂风，在落潮的海水里拾海螺。几个小时后，王继才回来，叫着孩子们的名字，却怎么喊也没人答应。原来，孩子太饿，晕过去了。

那一次，王继才一夜无眠，在海边一直捞到天亮。

守岛的人，每天两顿饭，只求垫饱肚子，怎可能再有其他幻想？

后来，夫妻俩决定在岛上开荒，燕子衔泥般从岸上背回一袋袋泥土和肥料，在石头缝里种树种菜。第一年，种下一百多棵白杨，全死了；第二年，种下 50 多棵槐树，无一存活。

王继才说，他就是不信，人能在岛上活下来，树怎么就活不下来！第3年，一斤多的苦楝树种子撒下去，长出一棵小苗，老王喜极而泣。

老王说："有树，就会有生机，有生机，就会有希望。"

再后来，儿子、小女儿陆续上学，夫妇俩把他们送出岛，到村里上学，跟着王继才的老母亲生活。可母亲年纪大了，自己也顾不了自己，3个孩子只能"青蛙带蝌蚪"，相依为命。那一年，刚接到初中录取通知书的大女儿被迫辍学，她把眼泪全哭干了，死活不愿意和父亲说话。王继才一根接一根地抽烟，最终还是狠心地开了口："你别念书了，爸爸求你了。"那年，大女儿才13岁，在本该被父母宠爱的年纪挑起了照顾弟弟妹妹的重担。

有时候，姐弟仨甚至忘了，自己还有在岛上的父母。夏天的一个夜晚，滑下床沿的蚊帐被蚊香点燃，火苗蹿了起来，惊醒的姐姐一跃而起，拽起弟弟妹妹，然后一盆又一盆泼水，直到把火浇灭。看着湿漉漉的、被烧焦了的被子，三人抱着哭成一团。

女儿托渔民给岛上的父母递了张纸条，毫不知情的王仕花满心欢喜地打开，一下子僵住了："爸爸妈妈，你们差点就再也见不到我们了。"这些字，像是用刀一笔一笔剜在夫妇俩心上，痛得血直流。

"看在三个可怜孩子的份上，为什么不申请回岸上生活？这28年，你们不能像正常人那样照顾孩子，也不能为父母尽孝，值吗?”

“我走了，岛怎么办?”王继才忽然掩面而泣，“我对不起妻子，这么多年，我吃过的苦她都吃了，我没吃过的苦她也吃了。我对不起孩子，老二上学后，别人嘲笑他没父母，欺负他，他一个人躲在角落抹眼泪。我也对不起家人，父亲、母亲去世，我都不在身边，母亲曾和我说：‘自古忠孝不能两全，你是为国家和人民守的岛，就是我死的时候你不在身边，我也不怨你’，但我怨我自己。有时候，我想家人想得直掉泪。”

王继才曾说一定要亲手把女儿交到一个值得托付的人手上。终于，这一天到来了，可是，王继才却失约了。大女儿独自一人走进结婚礼堂，明知父亲不会来，可还是忍不住放慢脚步，她想：“父亲说不定就在路上，我走慢点，就能等上他。”然而，直到婚礼结束，父亲还是没有出现，化妆间里，新娘一遍一遍补妆，眼泪却又一遍一遍把它融化。几十公里外，王继才隔着海，一遍遍抚摸着大女儿小时候的照片，那是上岛前，王继才带着妻子和女儿拍的唯一一张照片。他想象着大女儿做新娘的样子，一会儿哭，一会儿笑，酒一杯接着一杯地喝，衣襟湿成一片。

但把眼泪擦干，第二天，王继才照样去升国旗，继续守岛。

王继才说了个故事，当年，17 岁的二舅被父亲送去前线，参加了抗日战争、解放战争、抗美援朝战争，回家时，已经 30 多岁，和很多战友相比，二舅是幸运的，因为他活了下来。王继才觉得，和二舅相比，他又是幸运的，因为岛上再艰难，也没有枪林弹雨的危险，他得守好。

“我们守岛，是尽自己的本分，没想到祖国和人民却这么关心我们，这份关心，我们无以为报，只能更认真地守好每一天。”

过去，岛上没电，晚上，点着煤油灯，夫妻俩打牌，唱歌，唱给海听，唱给风听。

记者请王仕花唱一段。

“我能想到最浪漫的事，就是和你一起慢慢变老，一路上收藏点点滴滴的欢笑，留到以后，坐着摇椅慢慢聊……”

歌声未住，泪水却滚了下来。

“过去的日子，不提了，不提了。”王仕花低头转过身去。

同样的话，儿子王志国也说过。老王给儿子取名时想，“志”是一个士加一个心，代表战士的心中有祖国。这对高尚的夫妻从没想到，祖国和人民也把他们默默地记在了心里。

2013 年 2 月，王志国和妹妹回到久违的孤岛，发现门口多了两块崭新的牌子，一块是中共灌云县燕尾港镇开山岛村党支部，一块是灌云县燕尾港镇开山岛村村民委员会。原来，县委县政府特批开山岛为全国最小的行政村，整个行政村只有父亲、母亲和两个极少出现的渔民。父亲是村党支部书记，母亲是村委会主任。

当上村党支部书记以后，王继才每年能多上一份收入，虽然不多，但相比以前每年只有 5700 元收入来说，涨幅已经太大。

而更令王继才夫妇感动的是，他们孤岛上升旗的故事，竟传到了北京。一次，两人被邀请做节目，天安门国旗班第八任班长赵新风说："中国已经富强，不能再用手持竹竿升旗了，我们要送夫妇俩一座标准的旗台和旗杆。"

2011 年年底，一座专门制作的 2 米长、1.5 米宽的全钢移动升旗台和 6 米高的不锈钢旗杆从北京来到了开山岛。

2012 年元旦，一场特殊的升旗仪式在开山岛举行。

"国旗班第一任班长董立敢和天安门国旗护卫队官兵在开山岛升起了新年第一面五星红旗，他们还向我们捐赠了一面曾经在天安门广场飘扬过的国旗。"那一刻，注视着冉冉升起的五星红旗，两人觉得所有的艰难、痛

两个人的五星红旗

——王继才、王士花守岛的故事

本报记者 郑晋鸣

这是一个真实的传奇故事。在一个远离大陆、荒无人烟、台风肆虐、面积不足20亩的小岛上，一对夫妻坚守边防，一守就是28年。

28年的每一天，几乎都是同一天。枯燥、孤独、无助、绝望，夫妻俩把所有心酸、痛楚咬碎了往肚里咽，只为让五星红旗每天在孤岛上冉冉升起。

这个岛，叫开山岛，距离江苏连云港灌云县燕尾港12海里，自然环境恶劣，位置孤绝，却是黄海前哨，必须有人值守。当年，日军侵占连云港时，就曾把开山岛当作登陆的跳板。

"石多水土少，台风四季扰。飞鸟不做窝，渔民不上岛。"在当地人眼中，开山岛就是一座"水牢"。

可王继才、王士花夫妇却不但要守，而且要"守到老得不能动为止"！

> "要走你走，我决定留下！""你不守我不守，谁守？组织交给我的任务，我就是要守到守不动为止。"

在渔政船上，工作了快十年的小伙子徐江一听记者是去开山岛采访的，半开玩笑地说："万一刮个台风，十天半个月都下不来，你们可别哭。"

一个小时后，馒头状的岛屿出现了。眼前的小岛，不是什么层林尽染、绿波翻涌的世外桃源，而是残垣断壁、怪石嶙峋，和海水的颜色连成一片枯黄。绝石上，两个穿着迷彩服的人挥舞手臂。高处，五星红旗迎风飘扬，呼呼作响。

岛小石多，没有专用的码头，船绕了好半天才靠近岛岸，被王继才粗大的手掌抓住的刹那，一股热腾的力量涌入心中。

跟着他，只20分钟，整个开山岛就转了个遍。

两个人、三只总跑在人前头的小狗、三只不打鸣的公鸡、水窖里几条净化雨水的泥鳅——这是岛上全部鲜活的生命。

28年，除了岩石缝里的野草，栽种活了屋子前后的3棵无花果，长了10多年直径只有六七厘米的苦楝，还有散了一山种子，毛毛糙糙冒出来的才半人高的松树。

1986年7月，连续走了4批10多个民兵后，人武部政委找到了当时的生产队长兼民兵营长王继才，在大家眼里，这个老实巴交的年轻人恐怕是最后的希望。"当年大女儿才两岁，家里上有老、下有小。""王继才，这岛，只有你能守住！"政委拍了拍他的肩膀，"先别和老婆讲。"27岁的王继才心俱明白：军令如山。

"1986年7月14日早上8时40分。"王继才把这个登岛的时间记到了"分"。

满山乱石，野草在石缝里乱蹿，空荡荡的几排旧营房、一条黑咕隆咚的坑道，加起来顶多100多米长的台阶石道，没有淡水，没有电……这哪是人待的地方！

第一晚，海风扯着嗓子往屋子里钻。王继才害怕，一宿没敢合眼，煤油灯也亮了一夜。"就盼着天亮，第二天只要有船来，我就走。"

天终于亮了，打开房门，王继才毛骨悚然：岛上，到处是蛇、老鼠和蜈蚣！江淮流域暴发洪水，蛇、鼠和蜈蚣冲入海里，又被海水卷上了岛。"我用铁床堵住门，蜷在角落里，抽烟喝酒壮胆。"送王继才上岛的船，留下6条大前门、30瓶灌云云山白酒，王继才苦笑着告诉记者，他就是从那天起学会了抽烟、喝酒。

后来，蛇、鼠和蜈蚣都莫名其妙地死在干石上了，他才敢出门。海上有渔船在捕鱼，王继才拼命地喊、拼命地挥衣服，可船都绕开了，他心生绝望，想到了跳海。很多年后他才知道，为了能让他留在岛上，灌云县武装部和边防派出所给当地渔民都下过命令：谁都不许带王继才离开岛！

"岸上的人都说我去蹲'水牢'了，但坐牢还有人陪，有人说话。"王继才说自己喝醉了，倒在哪里就在哪里睡。到第35天，酒喝光了，烟也抽完了，就挖岛上的大叶菜，碾碎了用报纸卷着抽。

直到第48天，王继才盼到了一条渔船。船头，站着妻子王士花——全村最后一个知道丈夫去守岛的人。

王继才跳上船，抱着妻子就哭。王士花说自己当时吓傻了，面前这个胡子拉碴、满身臭气的"野人"，是自己的丈夫吗？"这边是碗，那边是筷子，脏衣服到处都是。"在王士花心里，丈夫守着家里好好的日子不过，偏要来守这巴掌大的岛，让她又气又心疼："别人不守，咱也不守，回去吧！"

同行的领导抹了把泪，悄悄把王继才拉去后山的操场："政委说发洪水的时候你丢了肯定会害怕，让我转告你千万别当逃兵！""如果你逃了，很难找得到守岛的人了。"

王继才心一怔，一言不发地抽完一整包烟。

第二天，妻子拉着王继才回去，他平静地说："要走你走，我决定留下！"

王继才告诉记者："当时心里其实一点也不平静，小船徐徐启动，老婆也要离开了，我的心开始流血，等船走远了，我就坐在那儿放声大哭。"

但令他怎么也想不到的是，不到一个月，妻子带着包裹，又上岛了。

王继才气急败坏：你来干吗！你怎么也不和我商量！死一般的沉寂后，王继才一把抱住妻子，两人哭成一团，其实，他是心疼妻子。为了上岛照顾丈夫，王士花辞去了小学教师的工作，将两岁大的女儿托付给了婆婆。

说起王继才夫妇，渔民们心里又暖又心酸："在这片海域打鱼的人，哪个没得到过这两口子的帮助？""晚上出海时，老王会亮起信号灯，遇到雨雾下雪天，他就在岛上敲盆子，哐哐直响，引我们绕开危险的地方。"一位姓潘的船老大告诉记者，大家经过小岛时，也总是会习惯地往岛上看看，"他们没粮食就会摇红旗，我们看到了，就会帮他们从岸上带。"

"有一年，连续刮了十来天大风，我心里估摸这岛上煤用光了，两口子吃什么？可船出不了海，只能干着急。"俞华平是燕尾港300多艘渔船主人里和夫妇俩走得最近的渔民之一。他说，等风小后上岛，夫妇俩已吃了好几天生米，饿得话都说不出。俞华平心里酸透了："都说渔民日子苦，可他们比我还苦上十倍百倍！"

过去，一盏煤油灯，一个煤炭炉，一台收音机，是岛上的全部家当。20多年里，夫妇俩听坏了19台收音机。

王士花说，看不到电视，就边听收音机边在树上刻字。记者一看，那棵长了20多年的无花果树上，刻着"热烈庆祝北京奥运会胜利开幕"，绕到背面，一行清晰的字——"钓鱼岛是中国的"。

"以后树长大了，字也会越来越大。"王士花腼腆地笑了。

"这么苦，为什么还守？"

"你不守我不守，谁守？我是学该的，我还有一个家，我不能对不起老祖宗流的血，组织交给我的任务，我就要守到守不动为止。"王继才在一旁斩钉截铁地说。

记者抬头一看，那棵无花果树，结了一树的果子。

> "开山岛虽然小，但它是祖国的东门，我必须插上中华人民共和国国旗。""只有看着国旗在海风中飘展，才觉着这个岛是有颜色的。""现在对我们来说，家就是岛，岛就是国。"

早晨5点，天刚蒙蒙亮，王继才和王士花就扛着旗走向小岛后山。3只小狗跑在前面，它们对这段通往后山的台阶已太熟悉。

破旧的小操场上，王继才挥舞手臂，展开国旗。一声沙哑却响亮的"敬礼"后，国旗沿着旗杆上升摩擦的响声中，3只顽皮的小狗也消停下来，王士花认真地望着国旗，个头只有一米五的她，连敬礼的姿势都显得有些别扭，但这一幕在记者眼里，却美得叫人流泪。

"没人要求、没人监督、没有人看，你为什么还要如此较真？"

"国旗是我们中华人民共和国的象征，开山岛虽然小，但它是祖国的东门，我必须插上中华人民共和国国旗。"王继才转过身子对记者说，"只有看着国旗在海风中飘展，才觉着这个岛是有颜色的。"

岛上风大湿度大，太阳照射强烈，国旗很容易褪色、破损。在守岛的28年里，夫妇俩自己掏钱买了170多面国旗。

升旗结束后，夫妻俩开始一天里的第一次巡岛，他们来到哨所观察室内，用望远镜扫视海面一圈，看有无过往的船只，看一看岛上的自动风力测风仪、测量仪是否正常，王继才指着海面上几处礁石上的灯塔，告诉记者："岛东边是羊角石，西边有大狮、小狮二礁和船山，这4盏灯每天都要看。"

同样的场景在晚上7点再次出现，不同的是，夫妇俩的手里多了一个手电筒。

一天的工作结束后，夫妇俩就要记录当天的守岛日记。一摞摞的巡查日志被王士花装在大麻袋里，拿出来，铺满了整个桌子。那是记者看过最动人的值班簿。

2008年6月19日，星期四，天气：阴。开山又有人上岛钓鱼，老王说，上岛钓鱼可以，但是卫生要搞好。其中一个姓林的和姓王的说岛也不是你家的，卫不卫生，关你什么事，老王很生气。

2008年8月8日，星期五，天气：晴。今天是奥运会开幕，海面平静，岛上一切正常。

2011年4月8日，天气：晴。今天上午8:30有燕尾港看海船11106号在开山前面抛锚，10:00有连云港收货船和一只拖网船也来开山前面抛锚。岛上的自动风力测风仪、3部测量仪都正常。

2014年8月6日，天气：多云，东北风6～7级。今天早晨我们俩到后山操场去升国旗，查一查岛的周围和海面，没有什么异常情况，岛上的仪器一切正常，上午10:00有燕尾港渔政船516拖光明日报记者6名来岛采访并住岛，别的一切正常。

…………

"这里只有1999年以后的观察日志，之前十多年的堆起来有一个人高了，都被那混人烧了！"王继才点了支烟，一脸心痛。

开山岛位置独特，并且有很多地下工事，是一些犯罪分子向往的"避风港"。

1999年，孙某看中了开山岛，打着旅游公司的牌子，想在岛上办色情场所。

王继才迅速报告上级。孙某眼看事情要败露，威胁王继才说："你30多岁，死了还值，可你儿子十来岁，死了多可惜！"

"当时听到'儿子'两个字，心里真是咯噔了好几下。"王继才抿了口酒说，但自己不害怕，"少来这一套，我明白地告诉你，我是为国家守的岛，如果我家人出事了，你休想逃脱！"

见硬的不行，孙某又陪着笑脸掏出一沓钱来："只要你以后不向部队报告，赚了钱咱俩平分。"王继才推开他："不干净的钱我坚决不要，违法的事我坚决不干！"

孙某见王继才软硬不吃，又想出栽赃陷害的法子。一天，在骗王士花离开小岛后，孙某指使一个脱得精光的女孩往王继才的值班室走，想用美色引诱他，后面还有人偷偷拿着摄像机摄像。王继才连忙关上门，气愤地骂道："混账东西，给我滚！"孙某气愤至极，带人强行把王继才拖到码头狠狠鞭打。

一回头，王继才看到的是哨所值班室燃起的熊熊大火，值班室里，多年积攒的文件资料、观察记录瞬间化为了灰烬，他的心都碎了。

所幸的是，当地公安机关和武装部门得知情况后，组织人员赶到岛上，最终将犯罪分子绳之以法。

时间久了，挡人财路的夫妇俩就成了违法分子的眼中钉、肉中刺，险情时有发生。

回想起当年的一幕幕，还没等记者问，王继才就憨笑着说："其实他们威胁我，我一点儿都不害怕，他们做的事是违法的，肯定会被抓。"

那几年，夫妇俩及时报案9次，其中6次成功破获，为国家挽回了重大经济损失。

升旗、巡岛、观天象、护航标、写日志……

28年的每一天，几乎都是同一天。

夫妻俩要是碰上事非得下岛回岸，也从来都是留下一个，记者问王士花："老王不在，你一个人待在岛上怕吗？""习惯了，一开始来岛上的时候害怕。"王继才在一旁插嘴道："一开始，她睡觉都躲在我屁股边。"王士花笑了："后来我就不怕了，你们看这是岛，我们看这就是自己家，在自己家哪会怕。"

"现在对我们来说，家就是岛，岛就是国。"王继才夫妇说。

> "老母亲说，自古忠孝不能两全，你是为国家和人民守的岛，就是我死的时候你不在身边，我也不怨你。可我心里愧疚，有时候想家人想得直掉泪，但哭过了，第二天照样升旗，继续守岛。"

一阵急促的脚步把我们惊醒，打开门，冰冷的雨水和呼啸的海风灌入衣衫，大夏天里也让人直哆嗦。王士花不好意思地笑了笑："对不起啊，把你们吵醒了。"

对于早已习惯孤寂的夫妻俩来说，记者一行人的到来，打破了他们平日的宁静，小岛一下热闹起来，却也慌乱起来。王士花掏空家里所有好吃的给大家做早饭，但或许是太着急了，屋里屋外都跑了起来。

"你孩子很喜欢吃这些吧？""应该吧。"王士花又一次尴尬地笑了笑，"我去给你盛饭。"端起饭碗，记者分明闻到了泪水的咸味。

孩子是夫妻俩的心肝儿，也是俩人的心头痛。

那次，台风大作，刮了个把月，尽管每天的粥里只有稀稀拉拉几粒米，但粮食还是很快吃完了。孩子们天天拉着王士花的手喊饿，她一点办法也没有，叫天天不应，叫地地不灵，只任泪水在眼眶打转！

一声不吭的王继才卷起裤脚，顶着狂风，在落潮的海水里捡海螺。几个小时后，王继才回来，叫着孩子们的名字，却怎么喊也没人答应。原来，孩子太饿，晕过去了。

那一次，王继才一夜无眠，在海边一直坐到天亮。

守岛的人，每天两顿饭，只求能饱肚子，怎可能再有其他幻想？

后来，夫妻俩决定在岛上开荒，燕子衔泥般从岸上背回一袋袋泥土和肥料，在石头缝里种树种菜。第一年，种下一百多棵白杨，全死了；第二年，种下50多棵槐树，无一存活。

王继才说，他就是不信，人能在岛上活下来，树怎么就活不下来！第3年，一斤多的苦楝树种子撒下去，长出一棵小苗，老王喜极而泣。

老王说："有树，就会有生机，有生机，就会有希望。"

再后来，儿子、小女儿陆续上学，夫妇俩把他们送出岛，到村里上学，跟着王继才的老母亲生活。可母亲年纪大了，自己也顾不了自己，3个孩子只能"青蛙带蝌蚪"，相依为命。那一年，刚接到初中录取通知书的大女儿被迫辍学，她把眼泪全哭干了，死活不愿意和父亲说话。王继才一根接一根地抽烟，最终还是狠心地开了口："你别念书了，爸爸求你了。"那年，大女儿才13岁，在本该被父母宠爱的年纪挑起了照顾弟弟妹妹的重担。

有时候，姐弟仨甚至忘了，自己还有在岛上的父母。夏天的一个夜晚，掉下床沿的蚊帐被蚊香点燃，火苗蹿了起来，惊醒的姐姐一跃而起，拽起弟弟妹妹，然后一盆又一盆泼水，直到把火浇灭。看着湿漉漉的、被烧焦了的被子，三人抱着哭成一团。

女儿托渔民给岛上的父母递了张纸条，毫不知情的王士花满心欢喜地打开，一下子愣住了："爸爸妈妈，你们差点就再也见不到我们了。"这段字，像是用刀一笔一笔刻在夫妇俩心上，痛得血直流。

"看在三个可怜孩子的份上，为什么不申请回岸上生活？这28年，你们不能像正常人那样照顾孩子，也不能为父母尽孝，值吗？"

"我走了，岛怎么办？"王继才忽然掩面而泣，"我对不起妻子，这么多年，我吃过的苦她都吃了，我没吃过的苦她也吃了。我对不起孩子，老二上学后，别人嘲笑他没父母，欺负他，他一个人躲在角落抹眼泪。我也对不起家人，父亲、母亲去世，我都不在身边，母亲曾和我说：'自古忠孝不能两全，你是为国家和人民守的岛，就是我死的时候你不在身边，我也不怨你'，但我怨我自己。有时候，我想家人想得直掉泪。"

王继才曾说一定要亲手把女儿交到一个值得托付的人手上。终于，这一天到来了，可是，王继才却失约了。大女儿独自一人走进结婚礼堂，明知父亲不会来，可还是忍不住放慢脚步，她想："父亲说不定就在路上，我走慢点，就能等上他。"然而，直到婚礼结束，父亲还是没有出现，化妆间里，新娘一遍一遍补妆，眼泪却又一遍一遍把它融化。几十公里外，王继才隔着海，一遍遍抚摸着大女儿小时候的照片，那是上岛前，王继才带着妻子和女儿拍的唯一一张照片。他想象着大女儿做新娘的样子，一会儿哭，一会儿笑，酒一杯接着一杯地喝，衣襟湿成一片。

但把眼泪擦干，第二天，王继才照样去升国旗，继续守岛。

王继才说了个故事，当年，17岁的二舅被父亲送去前线，参加了抗日战争、解放战争、抗美援朝战争，回家时，已经30多岁，和很多战友相比，二舅是幸运的，因为他活了下来。王继才觉得，和二舅相比，他又是幸运的，因为岛上再艰难，也没有枪林弹雨的危险，他得守好。

> "我们守岛，是尽自己的本分，没想到祖国和人民却这么关心我们，这份关心，我们无以为报，只能更认真地守好每一天。"

过去，岛上没电，晚上，点着煤油灯，夫妻俩打牌，唱歌，唱给海听，唱给风听。

记者请王士花唱一段。

"我能想到最浪漫的事，就是和你一起慢慢变老，一路上收藏点点滴滴的欢笑，留到以后，坐着摇椅慢慢聊……"

歌声未住，泪水却滚了下来。

"过去的日子，不提了，不提了。"王士花低头转过身去。

同样的话，儿子王志国也说过。老王给儿子取名时想，"志"是一个士加一个心，代表战士的心中有祖国。这对高尚的夫妻从没想到，祖国和人民也把他们默默地记在了心里。

2013年2月，王志国和妹妹回到久违的孤岛，发现门口多了两块崭新的牌子，一块是中共灌云县燕尾港镇开山岛村党支部，一块是灌云县燕尾港镇开山岛村村民委员会。原来，县委县政府特批开山岛为全国最小的行政村，整个行政村只有父亲、母亲和两个极少出现的渔民。父亲是村党支部书记，母亲是村委会主任。

当上村党支部书记以后，王继才每年能多上一份收入，虽然不多，但相比以前每年只有5700元收入来说，涨幅已经太大。

而更令王继才夫妇感动的是，他们孤岛上升旗的故事，竟传到了北京。一次，两人被邀请做节目，天安门国旗班第八任班长赵新风说："中国已经富强，不能再用手持竹竿升旗了，我们要送夫妇俩一副标准的旗台和旗杆。"

2011年年底，一座专门制作的2米长、1.5米宽的全钢移动升旗台和6米高的不锈钢旗杆从北京来到了开山岛。

2012年元旦，一场特殊的升旗仪式在开山岛举行。

"国旗班第一任班长赵立敢和天安门国旗护卫队官兵在开山岛升起了新年第一面五星红旗，他们还向我们捐赠了一面曾经在天安门广场飘扬过的国旗。"那一刻，注视着冉冉升起的五星红旗，两人觉得所有的艰难、痛苦都有了意义。

岛上的生活条件也发生了翻天覆地的变化。两年前，连云港市给夫妇俩装上了太阳能离网发电系统，岛上第一次有了电，夫妻俩也第一次看了电视。

那晚，王士花在值班簿里写下："我们一家人围坐在电视旁看春节联欢晚会，非常高兴，孩子们都说，今年的晚会真好看。"

后来，部队又把两人的住房修缮一新，门窗变结实了，县里给他们装上了太阳能热水器，洗澡也方便了。每年建军节、国庆节、春节等节日，政府和部队的领导还会到岛上来看王继才夫妇。

有一次王继才上岸，遇到了一桩新鲜事：路过镇文化广场时，只见广场四周围满了人，群众演员正在演唱连云港市地方剧——花船剧。

"小船浪到河滩上。哎，大姐，你这船上装这么些蔬菜水果到哪里去的呀……是去慰问守岛英雄王继才、王士花夫妇俩的……"花船剧曲调悠扬。

"哎，这唱的怎么是我们啊。"王继才又惊又喜。

到村里后，老人告诉他："你现在火了，花船剧、大鼓、琴书，唱的都是你哟。"回到岛上，王继才迫不及待地把这个新鲜事讲给王士花听。

"我们守岛，是尽自己的本分，没想到祖国和人民却这么关心我们，这份关心，我们无以为报，只能更认真地守好每一天。"老王说。

"28年来，光阴如刀，在你俩的额头刻下了难忘的记号。28年来，岁月似笔，把你俩的双鬓涂上一层霜雪……你俩与大海结下了不解的情缘，把爱的种子栽培在开山岛……你俩无私的奉献精神，像开山岛上的灯塔永远辉煌闪耀……"

离开的前一晚，记者站在门口，听着这首《夫妻哨所颂歌》。一阵海风吹过，苦楝树哗哗作响，仿佛是为这对夫妻的坚韧和坚守热烈鼓掌。苦楝树结出的苦楝子，仔细品味，也有丝丝甜意。**（本报通讯员韩灵丽、蔡檬檬、张曙光参与了此稿写作）**

压题图片：面积不足20亩的开山岛和岛上的五星红旗。

本报通讯员 蔡檬檬摄（合成图片）

▲ 升完旗后，夫妻俩开始一天里的第一次巡逻。

◀ 记录每天巡岛状况的值班簿。

本报通讯员 蔡檬檬摄

责任编辑：陈茵、徐畅 联系电话：010-67078851 电子邮箱：gmrbjk@gmw.cn 美术编辑：朱江

苦都有了意义。

岛上的生活条件也发生了翻天覆地的变化。两年前，连云港市给夫妇俩装上了太阳能离网发电系统，岛上第一次有了电，夫妻俩也第一次看了电视。

那晚，王仕花在值班簿里写下："我们一家人围坐在电视旁看春节联欢晚会，非常高兴，孩子们都说，今年的晚会真好看。"

后来，部队又把两人的住房修缮一新，门窗变结实了，县里给他们装上了太阳能热水器，洗澡也方便了。每年建军节、国庆节、春节等节日，政府和部队的领导还会到岛上来看王继才夫妇。

有一次王继才上岸，遇到了一桩新鲜事：路过镇文化广场时，只见广场四周围满了人，群众演员正在演唱连云港市地方剧——花船剧。

"小船浪到河滩上。哎，大姐，你这船上装这么些蔬菜水果到哪里去的呀……是去慰问守岛英雄王继才、王仕花夫妇俩的……"花船剧曲调悠扬。

"哎，这唱的怎么是我们啊。"王继才又惊又喜。

到村里后，老人告诉他："你现在火了，花船剧、大鼓、琴书，唱的都是你哟。"回到岛上，王继才迫不及待地把这个新鲜事讲给王仕花听。

"我们守岛，是尽自己的本分，没想到祖国和人民却这么关心我们，这份关心，我们无以为报，只能更认真地守好每一天。”老王说。

“28年来，光阴如刀，在你俩的额头刻下了难忘的记号。28年来，岁月似笔，把你俩的双鬓涂上一层霜膏……你俩与大海结下了不解的情缘，把爱的种子栽培在开山岛……你俩无私的奉献精神，像开山岛上的灯塔永远辉煌闪耀……”

离开的前一晚，记者站在门口，听着这首《夫妻哨所颂歌》。一阵海风吹过，苦楝树哗哗作响，仿佛是为这对夫妻的坚韧和坚守热烈鼓掌。苦楝树结出的苦楝子，仔细品味，也有丝丝甜意。

本文刊载于《光明日报》2014年8月26日06版

那是一束光照耀灵魂

——王继才夫妇坚守孤岛28年的爱国情怀感动江淮大地

本报8月26日头版头条刊发消息《王继才夫妇28年孤岛守海防》、6版整版刊发长篇通讯《两个人的五星红旗》，报道了王继才夫妇坚守海防、赤诚奉献的先进事迹，在全国引起了强烈反响，人民网、新华网、凤凰网等30多家媒体全文转载，4000多名网友为王继才夫妇点赞，1500多人评论或转发微博，夫妇俩对祖国真诚的爱、深沉的爱、恒久的爱、无私的爱深深触动了无数读者。

一个简单的故事却让人思绪万千

一早，记者就接到南京艺术学院党委书记管向群教授的电话。他说，读王继才夫妇的故事，一种久违的感动从心底涌起。“家就是岛，岛就是国，开山岛虽小，却是祖国的东门，你不守我不守，谁守?”，这是一句再也不能朴素的话，却让人读到了什么叫信念，什么叫选择，什么叫坚守，什么叫崇高!

江苏师范大学传媒与影视学院教授刘行芳说：“这个简单的故事却让人思绪万千，这个看似平凡实则伟大的故事像一束光，照耀灵魂，启示人们摆正个人与国家的利益关系。”

一份坚守背后的信念支撑

“开山岛的故事，让我想到了一部名著——《老人与海》，没有收获的信念，很难想象老渔夫能在海上坚持88天；没有强国的信念，很难想象王继才夫妇能在岛上坚守28年。”著名作家、亚洲青春文学奖获得者丁捷给记者发来一封长长的邮件。“王继才坚守的不只是一片小岛，他坚守的是民族的深情与祖国的大义；他搏斗的也不只是自然的艰险，他搏斗的是我们这个时代可能发生的信念萎靡和精神滑坡。”邮件这样说。

喊一声守岛人，让人泪流满面；看一眼王继才夫妇，让人心如刀绞。王继才夫妇的执着坚守感染了读者。南京铁道职业技术学院党委书记王虹说：“他们对社会主义核心价值观作出了最生动的诠释，他们是爱岗敬业的时代楷模，他们坚守的不仅仅是孤岛的方寸土地，更是共产党人的精神高地。”

一股激励社会前行的正能量

“王继才、王仕花两个人的故事，平淡却不平凡、简明却不简单、神奇却不神秘。”南通大学党委副书记江应中说。

“一口气读罢长篇通讯《两个人的五星红旗》，为守岛夫妇甘于清苦、守岛如家、忠诚为国的事迹所感动。无论社会如何喧嚣浮躁，那些坚守‘爱国、敬业、诚信、友善’价值准则的人总是令人敬仰，无论他们处在何处，无论他们从事何种职业，我们社会都不能遗忘，正是有着这些人，我们的社会才充盈着前行的正能量。”江苏省邳州市委常委、宣传部部长张东风说。

本文刊载于《光明日报》2014 年 8 月 27 日 10版

那是一束光照耀灵魂

——王继才夫妇坚守孤岛28年的爱国情怀感动江淮大地

本报记者　郑晋鸣

王继才夫妇和孩子旧照。资料照片

本报8月26日头版头条刊发消息《王继才夫妇28年孤岛守海防》，6版整版刊发长篇通讯《两个人的五星红旗》，报道了王继才夫妇坚守海防、赤诚奉献的先进事迹，在全国引起了强烈反响，人民网、新华网、凤凰网等30多家媒体全文转载，4000多名网友为王继才夫妇点赞，1500多人评论或转发微博，夫妇俩对祖国真诚的爱、深沉的爱、恒久的爱、无私的爱深深触动了无数读者。

一个简单的故事却让人思绪万千

一早，记者就接到南京艺术学院党委书记管向群教授的电话。他说，读王继才夫妇的故事，一种久违的感动从心底涌起。“家就是岛，岛就是国，开山岛虽小，却是祖国的东门，你不守我不守，谁守?”，这是一句再也不能朴素的话，却让人读到了什么叫信念，什么叫选择，什么叫坚守，什么叫崇高！

江苏师范大学传媒与影视学院教授刘行芳说：“这个简单的故事却让人思绪万千，这个看似平凡实则伟大的故事像一束光，照耀灵魂，启示人们摆正个人与国家的利益关系。”

一份坚守背后的信念支撑

“开山岛的故事，让我想到了一部名著——《老人与海》，没有收获的信念，很难想象老渔夫能在海上坚持88天；没有强国的信念，很难想象王继才夫妇能在岛上坚守28年。”著名作家、亚洲青春文学奖获得者丁捷给记者发来一封长长的邮件。“王继才坚守的不只是一片小岛，他坚守的是民族的深情与祖国的大义；他搏斗的也不只是自然的艰险，他搏斗的是我们这个时代可能发生的信念萎靡和精神滑坡。”邮件这样说。

喊一声守岛人，让人泪流满面；看一眼王继才夫妇，让人心如刀绞。王继才夫妇的执着坚守感染了读者。南京铁道职业技术学院党委书记王虹说：“他们对社会主义核心价值观作出了最生动的诠释，他们是爱岗敬业的时代楷模，他们坚守的不仅仅是孤岛的方寸土地，更是共产党人的精神高地。”

一股激励社会前行的正能量

“王继才、王士花两个人的故事，平淡却不平凡、简明却不简单、神奇却不神秘。”南通大学党委副书记江应中说。

“一口气读罢长篇通讯《两个人的五星红旗》，为守岛夫妇甘于清苦、守岛如家、忠诚为国的事迹所感动。无论社会如何喧嚣浮躁，那些坚守‘爱国、敬业、诚信、友善’价值准则的人总是令人敬仰，无论他们处在何处，无论他们从事何种职业，我们社会都不能遗忘，正是有着这些人，我们的社会才充盈着前行的正能量。”江苏省邳州市委常委、宣传部部长张东风说。　**（本报南京8月26日电）**

每一次流泪都是新感觉

——采访宣传王继才、王仕花夫妇事迹札记

40天前，记者一行6人逆浪而行，登上开山岛，和王继才、王仕花夫妇同吃同住，五天四夜的岛上生活给我留下太多刻骨铭心的记忆。返程后，我含泪连夜写下《王继才夫妇28年孤岛守海防》《两个人的五星红旗》《那是一束光照耀灵魂》等6篇影响重大的报道。

40天后，我冒雨再次登上开山岛，和一群记者同行，再次采访老王夫妇俩。这一次，俩人多了个“名头”——“时代楷模”。虽然我对他们的故事已烂熟于心，但每一次采访，都会有新的触动；每一次流泪，都是不一样的感觉。

终圆女儿婚礼梦

9月18日上午9点，我们一行来到燕尾港码头，早早等候在码头上的王继才夫妇向我们使劲挥手，把大伙一个接一个拉上船。

我很奇怪，从不轻易下岛的夫妇俩这次怎么了？“老王，你们上岸了，谁守岛？”“亲家公守着呢！”老王说。

船上，老王拉着我说：“这半个月，我请过两次

假。一次为了小女儿结婚，一次为了昨天的媒体采访座谈会。”

我一惊：“王帆结婚了？”我不由地想起上次采访，老王饭间说起子女，一边酌酒一边偷偷抹泪，眼睛揉得通红：“大女儿和儿子都在连云港，就小女儿一个人在扬州，没人照应。”

“这下好了，嫁人了，你俩又了了一桩心事！”我拍了拍老王肩膀。

对小女儿王帆来说，父母能下岛参加婚礼，实在是太意外了。她想起小时候，爸爸捉螃蟹补贴家用，需要小鱼作饵料，大姐就每天起早贪黑去码头捡鱼，劳累过度的她落下严重的肩周炎，阴雨天气就刺骨地疼。爸妈要守岛，大姐小学毕业就辍了学，小小年纪挑起生活的重担，常常夜半凌晨摸黑去码头，托出海的渔民给岛上的父母带油、米……为了这个家，大姐付出了太多，可爸妈为了守岛，都没去参加她的婚礼。这次自己结婚，父母又怎么会来呢？

婚礼前夕，做梦都想牵着爸妈的手嫁人的王帆，在电话里，还是把已到嘴边的话硬生生咽了下去。

因而，当穿着婚纱的王帆看到父母站在自己面前时，又惊又喜，眼泪夺眶而出。

王帆并不知道，为了看上去更精神，参加婚礼前，王继才专程赶到镇上把两鬓白发染成了黑色，但岁月依旧无情地在他脸上留下了痕迹，看着额头、眼角都是皱纹的父亲，王帆心疼不已。

“傻丫头，你都结婚了，爸妈能不老吗?”王继才轻轻给女儿擦掉眼泪，王帆却哭得更伤心了。

婚礼上，司仪问王帆，有什么话想对父母说。王帆说，她要给父母唱首歌。

“昨天的身影在眼前，昨天的欢笑在耳边，无声的岁月飘然去，心中的温情永不减……”

“爸爸妈妈，我曾不理解你们，为什么非要守岛，为什么不能给我们多一点爱，今天，女儿要对你们说一声对不起，你们是这世界上最伟大的父母，你们把岛守好了，就是把国守好了，只有国家安宁，才有家的幸福。”

放下话筒，所有人站了起来，给王继才、王仕花热烈地鼓掌。

尽忠就是尽孝，守海防就是尽大孝

在岛上，王继才小心翼翼地取出一张碟片，这是2011年正月初五，县领导看望王继才病中的老母亲时留下的视频。

画面中，老人泪眼蒙眬：“过去，一有顺路船，我就想上岛看我儿子。现在我老了，走不动了，去不了了。好多人问我，想儿子吗？我说不想，其实怎么会不想，但我儿子是为国守岛啊……”

每一次流泪都是新感觉

——采访宣传王继才、王仕花夫妇事迹札记

本报记者 郑晋鸣

40天前，记者一行6人逆浪而行，登上开山岛，和王继才、王仕花夫妇同吃同住，五天四夜的岛上生活给我留下太多刻骨铭心的记忆。返程后，我含泪连夜写下《王继才夫妇28年孤岛守海防》《两个人的五星红旗》《那是一束光照耀灵魂》等6篇影响重大的报道。

40天后，我冒雨再次登上开山岛，和一群记者同行，再次采访老王夫妇俩。这一次，俩人多了个“名头”——“时代楷模”。虽然我对他们的故事已烂熟于心，但每一次采访，都会有新的触动；每一次流泪，都是不一样的感觉。

终圆女儿婚礼梦

9月18日上午9点，我们一行来到燕尾港码头，早早等候在码头上的王继才夫妇向我们使劲挥手，把大伙一个接一个拉上船。

我很奇怪，从不轻易下岛的夫妇俩这次怎么了？“老王，你们上岸了，谁守岛？”“亲家公守着呢！”老王说。

船上，老王拉着我说：“这半个月，我请过两次假。一次为了小女儿结婚，一次为了昨天的媒体采访座谈会。”

我一惊：“王帆结婚了？”我不由地想起上次采访，老王饭间说起子女，一边酌酒一边偷偷抹泪，眼睛揉得通红：“大女儿和儿子都在连云港，就小女儿一个人在扬州，没人照应。”

“这下好了，嫁人了，你俩又了了一桩心事！”我拍了拍老王肩膀。

对小女儿王帆来说，父母能下岛参加婚礼，实在是太意外了。她想起小时候，爸爸捉螃蟹补贴家用，需要小鱼作饵料，大姐就每天起早贪黑去码头捡鱼，劳累过度的她落下严重的肩周炎，阴雨天气就刺骨地疼。爸妈要守岛，大姐小学毕业就辍了学，小小年纪挑起生活的重担，常常夜半凌晨摸黑去码头，托出海的渔民给岛上的父母带油、米……为了这个家，大姐付出了太多，可爸妈为了守岛，都没去参加她的婚礼。这次自己结婚，父母又怎么会来呢？

婚礼前夕，做梦都想牵着爸妈的手嫁人的王帆，在电话里，还是把已到嘴边的话硬生生咽了下去。

因而，当穿着婚纱的王帆看到父母站在自己面前时，又惊又喜，眼泪夺眶而出。

王帆并不知道，为了看上去更精神，参加婚礼前，王继才专程赶到镇上把两鬓白发染成了黑色，但岁月依旧无情地在他脸上留下了痕迹，看着额头、眼角都是皱纹的父亲，王帆心疼不已。

“傻丫头，你都结婚了，爸妈能不老吗？”王继才轻轻给女儿擦掉眼泪，王帆却哭得更伤心了。

婚礼上，司仪问王帆，有什么话想对父母说。王帆说，她要给父母唱首歌。

“昨天的身影在眼前，昨天的欢笑在耳边，无声的岁月飘然去，心中的温情永不减……”

“爸爸妈妈，我曾不理解你们，为什么非要守岛，为什么不能给我们多一点爱，今天，女儿要对你们说一声对不起，你们是这世界上最伟大的父母，你们把岛守好了，就是把国守好了，只有国家安宁，才有家的幸福。”

放下话筒，所有人站了起来，给王继才、王仕花热烈地鼓掌。

尽忠就是尽孝，守海防就是尽大孝

在岛上，王继才小心翼翼地取出一张碟片，这是2011年正月初五，县领导看望王继才病中的老母亲时留下的视频。

画面中，老人泪眼朦胧：“过去，一有顺路船，我就想上岛看我儿子。现在我老了，走不动了，去不了了。好多人问我，想儿子吗？我说不想，其实怎么会不想，但我儿子是为国守岛啊……”

“2012年10月，老母亲病情加重，等我赶上岸时，她已永远地闭上了眼睛。”守岛28年，老王始终觉得对家人有一份亏欠。

“我能把岛守到现在，有母亲一份功劳。”王继才给我讲了个小故事。

一次，母亲和岳母一起上岛看望王继才、王仕花。看到穿着一身迷彩服的女儿、石阶上的萝卜干、盆里的咸菜以及角落里的煤油灯和蜡烛……岳母的心一下子凉了。

“王继才，我们家这么好的闺女，怎么就跟你到这水牢受罪来了？你看看她，吃不好、穿不好、住不好。”岳母气不打一处来。

“亲家母，你可别光看这些表面上的东西。这要在以前，我儿子可是守边疆的大英雄，好比杨宗保，你女儿就是穆桂英，不简单呐。”母亲赶紧圆场。

岳母被逗笑了，怒气全无。“打那以后，岳母也开始理解、支持我们了。”王继才说。

我请王继才接着放视频。

“儿子啊，你是为国守岛，就是我去世的时候你不在身边，我也不怪你。自古忠孝不能两全，但在我心中，尽忠就是尽孝，守海防就是尽大孝，你要好好守岛。”王继才说，这视频，他反反复复看过几百遍，老母亲的叮咛，他一辈子也不会忘记。

离开小岛时，王继才拉着我的手说：“老郑，你能再来，我们夫妻俩都很感动，我做不了别的，只能干好本分继续守好岛。”

一旁的王仕花，则笑嘻嘻地给我递来几块喜糖：“三年前，中国江苏网的小丁和小韦到岛上采访，现在他们结婚了，生了儿子，还托同事给我们带来了喜蛋和喜糖，真替他们高兴。”

我把喜糖攥在手里，暖在心头，老王夫妇俩的纯粹与质朴，再度让我落泪。

40天来，我一直在宣传王继才、王仕花夫妇。每一次写稿、每一次演讲，我都会有不一样的感动。我想，开山岛的故事我还会一直讲下去。

“2012年10月，老母亲病情加重，等我赶上岸时，她已永远地闭上了眼睛。”守岛28年，老王始终觉得对家人有一份亏欠。

“我能把岛守到现在，有母亲一份功劳。”王继才给我讲了个小故事。

一次，母亲和岳母一起上岛看望王继才、王仕花。看到穿着一身迷彩服的女儿、石阶上的萝卜干、盆里的咸菜以及角落里的煤油灯和蜡烛……岳母的心一下子凉了。

“王继才，我们家这么好的闺女，怎么就跟你到这水牢受罪来了？你看看她，吃不好、穿不好、住不好。”岳母气不打一处来。

“亲家母，你可别光看这些表面上的东西。这要在以前，我儿子可是守边疆的大英雄，好比杨宗保，你女儿就是穆桂英，不简单呐。”母亲赶紧圆场。

岳母被逗笑了，怒气全无。“打那以后，岳母也开始理解、支持我们了。”王继才说。

我请王继才接着放视频。

“儿子啊，你是为国守岛，就是我去世的时候你不在身边，我也不怪你。自古忠孝不能两全，但在我心中，尽忠就是尽孝，守海防就是尽大孝，你要好好守岛。”王继才说，这视频，他反反复复看过几百遍，老母亲的叮咛，他一辈子也不会忘记。

离开小岛时，王继才拉着我的手说：“老郑，你能再来，我们夫妻俩都很感动，我做不了别的，只能干好本分继续守好岛。”

一旁的王仕花，则笑嘻嘻地给我递来几块喜糖：“三年前，中国江苏网的小丁和小韦到岛上采访，现在他们结婚了，生了儿子，还托同事给我们带来了喜蛋和喜糖，真替他们高兴。”

我把喜糖攥在手里，暖在心头，老王夫妇俩的纯粹与质朴，再度让我落泪。

40 天来，我一直在宣传王继才、王仕花夫妇。每一次写稿、每一次演讲，我都会有不一样的感动。我想，开山岛的故事我还会一直讲下去。

本文刊载于《光明日报》2014 年 9 月 26 日 10 版

开山岛上的团圆饭

——和王继才王仕花一家一起迎新春

2月11日上午，在2015年军民迎新春茶话会开始之前，习近平总书记亲切会见了全国双拥模范代表。其中，就有荣获“情系国防好家庭”“爱国拥军先进个人”称号的王继才。

6个月前，一对夫妇28年坚守海岛的故事吸引我登上了江苏省灌云县开山岛。在小岛上的5天中，他们的故事让我一次又一次落泪。于是，我连夜写下长篇通讯《两个人的五星红旗》，发表在2014年8月26日的《光明日报》6版。作为一个拿笔写字的记者，我不仅用文字记录下了在开山岛采访的点点滴滴，还通过“好记者讲好故事”活动，向全国各地数万人讲述了王继才夫妇28年守岛的酸甜苦辣。

后来，中宣部向全社会公开发布“时代楷模”王继才、王仕花夫妇的先进事迹，他们的事迹感动了中国。

2月11日晚8点37分，从北京到南京的高铁抵达南京南站，王继才身着崭新的迷彩服下了车。面对前来迎接的我，他操着浓重的方言说：“太激动了！”接着，他动情地讲述了总书记在现场和他亲切交谈的情况。“总书记详细询问了开山岛的情况，还拍了拍我的肩膀说，‘辛苦了，辛苦你们了！’”王继才说，“总书记这么关心我们，我们更要守好开山岛，要守到守不动为止。”

在回开山岛前，王继才忙着赶往江苏“时代楷模”发布会现场，和妻子王仕花一起为获得江苏“时代楷模”称号的南京火车站“158”雷锋服务站颁奖。“158”雷锋服务站第一代领头人李慧娟拉着王继才的手激动地说：“你们夫妻驻守海岛30年，真不容易，我十分敬佩。”王继才憨憨地笑着说：“你们风雨无阻为困难旅客服务47年，我们守岛30年，分工不同，都是守着自己的职责！”

随后，我跟随王继才、王仕花夫妇回到开山岛。他们的儿孙辈也都来了。王继才和儿子王志国忙着贴起了春联，小岛一下子多了几分喜气。王继才告诉我，今年的开山岛很特别，过年这样热闹还是第一次。“孩子们上班上学，所以一家人从来没在岛上团圆过。”王继才激动地说，“这回一家人终于可以一起过年了。”

王仕花和女儿王苏忙着张罗起团圆饭。王仕花个子不到一米五，够不到灶台，踩在两块石板上，身子吃力地向前微倾。看着母亲的背影，王苏眼眶泛了红：“小时候特别羡慕别人家孩子，过年有父母在身旁，有蜜饯糖果，还有红包拿。而我吃上一顿母亲做的年夜饭，都是特别奢侈的事儿。”

“爸妈，我要像你们一样，做一个对社会有用的人。”王志国说。“外公外婆，明年我还想来开山岛过

行进中国 回家的故事

开山岛上的团圆饭

——和王继才王仕花一家一起迎新春

本报记者 郑晋鸣

2月11日上午，在2015年军民迎新春茶话会开始之前，习近平总书记亲切会见了全国双拥模范代表。其中，就有荣获“情系国防好家庭”“爱国拥军先进个人”称号的王继才。

6个月前，一对夫妇28年坚守海岛的故事吸引我登上了江苏省灌云县开山岛。在小岛上的5天中，他们的故事让我一次又一次落泪。于是，我连夜写下长篇通讯《两个人的五星红旗》，发表在2014年8月26日的《光明日报》6版。作为一个拿笔写字的记者，我不仅用文字记录下了在开山岛采访的点点滴滴，还通过“好记者讲好故事”活动，向全国各地数万人讲述了王继才夫妇28年守岛的酸甜苦辣。

后来，中宣部向全社会公开发布“时代楷模”王继才、王仕花夫妇的先进事迹，他们的事迹感动了中国。

2月11日晚8点37分，从北京到南京的高铁抵达南京南站，王继才身着崭新的迷彩服下了车。面对前来迎接的我，他操着浓重的方言说：“太激动了！”接着，他动情地讲述了总书记在现场和他亲切交谈的情况。“总书记详细询问了开山岛的情况，还拍了拍我的肩膀说，‘辛苦了，辛苦你们了！’”王继才说，“总书记这么关心我们，我们更要守好开山岛，要守到守不动为止。”

在回开山岛前，王继才忙着赶往江苏“时代楷模”发布会现场，和妻子王仕花一起为获得江苏“时代楷模”称号的南京火车站“158”雷锋服务站颁奖。“158”雷锋服务站第一代领头人李慧娟拉着王继才的手激动地说：“你们夫妻驻守海岛30年，真不容易，我十分敬佩。”王继才憨憨地笑着说：“你们风雨无阻为困难旅客服务47年，我们守岛30年，分工不同，都是守着自己的职责！”

随后，我跟随王继才、王仕花夫妇回到开山岛。他们的儿孙辈也都来了。王继才和儿子王志国忙着贴起了春联，小岛一下子多了几分喜气。王继才告诉我，今年的开山岛很特别，过年这样热闹还是第一次。“孩子们上班上学，所以一家人从来没在岛上团圆过。”王继才激动地说，“这回一家人终于可以一起过年了。”

王仕花和女儿王苏忙着张罗起团圆饭。王仕花个子不到一米五，够不到灶台，踩在两块石板上，身子吃力地向前微倾。看着母亲的背影，王苏眼眶泛了红：“小时候特别羡慕别人家孩子，过年有父母在身旁，有蜜饯糖果，还有红包拿。而我吃上一顿母亲做的年夜饭，都是特别奢侈的事儿。”

本报记者郑晋鸣（右三）和王继才（后排左二）一家合影。 **新华社记者 李响摄**

“爸妈，我要像你们一样，做一个对社会有用的人。”王志国说。“外公外婆，明年我还想来开山岛过年。”外孙纯真的话语把王继才逗乐了。

看着其乐融融的一家人，我内心十分温暖。

天色暗下来，小岛上放起了烟花。王继才说，往年这个时候，儿女都在大海那头的燕尾港给他们放烟花，夫妻俩会猜测哪个烟花是女儿放的，哪个烟花是儿子放的。他们也会在岛上给儿女放烟花。看到开山岛的方向有光，儿女就知道父母在岛上一切都好。

次日早饭时，碰上国家电网的同志为小岛送来汽油发电机。王继才兴奋不已：“这下，能踏踏实实看春晚了！”过去夫妇俩用的是小功率太阳能电板，遇上阴雨天岛上就没了电。国电的同志告诉我，过完年要给岛上安装风光储电源装置，以后不会断电了。

王志国告诉我，两年前他研究生毕业，有几家大公司和条件不错的研究所向他抛出橄榄枝。“我把好消息告诉了父亲，不曾想父亲一言不发，低头抽起了闷烟。原来，他想让我当兵。”王志国说，父亲把他送到部队，留下一句“先报国，再顾家”就走了。就这样，王志国成了一名戍边武警战士。

吃完早饭，和一家人道别，我的眼眶湿润了。身为一名记者，我能做的就是讲好开山岛的故事，让更多的人在信仰的坚守和传承中，一天天挺拔起来。 **（本报南京2月14日电）**

年。”外孙纯真的话语把王继才逗乐了。

看着其乐融融的一家人，我内心十分温暖。

天色暗下来，小岛上放起了烟花。王继才说，往年这个时候，儿女都在大海那头的燕尾港给他们放烟花，夫妻俩会猜测哪个烟花是女儿放的，哪个烟花是儿子放的。他们也会在岛上给儿女放烟花。看到开山岛的方向有光，儿女就知道父母在岛上一切都好。

次日早饭时，碰上国家电网的同志为小岛送来汽油发电机。王继才兴奋不已：“这下，能踏踏实实看春晚了！”过去夫妇俩用的是小功率太阳能电板，遇上阴雨天岛上就没了电。国电的同志告诉我，过完年要给岛上安装风光储电源装置，以后不会断电了。

王志国告诉我，两年前他研究生毕业，有几家大公司和条件不错的研究所向他抛出橄榄枝。“我把好消息告诉了父亲，不曾想父亲一言不发，低头抽起了闷烟。原来，他想让我当兵。”王志国说，父亲把他送到部队，留下一句“先报国，再顾家”就走了。就这样，王志国成了一名戍边武警战士。

吃完早饭，和一家人道别，我的眼眶湿润了。身为一名记者，我能做的就是讲好开山岛的故事，让更多的人在信仰的坚守和传承中，一天天挺拔起来。

本文刊载于《光明日报》2015年2月15日01版

开山岛上的第 30 个劳动节

两年前，王继才、王仕花夫妇 28 年孤岛守海防的故事让我登上了位于江苏省灌云县的开山岛。在小岛上的 5 天，我细细聆听这里的声音，看遍了这里的一草一木，被夫妻俩 28 年坚守小岛只为五星红旗冉冉升起的故事深深感动，写下长篇通讯《两个人的五星红旗》，发表在 2014 年 8 月 26 日的《光明日报》上。当年的除夕，我又上了岛，和王继才一家在岛上吃团圆饭。

报道王继才、王仕花的日子也是让我受感染、受教育的日子。夫妻俩身上始终有一种力量激励着我：坚守孤岛，在喧闹的世界里，保有赤子之心。这个“五一”，惦念将我再次带上开山岛。

以岛为家，绿荫新生

每次上岛，我在船上，总能远远看到王继才那身迷彩越拉越近，船还未靠岸，他就冲着我招手，岛上那面鲜亮的五星红旗，依旧在夫妇俩身后迎风飘扬。

“以岛为家，苦而乐哉。”岛上房间的门楹上，新贴了副对联，夫妻俩拉着我往后山走，说是要让我看看岛上的新面貌。沿着嶙峋的山岩拾级而上，在小岛岩缝间的“巴掌地”里，竟整整齐齐地长着几排青菜！转眼一看，旁边几株瓜苗也探出头来。王继才说：“我把岛上的泥土聚集到这里，好生‘服侍’，终于在岛上种上了菜。”王继才负责种菜种瓜，王仕花则忙着种树。不久前，她刚栽下了 50 株苦楝树的树苗。“没想到今年竟然成活了 16 株。”王仕花笑着朝我“显摆”，说自己之前花了大半天走遍小岛，把成活的树苗数了个遍：“现在岛上有 132 棵树了。”

从岛上的灯塔往下看，光秃秃的小岛真是多了许多绿意，夫妻俩在海岛生活的苦涩中探索出乐趣来：用心栽植的小树苗、用水泥修筑的硬化路、两只活蹦乱跳的小白狗……应了王仕花那句“你们看这是岛，我们看就是家”。

保持本色，温暖常在

切菜、翻炒、出锅……回到营地，发现小小的厨房里居然有几名青年人正忙得热火朝天。被他们“赶”出厨房的王仕花，站在门口，笑得合不拢嘴：“他们是驻扎在灌云县城的解放军，常常来看我和老王。”随行的部队政治处主任殷世华介绍，每次上岛，战士们都要为夫妻俩带来充足的食材与饮用水。这已是他第 26 次带队上岛了。

当夫妻俩的故事跨过黄海海面，被更多的人知道后，来自各方的关切，无时无刻不温暖着这座小岛。

2013年，灌云县委县政府特批开山岛为全国最小的行政村，整个行政村只有王继才、王仕花和两个极少登岛的渔民。王继才是村党支部书记，王仕花是村委会主任。这两个头衔让夫妻俩每月多了780元的固定收入，另外还有每年27000元的岗位补贴。有了这笔钱，王继才能偶尔买上几包香烟，王仕花能每年添置几件新衣。

去年，风光储一体化发电的“绿电上岛”项目在开山岛正式投运，太阳能和风力发电解决了夫妻俩用电的难题。如今，电视机、空调等家电一应俱全。

赤子之心，代代传承

升旗、巡岛、看天气、护航标、写日志。像往常一样，凌晨5点多，王继才夫妇便开始一天的工作，他们以对待孩子的细心与耐心，照料着岛上的一切。

不久前，值班室前的旗杆被海风侵蚀得生了锈，这可急坏了夫妻俩。王继才说：“五星红旗必须每天升起，这是我们的职责。”两人顾不上睡觉，连夜用竹竿把旗杆修好，赶在日出之前，将旗杆归位。望着自制“旗杆”上飘扬的五星红旗，我的眼角湿润了。

“甘把青春献国防，愿将热血化丹青。”今年春节，王继才专门找人写了这副对联。“家就是岛，岛就是国，我要守到老得不能动为止。”每次问起老王，你要守到什么时候，他总是认真地回答。

两年前，儿子王志国研究生毕业，有几家大公司和条件不错的研究所向他伸出橄榄枝。他把好消息告诉了父亲，不曾想王继才一言不发，低头抽起了闷烟。原来，他想让王志国当兵。老王把小王送到部队，留下一

开山岛上的第30个劳动节

本报记者 **郑晋鸣** 本报通讯员 **徐苏阳**

两年前，王继才、王士花夫妇28年孤岛守海防的故事让我登上了位于江苏省灌云县的开山岛。在小岛上的5天，我细细聆听这里的声音，看遍了这里的一草一木，被夫妻俩28年坚守小岛只为五星红旗冉冉升起的故事深深感动，写下长篇通讯《两个人的五星红旗》，发表在2014年8月26日的《光明日报》上。当年的除夕，我又上了岛，和王继才一家在岛上吃团圆饭。

报道王继才、王士花的日子也是让我受感染、受教育的日子。夫妻俩身上始终有一种力量激励着我：坚守孤岛，在喧闹的世界里，保有赤子之心。这个“五一”，惦念将我再次带上开山岛。

以岛为家，绿荫新生

每次上岛，我在船上，总能远远看到王继才那身迷彩越拉越近，船还未靠岸，他就冲着我招手，岛上那面鲜亮的五星红旗，依旧在夫妇俩身后迎风飘扬。

“以岛为家，苦而乐哉。”岛上房间的门楹上，新贴了副对联，夫妻俩拉着我往后山走，说是要让我看看岛上的新面貌。沿着嶙峋的山岩拾级而上，在小岛岩缝间的“巴掌地”里，竟整整齐齐地长着几排青菜！转眼一看，旁边几株瓜苗也探出头来。王继才说：“我把岛上的泥土聚集到这里，好生‘服侍’，终于在岛上种上了菜。”王继才负责种菜种瓜，王士花则忙着种树。不久前，她刚栽下了50株苦楝树的树苗。“没想到今年竟然成活了16株。”王士花笑着朝我“显摆”，说自己之前花了大半天走遍小岛，把成活的树苗数了个遍：“现在岛上有132棵树了。”

从岛上的灯塔往下看，光秃秃的小岛真是多了许多绿意，夫妻俩在海岛生活的苦涩中探索出乐趣来：用心栽植的小树苗、用水泥修筑的硬化路、两只活蹦乱跳的小白狗……应了王士花那句“你们看这是岛，我们看就是家”。

保持本色，温暖常在

切菜、翻炒、出锅……回到营地，发现小小的厨房里居然有几名青年人正忙得热火朝天。被他们“赶”出厨房的王士花，站在门口，笑得合不拢嘴：“他们是驻扎在灌云县城的解放军，常常来看我和老王。”随行的部队政治处主任殷世华介绍，每次上岛，战士们都要为夫妻俩带来充足的食材与饮用水。这已是他第26次带队上岛了。

当夫妻俩的故事跨过黄海海面，被更多的人知道后，来自各方的关切，无时无刻不温暖着这座小岛。

2013年，灌云县委县政府特批开山岛为全国最小的行政村，整个行政村只有王继才、王士花和两个极少登岛的渔民。王继才是村党支部书记，王士花是村委会主任。这两个头衔让夫妻俩每月多了780元的固定收入，另外还有每年27000元的岗位补贴。有了这笔钱，王继才能偶尔买上几包香烟，王士花能每年添置几件新衣。

去年，风光储一体化发电的“绿电上岛”项目在开山岛正式投运，太阳能和风力发电解决了夫妻俩用电的难题。如今，电视机、空调等家电一应俱全。

赤子之心，代代传承

升旗、巡岛、看天气、护航标、写日志。像往常一样，凌晨5点多，王继才夫妇便开始一天的工作，他们以对待孩子的细心与耐心，照料着岛上的一切。

不久前，值班室前的旗杆被海风侵蚀得生了锈，这可急坏了夫妻俩。王继才说：“五星红旗必须每天升起，这是我们的职责。”两人顾不上睡觉，连夜用竹竿把旗杆修好，赶在日出之前，将旗杆归位。望着自制“旗杆”上飘扬的五星红旗，我的眼角湿润了。

“甘把青春献国防，愿将热血化丹青。”今年春节，王继才专门找人写了这副对联。“家就是岛，岛就是国，我要守到老得不能动为止。”每次问起老王，你要守到什么时候，他总是认真地回答。

两年前，儿子王志国研究生毕业，有几家大公司和条件不错的研究所向他伸出橄榄枝。他把好消息告诉了父亲，不曾想王继才一言不发，低头抽起了闷烟。原来，他想让王志国当兵。老王把小王送到部队，留下一句“先报国，再顾家”就走了。就这样，王志国成了一名戍边武警战士，今年以来，王志国三次写信，申请参加联合国常备维和警队，到祖国最需要的地方去。听到这个消息，王继才很是兴奋，“我守岛是报国，儿子从军也是报国，一家人，两代兵，光荣！”

一颗炽热的赤子之心在这个家中代代相传。

（本报江苏灌云5月1日电）

句“先报国，再顾家”就走了。就这样，王志国成了一名戍边武警战士，今年以来，王志国三次写信，申请参加联合国常备维和警队，到祖国最需要的地方去。听到这个消息，王继才很是兴奋，“我守岛是报国，儿子从军也是报国，一家人，两代兵，光荣!”

一颗炽热的赤子之心在这个家中代代相传。

本文刊载于《光明日报》2016年5月2日01版

坚守32年 王继才永远留在了开山岛

7月27日，全国时代楷模、开山岛守岛英雄王继才在执勤期间突发疾病，经抢救无效去世，生命定格在58岁。

老王走了？我不敢相信这个消息。虽然老王老王叫惯了，可他比我小啊，怎么说走就走了？从2014年第一次采访王继才开始，我每年都上岛看他。再过两天就是“八一”建军节了，本想这两天上岛去，没想到还没赶上过节，就已阴阳两隔。驱车赶往连云港灌云县和老王道别，3个小时的路程，漫天的大雨随着泪水一起滑下，想起和老王相识、相处的很多事。

2014年，也是在酷暑天，我第一次登上开山岛，在岛上和王继才、王仕花共处了5天，被他们夫妻俩28年坚守小岛，只为五星红旗冉冉升起的故事深深感动，写下了长篇通讯《两个人的五星红旗》，引起强烈反响。40天后，当我再次上岛时，我记得王继才给我放了一段他母亲的视频：“儿子啊，你是为国守岛，就是我去世的时候你不在身边，我也不怪你。自古忠孝不能两全，但在我心中，尽忠就是尽孝，守海防就是尽大孝。”他哽咽着告诉我，老父亲、老母亲病重时，自己都在执勤，没能回去，“这视频，我反反复复看过几百遍，老母亲的叮咛，一辈子也不会忘记”。为海疆方寸土，置安危于度外，守岛便意味着要经受与亲人生离死别的考验，这一次，老王成了那个别离的人。

2015年春节，我上岛和他们夫妻俩一同吃团圆饭、迎新春。王继才当时刚从北京参加完2015年军民迎新春茶话会回来。他兴奋地告诉我，习近平总书记亲切会见了全国双拥模范代表，总书记还和他聊了天。“总书记这么关心我们，我们更要守好开山岛，组织交给我的任务，我就要守岛守到守不动为止。”每次问起老王，

坚守32年 王继才永远留在了开山岛

本报记者 郑晋鸣

7月27日，全国时代楷模、开山岛守岛英雄王继才在执勤期间突发疾病，经抢救无效去世，生命定格在58岁。

老王走了？我不敢相信这个消息。虽然老王老王叫惯了，可他比我小啊，怎么说走就走了？从2014年第一次采访王继才开始，我每年都上岛看他。再过两天就是“八一”建军节了，本想这两天上岛去，没想到还没赶上过节，就已阴阳两隔。驱车赶往连云港灌云县和老王道别，3个小时的路程，漫天的大雨随着泪水一起滑下，想起和老王相识、相处的很多事。

2014年，也是在酷暑天，我第一次登上开山岛，在岛上和王继才、王仕花共处了5天，被他们夫妻俩28年坚守小岛，只为五星红旗冉冉升起的故事深深感动，写下了长篇通讯《两个人的五星红旗》，引起强烈反响。40天后，当我再次上岛时，我记得王继才给我放了一段他母亲的视频：“儿子啊，你是为国守岛，就是我去世的时候你不在身边，我也不怪你。自古忠孝不能两全，但在我心中，尽忠就是尽孝，守海防就是尽大孝。”他哽咽着告诉我，老父亲、老母亲病重时，自己都在执勤，没能回去，“这视频，我反反复复看过几百遍，老母亲的叮咛，一辈子也不会忘记”。为海疆方寸土，置安危于度外，守岛便意味着要经受与亲人生离死别的考验，这一次，老王成了那个别离的人。

2015年春节，我上岛和他们夫妻俩一同吃团圆饭、迎新春。王继才当时刚从北京参加完2015年军民迎新春茶话会回来。他兴奋地告诉我，习近平总书记亲切会见了全国双拥模范代表，总书记还和他聊了天。“总书记这么关心我们，我们更要守好开山岛，组织交给我的任务，我就要守岛守到守不动为止。”每次问起老王，要守到什么时候，他总这样跟我说，说要守到守不动为止。他没有说空话，这一次，老王看来真的是守不动了。

2016年“五一”，开山岛上的第30个劳动节，我再次上岛，岛上营房的门上多了副对联：“甘把青春献国防，愿将热血化丹青。”王继才乐呵呵地说是自己专门找人写的。岛上的旗杆被海风吹坏了，他急坏了，哪里顾得上睡觉，连夜修好旗杆。我问他：“没人要求，没人监督，没有人看，你为什么还要这么较真？”“开山岛虽然小，但它是祖国的东门，我必须插上中华人民共和国国旗。”王继才转过身子对我说，“只有看着国旗在海风中飘扬，才觉着这个岛是有颜色的。”我忘不了他当时的认真和他眼中溢满的深情和坚定，可这一次，老王升旗时沙哑却响亮的“敬礼”声却再也听不到了。

一朝上岛，一生卫国。王继才的一生，是以孤岛为家，与海水为邻，和孤独做伴的一生，他和妻子把青春年华献给了祖国的海防事业。1986年，也是在7月，26岁的生产队长兼民兵营长王继才接到任务，第一次登上这个无人愿意值守的荒岛，人们都说，去守岛就是去坐“水牢”，但王继才最终决定服从组织安排，留了下来。妻子王仕花不忍丈夫一人受苦，选择辞去工作，和丈夫一同守岛。整整32年，夫妻俩过了20多年没有水没有电，只有一盏煤油灯、一个煤炭炉、一台收音机的日子。台风大作、无船出海，岛上的煤用光了只能吃生米；没有人说话就在树上刻字或是对着海、对着风唱歌；没有人接生就只能丈夫自己接生；植物都不能在岛上存活，一斤多的苦楝树种子撒下去只长出一棵小苗；儿女在岸上无人照看，家中失火导致孩子差点儿丢命；大女儿结婚时，化了5次妆都被泪水打湿，进礼堂时，一步三回头，可父母却迟迟没有来……生活虽然苦，心里虽然苦，可王继才夫妇几十年如一日守着小岛，升旗、巡岛、观天象、护航标、写日志……每天的巡查日志堆起来已有一人多高，每个凌晨五星红旗都会冉冉升起，每次遭到上岛犯罪分子威胁甚至殴打也从不屈服。为了守岛，夫妻俩尝遍了酸甜苦辣，32年，11680天，枯燥、孤独、无助，每一天都重复着相同的日子，但王继才心中有一个信念：家就是岛，岛就是国，守岛就是卫国。

当王继才夫妇守岛事迹跨过黄海海面，伴随着各级媒体广泛宣传报道，人们才知道了开山岛，认识了王继才和王仕花，来自各方的关切也越来越多。岁月流转中，开山岛也发生着翻天覆地的变化，岛上的情况越来越好，太阳能和风力发电解决了用电难题，电视机、空调等家电一应俱全，6间旧营房做了重新整修，盖上了卫生间和浴室。夫妻俩在岩缝间的“巴掌地”里种活了青菜，栽活了100多株小树苗，把石头岛变成了绿岛。可就在这个和当年上岛时一样炙热的7月，老王却永远离开了。

到达灌云，和老王见了最后一面，我心里和他念叨：“你说守到守不动，老王，现在好了，你就好好休息吧！”

每次从开山岛上回来，我都在想，人们陆续地来，陪他聊聊天，喝点小酒，但热闹终归属于外面的世界，王继才从没有离开过这个方寸小岛，喧闹走远，寂静和孤独永远是开山岛的脾性，在岛上住两三天，我都急得直抽烟，又有谁能想象、谁能忍受32年的孤独和坚守。

大雨还没停，开山岛在哭泣，岛上无人值守……海风吹过，苦楝树哗哗作响，无花果树已结了一树的果子，两只狗还在等主人回来，哨所里的望远镜正静眺远方，老王，礁石上的那4盏灯可还能照亮你回来的路？

“两个人的五星红旗”变成了一个人的，我看着掩面哭泣的王仕花，想起老王曾和我说，是妻子的陪伴，冲淡了海水的苦涩腥咸。如今，老王走了，谁来守岛，谁来升旗？

老王曾说，因为这面每天飘扬的五星红旗，这么多年的苦和痛都有了意义。我仿佛又看到，当清晨5点的太阳跃出海平面，王继才带着王仕花，扛着旗走向小岛后山，一人升旗，一人敬礼，没有国歌，没有奏乐，却庄严肃穆。

（本报江苏开山岛7月29日电）

要守到什么时候，他总这样跟我说，说要守到守不动为止。他没有说空话，这一次，老王看来真的是守不动了。

2016年“五一”，开山岛上的第30个劳动节，我再次上岛，岛上营房的门上多了副对联：“甘把青春献国防，愿将热血化丹青。”王继才乐呵呵地说是自己专门找人写的。岛上的旗杆被海风吹坏了，他急坏了，哪里顾得上睡觉，连夜修好旗杆。我问他：“没人要求，没人监督，没有人看，你为什么还要这么较真？”“开山岛虽然小，但它是祖国的东门，我必须插上中华人民共和国国旗。”王继才转过身子对我说，“只有看着国旗在海风中飘扬，才觉着这个岛是有颜色的。”我忘不了他当时的认真和他眼中溢满的深情和坚定，可这一次，老王升旗时沙哑却响亮的“敬礼”声却再也听不到了。

一朝上岛，一生卫国。王继才的一生，是以孤岛为家，与海水为邻，和孤独做伴的一生，他和妻子把青春年华献给了祖国的海防事业。1986年，也是在7月，26岁的生产队长兼民兵营长王继才接到任务，第一次登上这个无人愿意值守的荒岛，人们都说，去守岛就是去坐“水牢”，但王继才最终决定服从组织安排，留了下来。妻子王仕花不忍丈夫一人受苦，选择辞去工作，和丈夫一同守岛。整整32年，夫妻俩过了20多年没有水没有电，只有一盏煤油灯、一个煤炭炉、一台收音机的日子。台风大作，无船出海，岛上的煤用光了只能吃生米；没有人说话就在树上刻字或是对着海、对着风唱歌；没有人接生就只能丈夫自己接生；植物都不能在岛上存活，一斤多的苦楝树种子撒下去只长出一棵小苗；儿女在岸上无人照看，家中失火导致孩子差点儿丢命；大女儿结婚时，化了5次妆都被泪水打湿，进礼堂时，一步三回头，可父母却迟迟没有来……生活虽然苦，心里虽然苦，可王继才夫妇几十年如一日守着小岛，升旗、巡岛、观天象、护航标、写日志……每天的巡查日志堆起来已有一人多高，每个凌晨五星红旗都会冉冉升起，每次遭到上岛犯罪分子威胁甚至殴打也从不屈服。为了守岛，夫妻俩尝遍了酸甜苦辣，32年，11680天，枯燥、孤独、无助，每一天都重复着相同的日子，但王继才心中有一个信念：家就是岛，岛就是国，守岛就是卫国。

当王继才夫妇守岛事迹跨过黄海海面，伴随着各级媒体广泛宣传报道，人们才知道了开山岛，认识了王继才和王仕花，来自各方的关切也越来越多。岁月流转中，开山岛也发生着翻天覆地的变化，岛上的情况越来越好，太阳能和风力发电解决了用电难题，电视机、空调等家电一应俱全，6间旧营房做了重新整修，盖上了卫生间和浴室。夫妻俩在岩缝间的“巴掌地”里种活了青菜，栽活了100多株小树苗，把石头岛变成了绿岛。可就在这个和当年上岛时一样炙热的7月，老王却永远离开了。

到达灌云，和老王见了最后一面，我心里和他念叨："你说守到守不动，老王，现在好了，你就好好休息吧！"

每次从开山岛上回来，我都在想，人们陆续地来，陪他聊聊天，喝点小酒，但热闹终归属于外面的世界，王继才从没有离开过这个方寸小岛，喧闹走远，寂静和孤独永远是开山岛的脾性，在岛上住两三天，我都急得直抽烟，又有谁能想象、谁能忍受32年的孤独和坚守。

大雨还没停，开山岛在哭泣，岛上无人值守……海风吹过，苦楝树哗哗作响，无花果树已结了一树的果子，两只狗还在等主人回来，哨所里的望远镜正静眺远方，老王，礁石上的那4盏灯可还能照亮你回来的路？

"两个人的五星红旗"变成了一个人的，我看着掩面哭泣的王仕花，想起老王曾和我说，是妻子的陪伴，冲淡了海水的苦涩腥咸。如今，老王走了，谁来守岛，谁来升旗？

老王曾说，因为这面每天飘扬的五星红旗，这么多年的苦和痛都有了意义。我仿佛又看到，当清晨5点的太阳跃出海平面，王继才带着王仕花，扛着旗走向小岛后山，一人升旗，一人敬礼，没有国歌，没有奏乐，却庄严肃穆。

本文刊载于《光明日报》2018 年 7 月 30 日 04 版

一个人感动一个国

——王继才去世何以震动国人

人固有一死，或重于泰山，或轻于鸿毛。守岛英雄王继才怎么也想不到，他的死会震动国人。在这个舆论纷扰、人心浮动的时代，王继才的去世为什么感天动地?

一天的坚守或许不难，一年的坚守却弥足珍贵，王继才用32年的坚守诠释了初心的伟力，震撼着无数国人。“一个有希望的民族不能没有英雄，一个有前途的国家不能没有先锋。”习近平总书记道出了中华民族从黑暗走向光明的力量所在。时光流转，王继才就是和平年代最可爱的人。

真与实：真的王继才，实的开山岛

王继才生前说过两句话：“我可以不上岛，就是说不出口。”“答应了就要做到。”

开山岛是怎样一个岛？真实的王继才是什么样的?

开山岛只有两个足球场大，距离最近的海岸12海里。5年前这里没有淡水，没有电，不通手机，不通网络。这个小岛上唯有的生命就是王继才夫妇、三只小狗、五条净化水的泥鳅和三只不会打鸣的公鸡。开山岛的战略意义非常重要，是黄海前线第一岛。1939年日本侵略连云港时，正是以开山岛为跳板，通过舰船换乘，才得以从燕尾港登陆，然后结集部队向杨集、板浦、南城进犯。“如果我们这个岛上有人值守，日本士兵就上不来。”当时日本士兵在这个岛上屯兵半个联队，在距岛200米处修建了炮楼，几挺机枪控制住整个黄海海面。

灌云县人武部决定派民兵值守，先后派了9个民兵，最长的待了13天，最后都溜了。后来找到燕尾港民兵营长王继才，给他准备了30盒烟、30瓶酒和一个月的吃喝用品，把他放在了岛上。县武装部政委还命令所有的船只在一个月之内不准靠近小岛。

从来不抽烟不喝酒的王继才，把30盒烟、30瓶酒全部抽完喝完。48天以后，老政委领着王仕花来到岛上，王仕花被面前这个胡子拉碴、满身臭气的“野人”吓傻了，这是自己的丈夫吗？放着家里好好的日子不过，偏要来守这巴掌大的枯岛！“别人不守，咱也不守，回去吧！”

看着这个杂草荒芜的孤岛，王继才一言不发地抽完一整包烟，他想起了二舅的嘱托。

“开山岛是黄海前哨的一级战备岛屿，是军事要塞连云港的右翼前哨阵地。”上岛前，政委告诉王继才，这里必须有人，保证一旦进入战时，能迅速引领官兵再次进驻。

王继才的二舅是新四军的一名战士，曾经在黄海海面与日本侵略者进行过战斗。上岛前，二舅说起了当年日本进犯连云港的往事。他告诉王继才："每个人心中都有一盏灯，灯照多远就能走多远，灯不灭、人不死，这个灯就是一种信仰。"二舅的这番话，王继才似懂非懂，但直觉告诉他，自己应该留下。

"要走你走，我决定留下！"王继才把妻子气走了。

可他没想到，一个月后，妻子带着包裹，又来了。为了上岛照顾丈夫，王仕花辞去了小学教师的工作，将两岁大的女儿托付给了婆婆。

他们也曾一度想要离开开山岛。孩子要上小学时，他们想着已经守岛五六年了，是时候回家了。那天，王继才找到了派他上岛的武装部政委，准备辞职。但是没想到政委身患癌症即将辞世，还没等王继才开口，便拉起他的手说："继才啊，你干得很好！我走了，你要把开山岛继续守好，我才能放心！"政委期待的眼神让王继才硬是把话生生咽了回去，说道："请您放心，我一定把开山岛守好，一直守到我守不动为止。"

记者手记

王继才不是没有犹豫过、挣扎过，和所有平凡人一样，他也害怕黑夜，害怕狂风暴雨，害怕孤独无助，放不下亲人，放不下原本热闹的生活，但再难也要守下去。不少人问，这是一种什么样的力量，能让一个人把一生最美好的年华都奉献在一座远离陆地的小岛上？信仰。王继才用一个民的本分，完成了兵的责任。

我们的行业种种，岗位种种，无数人总会面对同样的两难选择，但是永远不要低估亿万国人对党和人民、对组织、对集体、对岗位的忠诚和热爱之心。他们和王继才一样，讲政治、顾大局，他们不讲条件、不计得失，他们心中有国家、有组织、有事业、有敬畏。

大与小：为大国尽大义，弃小家忍己欲

王继才曾说："守岛就是守家，国安才能家安。"岛再小，也是 960 万平方公里国土的一部分。国旗插在这儿，这儿就是中国。

守岛的每一天，都是从升旗开始的。

每天早上 5 点，夫妻俩就准时在岛上举行两个人的升旗仪式，王继才负责展开国旗，喊声响亮的"敬礼"，个头只有一米五的王仕花站得笔直，仰着头边敬礼边注目着五星红旗。这一抹红色就是开山岛的颜色。

没有人看，没有人监督，王继才却特别较真。有一次，岛上断粮，王继才吃了生的海贝海螺，一夜跑几趟厕所。第二天，他照样爬起来去升旗。看着丈夫一脸憔悴，王仕花说："今天我一个人升就行了，岛上就咱

俩，少敬一回礼没人看到。”“那怎么行？”王继才艰难地坐起来，穿好衣服，摇摇晃晃地向升旗台走去。

在王继才心里，这里是祖国的东门，必须升起国旗。迎风飘扬的五星红旗如一盏灯，既照来路，也照归途，进出海的船路过开山岛，都会主动鸣笛，既是和夫妇俩打招呼，更是向国旗致敬。

每天两次巡岛，观天象、护航标、写日志……这是岛上每一天的生活。和平年代，看似枯燥乏味的坚守，恰恰是对祖国的忠诚。

因为这份大义，王继才舍弃一己之欲，他说自己欠全家人一个道歉。

那年王仕花临产，海上却来了台风。想要离岛，却寻不来一艘船，无奈之下，王继才拿着岛上的手摇步话机联系镇上武装部长，在部长夫人的电话指导下，他当起了接生婆，亲手剪断了儿子的脐带。

为人子，为人父，王继才觉得最亏欠的就是家人。守岛期间，王继才的父母先后病重离世，他没能守在身边。母亲生前常对他说：“你为国家守岛，做的是大事，你不在妈身边，妈不怨你。”

大女儿是80后，但却大字不识几个。因为早早挑起家庭重担，她小学就辍了学，在家照顾弟弟妹妹。王继才答应女儿结婚时一定亲自送她。可大女儿结婚时，化了5次妆都被泪水打湿，进礼堂时，姑娘一步三回

一个人感动一个国

——王继才去世何以震动国人

本报记者　郑晋鸣　崔兴毅

人固有一死，或重于泰山，或轻于鸿毛。守岛英雄王继才怎么也想不到，他的死会震动国人。在这个舆论纷扰、人心浮动的时代，王继才的去世为什么感天动地？

一天的坚守或许不难，一年的坚守却弥足珍贵，王继才用32年的坚守诠释了初心的伟力，震撼着无数国人。“一个有希望的民族不能没有英雄，一个有前途的国家不能没有先锋。”习近平总书记道出了中华民族从黑暗走向光明的力量所在。时光流转，王继才就是和平年代最可爱的人。

真与实：真的王继才，实的开山岛

王继才生前说过两句话：“我可以不上岛，就是说不出口。”“答应了就要做到。”

开山岛是怎样一个岛？真实的王继才是什么样的？

开山岛只有两个足球场大，距离最近的海岸12海里。5年前这里没有淡水，没有电，不通手机，不通网络。这个小岛上唯有的生命就是王继才夫妇、三只小狗、五条净化水的泥鳅和三只不会打鸣的公鸡。开山岛的战略意义非常重要，是黄海前线第一岛。1939年日本侵略连云港时，正是以开山岛为跳板，通过舢舨换乘，才得以从燕尾港登陆，然后结集部队向杨集、板浦、南城进犯。“如果我们这个岛上有人值守，日本士兵就上不来。”当时日本士兵在这个岛上屯兵半个联队，在距岛200米处修建了炮楼，几挺机枪控制住整个黄海海面。

灌云县人武部决定派民兵值守，先后派了9个民兵，最长的待了13天，最后都溜了。后来找到燕尾港民兵营长王继才，给他准备了30盒烟、30瓶酒和一个月的吃喝用品，把他放在了岛上。县武装部政委还命令所有的船只在一个月之内不准靠近小岛。

从来不抽烟不喝酒的王继才，把30盒烟、30瓶酒全部抽完喝完。48天以后，老政委领着王仕花来到岛上，王仕花被面前这个胡子拉碴、满身臭气的“野人”吓傻了，这是自己的丈夫吗？放着家里好好的日子不过，偏要来守这巴掌大的枯岛！“别人不守，咱也不守，回去吧！”

看着这个杂草荒芜的孤岛，王继才一言不发地抽完一整包烟，他想起了二舅的嘱托。

“开山岛是黄海前哨的一级战备岛屿，是军事要塞连云港的右翼前哨阵地。”上岛前，政委告诉王继才，这里必须有人，保证一旦进入战时，能迅速引领官兵再次进驻。

王继才的二舅是新四军的一名战士，曾经在黄海海面与日本侵略者进行过战斗。上岛前，二舅说起了当年日本进犯连云港的往事。他告诉王继才：“每个人心中都有一盏灯，灯照多远就能走多远，灯不灭，人不死，这个灯就是一种信仰。”二舅的这番话，王继才似懂非懂，但直觉告诉他，自己应该留下。

“要走你走，我决定留下！”王继才把妻子气走了。

可他没想到，一个月后，妻子带着包裹，又来了。为了上岛照顾丈夫，王仕花辞去了小学教师的工作，将两岁大的女儿托付给了婆婆。

他们也曾一度想要离开开山岛。孩子要上小学时，他们想着已经守岛五六年了，是时候回家了。那天，王继才找到了派他上岛的武装部政委，准备辞职。但是没想到政委身患癌症即将辞世，还没等王继才开口，便拉起他的手说：“继才啊，你干得很好！我走了，你要把开山岛继续守好，我才能放心！”政委期待的眼神让王继才硬是把话生生咽了回去，说道：“请您放心，我一定把开山岛守好，一直守到我守不动为止。”

◎记者手记：

王继才不是没有犹豫过、挣扎过，和所有平凡人一样，他也害怕黑夜，害怕狂风暴雨，害怕孤独无助，放不下亲人，放不下原本热闹的生活，但再难也要守下去。不少人问，这是一种什么样的力量，能让一个人把一生最美好的年华都奉献在一座远离陆地的小岛上？信仰。王继才用一个民的本分，完成了兵的责任。

我们的行业种种，岗位种种，无数人总会面对同样的两难选择，但是永远不要低估亿万国人对党和人民、对组织、对集体、对岗位的忠诚和热爱之心。他们和王继才一样，讲政治、顾大局，他们不讲条件、不计得失，他们心中有国家、有组织、有事业、有敬畏。

大与小：为大国尽大义，弃小家忍己欲

王继才曾说：“守岛就是守家，国安才能家安。”岛再小，也是960万平方公里国土的一部分。国旗插在这儿，这儿就是中国。

守岛的每一天，都是从升旗开始的。

每天早上5点，夫妻俩就准时在岛上举行两个人的升旗仪式，王继才负责展开国旗，喊声嘹亮的“敬礼”，个头只有一米五的王仕花站得笔直，仰着头边敬礼边注目着五星红旗。这一抹红色就是开山岛的颜色。

没有人看，没有人监督，王继才却特别较真。有一次，岛上断粮，王继才吃了生的海贝海螺，一夜跑几趟厕所。第二天，他照样爬起来去升旗。看着丈夫一脸憔悴，王仕花说：“今天我一个人升就行了，岛上就咱俩，少敬一回礼没人看到。”“那怎么行？”王继才艰难地坐起来，穿好衣服，摇摇晃晃地向升旗台走去。

在王继才心里，这座岛是祖国的东门，必须升起国旗。迎风飘扬的五星红旗如一盏灯，既照来路，也照归途，进出海的船路过开山岛，都会主动鸣笛，既是和夫妇俩打招呼，更是向国旗致敬。

每天两次巡岛，观天象，护航标，写日志……这是岛上每一天的生活。和平年代，看似枯燥乏味的坚守，恰恰是对祖国的忠诚。

因为这份大义，王继才舍弃一己之欲，他说自己欠全家人一个道歉。

那年王仕花临产，海上却来了台风。想要离岛，却寻不来一艘船，无奈之下，王继才拿着岛上的手摇步话机联系镇上武装部长，在部长夫人的电话指导下，他当起了接生婆，亲手剪断了儿子的脐带。

为人子、为人父，王继才觉得最亏欠的就是家人。守岛期间，王继才的父母先后病重离世，他没能守在身边。母亲生前常对他说：“你为国家守岛，做的是大事，你不在妈身边，妈不怨你。”

大女儿是80后，但却大字不识几个。因为早早挑起家庭重担，她小学就辍了学，在家照顾弟弟妹妹。王继才答应女儿结婚时一定亲自送她。可大女儿结婚时，化了5次妆都被泪水打湿，进礼堂时，姑娘一步三回头，说：“我走得慢点，或许他就能赶上了。”父亲迟迟没来，她知道，父亲想来，但岛上没人。

小儿子王志国出生在岛上，生活在岛上，直到6岁被送下岛上学。上学后，由于长期生活在岛上，王志国的性格变得非常孤僻，很难与人交流，3次辍学，放学后看着同学一个个被父母接走，心里很不是滋味。

“子要尽孝，父要尽责。但我的家人都理解，忠是最大的孝和责。”王继才说，身体是自己的，但人是国家的，而家就是岛，岛就是国，守岛就是卫国。

◎记者手记：

王继才何尝不知儿女的苦，但在他心中，岛小，却关系国家寸产。在守岛和个人生活之间，国家和小家之间，王继才选择了把自己的一生投入到守家卫国的大义之中。

渠清如许，必有源头活水。在中国人的骨子里，从来都是有国才有家。我们的民族历经磨难，斗志弥坚。正是因为有了无数和王继才一样舍小家为大家的平凡人，执着奋斗于平凡岗位，我们的事业才能欣欣向荣。

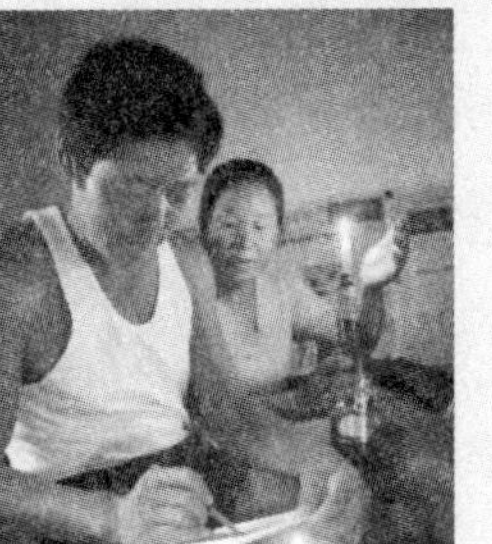

爱与恨：对渔民的爱，对不法分子的恨

王继才也是有血有肉的平凡人，他一生的爱恨情仇都洒在了这片方寸小岛上。

爱的是谁？恨的是谁？

对王继才夫妇来说，虽然岛上只两个人生活，但他们却用善良和纯朴，温暖了这片海。

“王继才！王继才！”一天午饭后，王继才巡逻到开山岛的瞭望塔时，突然听到急切的呼叫声，于是迅速往山脚跑。一条渔船正在向码头靠近，船老大焦急地说：“孩子肚子疼得厉害！”王继才迅速抱来一个小木箱，里面有常用药和应急药30多种，全是王继才、王仕花夫妇掏腰包买的，为自己，也为别人。

一次，渔民黄小国路过开山岛时发动机没了油，于是把艇靠向码头，烈日高温下，用桶加油，不慎引起大火，随时都有爆炸的危险。王继才抱来自己的两床被子，往海水里一蘸，盖在发动机上把火扑灭，救了人，保了艇。

开山岛的东边是砚台石，西边有大狮、小狮二礁和船山，这四盏灯王继才每天都要看，因为它们照着四面八方来岛的船。只要海上起大雾，王继才就拿起脸盆站在崖上使劲地敲，循着咣咣的响声，渔民就能辨得出船的航行方位。“那是救命的声音！”“晚上出海时，王继才还会亮起信号灯，让我们看清航道。”渔民陈玉兵说。

“在海上，大家都不容易。”王继才说，自己能帮多少是多少。但“朋友来了有好酒，若是那豺狼来了，迎接它的有猎枪”。开山岛位置独特，又有很多地下工事，不少犯罪分子对此虎视眈眈，王继才和妻子一生最恨的就是这些人。

1993年，一个参与走私犯罪的地方官员打算把60辆走私小轿车停放在岛上周转，掏出一沓钱求王继才行个方便，“只要你不向部队报告，赚了钱咱俩平分”。王继才推开他：“不干净的钱我坚决不要，违法的事我坚决不干！”

1996年，一个“蛇头”私下上岛找到王继才，掏出10万元现金，要在岛上留几个“客人”住几天。王继才说：“我一辈子可能都挣不了这么多钱，但只要我在，你们休想从这里偷渡！”对方恼羞成怒，带人强行把王继才拖到码头狠狠打了一顿。王继才没有被威胁吓倒，随即向县人武部和边防部门报告。

1999年，孙某打着旅游公司的牌子，想在岛上办色情及赌博场所。王继才迅速报告上级。孙某眼看事情要败露，拿儿子威胁王继才，“少来这一套，我是为国家守岛，如果我家人出事了，你休想逃脱！”王继才回绝道。孙某气急至极，带人把哨所烧了，看着仇亲点燃的熊熊大火，多年积攒的文件资料、观察记录瞬间化为了灰烬，王继才心如刀绞。

时间久了，挡人财路的夫妇俩就成了违法分子的眼中钉、肉中刺，险情时有发生。但夫妻俩从没有退缩过，他们先后向上级报告了9起涉嫌走私偷渡等违法案件，其中6次成功破获，为国家挽回了重大经济损失。

◎记者手记：

有人说，和平年代，没有再守岛的必要。但王继才经历的一个个故事告诉我们：不守岛，就无法进行天象观测和海上救援，违法分子就会肆意妄为，黄赌毒聚集。利诱和威逼没有俘虏王继才，孤岛的寂寞也因为能够帮助到别人，而多了缕缕暖意。

“知善知恶是良知，为善去恶是格物”，如王继才一样，对真善美的追求是人的本性和本能。因爱人而互爱，生命才有了温度，是非明、方向清、路子正，敢于与恶行斗争，社会才有了向上的能量。也唯有如此，我们才能真正成为精神富足的人，才能共建我们的精神家园。

变与不变：变的是环境，不变的是初心

开山岛是个荒凉的不毛之地，过去，除了嶙峋陡峭的山石外，就只有一棵长在岩石缝隙中的小冬青，那是岛上唯一的一抹绿。

王继才有个愿望，把荒岛变成绿洲。

岛上都是岩石，没有土，他就请渔民一袋袋运；海风大，树苗常常长出来一点儿就死了，他不灰心，不信这岛上种不活树！

一年又一年，就在这种艰难下，王继才和妻子硬是在岩石间的缝隙里，先后种活了100多棵树和一些菊花、喇叭花。王仕花说，老王就爱用亲手种的桃和无花果招待上岛歇脚的渔民，听别人夸他的果子好吃，他比什么都开心。

岛上最多的树就是“苦楝树”，这名字听起来“苦”，岛上的生活也苦，但日子是越过越好的，小岛也越来越漂亮，所以，苦楝树结出的苦楝子，仔细品味，也有丝丝甜意。

最初的20多年，王继才的守岛生活是默默无闻的。伴随着各级媒体广泛的宣传报道，夫妻俩的故事跨过了黄海海面，来自各方的关切无时无刻不温暖着这座小岛。

2012年元旦，天安门国旗护卫队国旗班首任班长董立敏等一行四人顶着风浪来到开山岛，他们给“夫妻哨所”带来了崭新国旗、《升旗手册》，还有2008年奥运会专用的移动式手动升旗台。

2013年，灌云县委县政府将批开山岛为全国最小的行政村，王继才是村党支部书记，王仕花是村委会主任，村里还有两个很少登岛的渔民。夫妻俩因此每月多了780元的固定收入，另外还有每年27000元的岗位补贴，有了这笔钱，王继才能偶尔买上几包香烟，王仕花能每年添置几件新衣。

开山岛的硬件设施也发生着翻天覆地的变化。从前的20多年，这里没有淡水没有电，王继才夫妇过了无数个一盏煤油灯、一个煤炭炉、一台收音机的日子。如今岛上的6间旧营房都被重新整修，建上了卫生间和浴室，太阳能和风力发电解决了夫妻俩长期的用电难题，送上岛的电视机、空调等家电让他们终于能看到了一点“外面的世界”。

虽然岛上生活便利了不少，但依旧海风肆虐，气候恶劣，因此部队、政府也提出让夫妻俩下岛休息，但夫妇俩都决定继续守下去。

2015年春节前夕，王继才参加军民迎新春茶话会，受到习近平总书记的亲切接见。回来以后，他激动地说“总书记这么关心我们，我们更要守好开山岛！”

夫妻俩的精神也时刻感染着儿子。2013年，王志国研究生毕业，父亲把他送到部队，留下一句“先报国，再顾家”就走了。王志国最终成了一名戍边武警战士。他三次写信，申请参加联合国维和警队，到祖国最需要的地方去。

在旁人看来，王继才是献了青春献子孙，但在王继才心里，自己守岛是报国，儿子从军也是报国，“一家人，两代兵，光荣！”

◎记者手记：

32年前，当登上孤岛时，王继才不会想到自己会成为“名人”。但热闹终归属于外面的世界，王继才从没有离开过这个方寸小岛。在变化的世事与不变的孤寂中，支撑他走完这段旅程的，不过是质朴的承诺和坚定的信念，在他身上，彰显的是初心的伟力。

光阴荏苒，初心不忘。对于中国共产党来说，初心就是为中国人民谋幸福，为中华民族谋复兴。对于千千万万如王继才一样坚守岗位作贡献的共产党员来说，不忘初心就是永远不要忘记远大理想和崇高追求，永远不要忘记事业起步时的承诺和誓言。

“王继才们”：一寸国土不能丢！

今年8月10日，三名由共产党员、退伍军人组成的值勤班开始对开山岛常态化值守。班长汪海建介绍说，他和哨员胡品河、王绪兵都是在王继才事迹的感召下，主动提出申请来守岛的。32年，开山岛首次迎来换岗民兵。

我国陆地边界和大陆海岸线长达4万多公里。数字的背后，是高寒缺氧的高原，是孑然耸立的海岛，是黄沙遍地的戈壁。数字的背后，是一个个“王继才们”的坚守与奉献。茫茫人海，他们的选择毫不起眼。但当他们聚拢在同一个地方时，“为国坚守”的信念便会发出耐人寻味的光芒。

魏德友，新疆生产建设兵团第九师161团退休职工。1964年，魏德友主动放弃留京工作机会，选择驻守萨尔布拉克。那里冬季狂风肆虐，暴雪深达1米多，夏天蚊虫猖獗，当地称“十个蚊子一盘菜”。从此，“家住路尽头，国在国界旁，种地是站岗，放牧为巡边”就是生活写照。50多年来，魏德友夫妇义务巡边近20万公里，劝返和制止临界人员千余人次，堵截临界牲畜万余只。书写了“西陲戍边半世纪，我伴寂寞守繁华”的壮丽篇章。

去年，中宣部主办的第六届全国道德模范及提名奖获得者名单，拉齐尼·巴依克就是其中之一。

那是我国边境上最长的陆地巡逻线之一，由于地势险要，只能借助牦牛巡逻。最危险的地方，积雪厚度几乎可以将牦牛埋没。拉齐尼·巴依克一家祖孙三代都是优秀护边员。2004年，当了38年义务巡逻向导的父亲身体状况大不如从前，他拉着拉齐尼的手说：“边防官兵日夜巡逻，牧民得以安居乐业。现在我走不动了，你要把我走的路延续下去。”在拉齐尼一家的感染下，一大批农牧民也自觉地投入到守边护边当中，在帕米尔高原上形成了“家家是哨所、人人是哨兵”的钢铁边防线。

几年前，一组“天路”军礼照在网上流传，引起无数网友留言点赞。这些军礼，来自分散在青海、西藏铁路沿线的千余名铁路联防队员——这个由复转军人和当地农牧民组成的护路联防组织，担负着巡逻守护铁路的重任。

他们的工作地点都孤零零分散在铁路沿线，环境恶劣，堪称中国最孤独的守路人。无论严寒酷暑，凡列车驶过，都会收获他们的军礼。网友动情：“孑然孤独，屹立旷野，挺拔自立，瞬间感动！看惯了身边‘吊儿郎当、得过且过’，置身此处，除了感动还有开悟。”

在喀喇昆仑山里，有全军海拔最高的机务站——红山河机务站。无论屋里屋外，士官张定燕总戴着一顶军帽。由于高原缺氧和辐射，不到30岁的张定燕几乎谢了顶，怕父母见了伤心掉泪，张定燕从不提探亲的事。

“高原那么苦，你把青春和头发都留在了红山河，后悔吗？”张定燕答：“我们每次上下山，都要经过康西瓦烈士陵园。那里安葬着100多位在边境作战中牺牲的烈士。为了保卫祖国，他们把自己的生命定格在十八九岁，到现在已经在雪域高原长眠半个世纪了。看着他们，我不敢后悔。”

◎记者手记：

鲁迅曾说，我们从古以来，就有埋头苦干的人，有拼命硬干的人，有为民请命的人，有舍身求法的人……这就是中国的脊梁。瞩望“王继才们”，这些平凡英雄本也是生活在现实中的普通人，但在信仰的传承中，正因他们选择了数十年如一日的坚守，才使得我们的事业一天一天挺拔起来，他们就是新时代中国的脊梁。

仗剑去国，山河万里。王继才，已成为当今社会的一个精神坐标。在追求崇高的光荣路途上，一代代共和国军人，一个个人民子弟兵，也同样和“王继才们”一道，奋力前行，不曾驻步……

图①：王继才夫妇在开山岛举行向国旗敬礼仪式。　新华社记者　李响摄

图②：王继才生前照片　吴晨光摄　光明图片/视觉中国

图③：王继才夫妇记录巡逻日志　王志国摄　光明图片

图④：开山岛全貌　吴晨光摄　光明图片/视觉中国

头，说：“我走得慢点，或许他就能赶上了。”父亲迟迟没来，她知道，父亲想来，但岛上没人。

小儿子王志国出生在岛上，生活在岛上，直到6岁被送下岛上学。上学后，由于长期生活在岛上，王志国的性格变得非常孤僻，很难与人交流，3次辍学，放学后看着同学一个个被父母接走，心里很不是滋味。

“子要尽孝，父要尽责。但我的家人都理解，忠是最大的孝和责。”王继才说，身体是自己的，但人是国家的，而家就是岛，岛就是国，守岛就是卫国。

记者手记

王继才何尝不知儿女的苦，但在他心中，岛小，却关系国家尊严。在守岛和个人生活之间、国家和小家之间，王继才选择了把自己的一生投入到守家卫国的大义之中。

渠清如许，必有源头活水。在中国人的骨子里，从来都是有国才有家。我们的民族历经磨难，斗志弥坚。正是因为有了无数和王继才一样舍小家为大家的平凡人，执着奋斗于平凡岗位，我们的事业才能欣欣向荣。

爱与恨：对渔民的爱，对不法分子的恨

王继才也是有血有肉的平凡人，他一生的爱恨情仇都洒在了这片方寸小岛上。

爱的是谁？恨的是谁？

对王继才夫妇来说，虽然岛上只两个人生活，但他们却用善良和纯朴，温暖了这片海。

“王继才！王继才！”一天午饭后，王继才巡逻到开山岛的瞭望塔时，突然听到急切的呼叫声，于是迅速往山脚跑。一条渔船正在向码头靠近，船老大焦急地说：“孩子肚子疼得厉害！”王继才迅速抱来一个小木箱，里面有常用药和应急药30多种，全是王继才、王仕花夫妇掏腰包买的，为自己，也为别人。

一次，渔民黄小国路过开山岛时发动机没了油，于是把艇靠向码头，烈日高温下，用桶加油，不慎引起大火，随时都有爆炸的危险。王继才抱来自己的两床被子，往海水里一滚，盖在发动机上把火扑灭，救了人，保了艇。

开山岛的东边是砚台石，西边有大狮、小狮二礁和船山，这四盏灯王继才每天都要看，因为它们照着四面八方来岛的船。只要海上起大雾，王继才就拿起脸盆站在崖上使劲地敲，循着咣咣的响声，渔民就能辨得出船的航行方位。“那是救命的声音！”“晚上出海时，王继才还会亮起信号灯，让我们看清航道。”渔民陈玉兵说。

“在海上，大家都不容易。”王继才说，自己能帮多少是多少。但“朋友来了有好酒，若是那豺狼来了，迎接它的有猎枪”。开山岛位置独特，又有很多地下工事，不少犯罪分子对此虎视眈眈，王继才和妻子一生最恨的就是这些人。

1993 年，一个参与走私犯罪的地方官员打算把 60 辆走私小轿车停放在岛上周转，掏出一沓钱求王继才行个方便，“只要你不向部队报告，赚了钱咱俩平分”，王继才推开他：“不干净的钱我坚决不要，违法的事我坚决不干！”

1996 年，一个“蛇头”私下上岛找到王继才，掏出 10 万元现金，要在岛上留几个“客人”住几天。王继才说：“我一辈子可能都挣不了这么多钱，但只要我在，你们休想从这里偷渡！”对方恼羞成怒，带人强行把王继才拖到码头狠狠打了一顿。王继才没有被威胁吓倒，随即向县人武部和边防部门报告。

1999 年，孙某打着旅游公司的牌子，想在岛上办色情及赌博场所。王继才迅速报告上级。孙某眼看事情要败露，拿儿子威胁王继才。“少来这一套，我是为国家守岛，如果我家人出事了，你休想逃脱！”王继才回绝道。孙某气愤至极，带人把哨所烧了，看着值班室燃起的熊熊大火，多年积攒的文件资料、观察记录瞬间化为了灰烬，王继才心如刀绞。

时间久了，挡人财路的夫妇俩就成了违法分子的眼中钉、肉中刺，险情时有发生。但夫妻俩从没有退缩过，他们先后向上级报告了9起涉嫌走私偷渡等违法案件，其中6次成功破获，为国家挽回了重大经济损失。

记者手记

有人说，和平年代，没有再守岛的必要。但王继才经历的一个个故事告诉我们：不守岛，就无法进行天象观测和海上救援，违法分子就会肆意妄为，黄赌毒聚集。利诱和威逼没有俘虏王继才，孤岛的寂寞也因为能够帮助到别人，而多了缕缕暖意。

“知善知恶是良知，为善去恶是格物”，如王继才一样，对真善美的追求是人的本性和本能。因爱人而互爱，生命才有了温度，是非明、方向清、路子正，敢于与恶行斗争，社会才有了向上的能量。也唯有如此，我们才能真正成为精神富足的人，才能共建我们的精神家园。

变与不变：变的是环境，不变的是初心

开山岛是个荒凉的不毛之地，过去，除了嶙峋陡峭的山石外，就只有一棵长在岩石缝隙中的小冬青，那是岛上唯一的一抹绿。

王继才有个愿望，把荒岛变成绿洲。

岛上都是岩石，没有土，他就请渔民一袋袋运；海风大，树苗常常长出来一点儿就死了，他不灰心，不信这岛上种不活树！

一年又一年，就在这种犟劲下，王继才和妻子硬是在岩石间的缝隙里，先后种活了100多棵树和一些菊花、喇叭花。王仕花说，老王就爱用亲手种的桃和无花果招待上岛歇脚的渔民，听别人夸他的果子好吃，他比什么都开心。

岛上最多的树就是“苦楝树”，这名字听起来“苦”，岛上的生活也苦，但日子是越过越好的，小岛也越来越漂亮，所以，苦楝树结出的苦楝子，仔细品味，也有丝丝甜意。

最初的20多年，王继才的守岛生活是默默无闻的。伴随着各级媒体广泛的宣传报道，夫妻俩的故事跨过了黄海海面，来自各方的关切无时无刻不温暖着这座小岛。

2012年元旦，天安门国旗护卫队国旗班首任班长董立敢等一行四人顶着风浪来到开山岛，他们给“夫妻哨所”带来了崭新国旗、《升旗手册》，还有2008年奥运会专用的移动式手动升旗台。

2013年，灌云县委县政府特批开山岛为全国最小的行政村，王继才是村党支部书记，王仕花是村委会主任，村里还有两个极少登岛的渔民。夫妻俩因此每月多了780元的固定收入，另外还有每年27000元的岗位补贴。有了这笔钱，王继才能偶尔买上几包香烟，王仕花能每年添置几件新衣。

开山岛的硬件设施也发生着翻天覆地的变化。从前的 20 多年，这里没有淡水没有电，王继才夫妇过了无数个一盏煤油灯、一个煤炭炉，一台收音机的日子。如今岛上的 6 间旧营房都被重新整修，盖上了卫生间和浴室，太阳能和风力发电解决了夫妻俩长期的用电难题，送上岛的电视机、空调等家电让他们终于能看到了一点“外面的世界”。

虽然岛上生活便利了不少，但依旧海风肆虐，气候恶劣，因此部队、政府也提出让夫妻俩下岛休息，但夫妇俩都决定继续守下去。

2015 年春节前夕，王继才参加军民迎新春茶话会，受到习近平总书记的亲切接见。回来以后，他激动地说“总书记这么关心我们，我们更要守好开山岛!”

夫妻俩的精神也时刻感染着儿子。2013 年，王志国研究生毕业，父亲把他送到部队，留下一句“先报国，再顾家”就走了。王志国最终成了一名戍边武警战士。他三次写信，申请参加联合国常备维和警队，到祖国最需要的地方去。

在旁人看来，王继才是献了青春献子孙，但在王继才心里，自己守岛是报国，儿子从军也是报国，“一家人，两代兵，光荣!”

记者手记

32 年前，当登上孤岛时，王继才不会想到自己会成为“名人”。但热闹终归属于外面的世界，王继才从没有离开过这个方寸小岛。在变化的世事与不变的孤寂中，支撑他走完这段旅程的，不过是质朴的承诺和坚定的信念，在他身上，彰显的是初心的伟力。

光阴荏苒，初心不忘。对于中国共产党来说，初心就是为中国人民谋幸福，为中华民族谋复兴。对于千千万万如王继才一样坚守岗位作贡献的共产党员来说，不忘初心就是永远不要忘记远大理想和崇高追求，永远不要忘记事业起步时的承诺和誓言。

“王继才们”：一寸国土不能丢！

今年 8 月 10 日，三名由共产党员、退伍军人组成的值勤班开始对开山岛常态化值守。班长汪海建介绍说，他和哨员胡品刚、王绪兵都是在王继才事迹的感召下，主动提出申请来守岛的。32 年，开山岛首次迎来换岗民兵。

我国陆地边界和大陆海岸线长达 4 万多公里。数字的背后，是高寒缺氧的高原，是孑然耸立的海岛，是黄沙遍地的戈壁。数字的背后，是一个个“王继才们”的坚守与奉献。茫茫人海，他们的选择毫不起眼。但当他们聚拢在同一个地方时，“为国坚守”的信念便会发出耐人寻味的光芒。

魏德友，新疆生产建设兵团第九师 161 团退休职工。1964 年，魏德友主动放弃留京工作机会，选择驻守萨尔布拉克。那里冬季狂风肆虐，暴雪深达 1 米多，夏天蚊虫猖獗，当地称“十个蚊子一盘菜”。从此，“家住路尽头，屋在国界旁，种地是站岗，放牧为巡边”就是生活写照。50 多年来，魏德友夫妇义务巡边近 20 万公里，劝返和制止临界人员千余人次，堵截临界牲畜万余只。书写了“西陲戍边半世纪，我伴寂寞守繁华”的壮丽篇章。

去年，中宣部主办的第六届全国道德模范及提名奖获得者名单，拉齐尼·巴依克就是其中之一。

那是我国边境上最长的陆地巡逻线之一，由于地势险要，只能借助牦牛巡逻。最危险的地方，积雪厚度几乎可以将牦牛埋没。拉齐尼·巴依克一家祖孙三代都是优秀护边员。2004 年，当了 38 年义务巡逻向导的父亲身体状况大不如从前，他拉着拉齐尼的手说：“边防官兵日夜巡逻，牧民得以安居乐业。现在我走不动了，你要把我走的路延续下去。”在拉齐尼一家的感染下，一大批农牧民也自觉地投入到守边护边当中，在帕米尔高原上形成了“家家是哨所、人人是哨兵”的钢铁边防线。

几年前，一组“天路”军礼照在网上流传，引起无数网友留言点赞。这些军礼，来自分散在青海、西藏铁路沿线的千余名铁路联防队员——这个由复转军人和当地农牧民组成的护路联防组织，担负着巡逻守护铁路的重任。

他们的工作地点都孤零零分散在铁路沿线，环境恶劣，堪称中国最孤独的守路人。无论严寒酷暑，凡列车驶过，都会收到他们的军礼。网友动情："孑然孤独，屹立旷野，挺拔自立，瞬间感动！看惯了身边'吊儿郎当、得过且过'，置身此处，除了感动还有汗颜。"

在喀喇昆仑山里，有全军海拔最高的机务站——红山河机务站。无论屋里屋外，士官张定燕总戴着一顶军帽。由于高原缺氧和辐射，不到30岁的张定燕几乎谢了顶，怕父母见了伤心掉泪，张定燕从不提探亲的事。

"高原那么苦，你把青春和头发都留在了红山河，后悔吗？"张定燕答："我们每次上下山，都要经过康西瓦烈士陵园。那里安葬着100多位在边境作战中牺牲的烈士。为了保卫祖国，他们把自己的生命定格在十八九岁，到现在已经在雪域高原长眠半个世纪了。看着他们，我不敢后悔。"

记者手记

鲁迅曾说，我们从古以来，就有埋头苦干的人，有拼命硬干的人，有为民请命的人，有舍身求法的人……这就是中国的脊梁。瞩望"王继才们"，这些平凡英雄本也是生活在现实中的普通人，但在信仰的传承中，正因他们选择了数十年如一日的坚守，才使得我们的事业一天一天挺拔起来，他们就是新时代中国的脊梁。

仗剑去国，山河万里。王继才，已成为当今社会的一个精神坐标。在追求崇高的光荣路途上，一代代共和国军人，一个个人民子弟兵，也同样和“王继才们”一道，奋力前行，不曾辍步……

本文刊载于《光明日报》2018年9月14日07版

王继才的故事与新闻工作者的“四力”

2004年，我和王继才在江苏的一次会议上有过一面之缘，那时，王继才守岛已有18个年头，夫妻俩的守岛故事也开始被地方媒体发掘和报道。我当时觉得王继才夫妇不容易，也好奇：人们的日子越过越好了，他们需不需要在岛上守下去？能不能守下去？

此后，我去连云港采访过很多次，也到过灌云县，作为一座经济欠发达的苏北县城，灌云公民道德教育建设成果却很丰硕，2011年，我写下一篇通讯《江苏灌云：满城皆颂道德“经”》。采访中得知，王继才、王仕花夫妇依然在守岛。我有了想要采访他们的想法，但是由于“脚力”跟不上，加之当时开山岛的条件远不如现在，所以一直没有上岛。

2014年，距离我第一次认识王继才已有10个年头，我发现他和妻子守岛的故事已在一些媒体上引发反响，两口子还上了电视节目。但是，看完这些，我和许多人一样，更加疑惑了：这到底是个什么岛？为什么要守岛？这对夫妻到底是什么人？

带着好奇，带着疑惑，我决定，领着5个学生，上开山岛，近距离采访。

不运动脚力，
就永远不知道真实的开山岛是怎样的

开山岛离最近的海岸有12海里；在上岛的渔政船上，船员告诫我们说正是酷暑天，万一刮个台风，十天半个月都下不来；一个小时后，馒头状的岛屿出现，远看如同“沧海一粟”；近看，也不是什么层林尽染、绿波翻涌的世外桃源，而是残垣断壁、怪石嶙峋，和海水的颜色连成一片枯黄；上岛后，走一圈只要20分钟，岛上除了几处零零散散的树木外，全部活着的生命就是两个人、三条狗、三只不打鸣的公鸡和水窖里的几条泥鳅。

第一天晚上，我和老王坐在营房前的门口聊天。老王那日穿一件白色的背心，和寻常人家夏日搬着小板凳在门外乘凉的场景一样。他很平静，我的内心却焦虑、焦躁，一根接一根地抽烟。可以说，大半辈子习惯了在人群中行走，与城市接壤，彼时望着四面黄海、一面天，我能感受到的开山岛，全部是孤独和无助。

不开动眼力，
就无法深刻体味王继才守岛的苦乐酸甜

上岛第二天早上5点，天刚蒙蒙亮，老王两口子就

起来升旗，我们也跟着起来。我原以为因为我们来了，老王才升旗，直到看见王仕花计了数，才知道，这么多年，岛上每一天都会升旗，已经用坏了 170 多面国旗。我就问老王没人要求也没人看，为什么这么较真？老王拉着我，特别认真地往东边指，“老哥，当年日本鬼子侵略连云港，就是在开山岛歇的脚，如果当时我们有人在，鬼子就上不来”。

吃饭的时候，我陪老王喝了点小酒。好不容易有人陪喝酒，他自然高兴，我说我以前也当过兵，一直话不多的他竟和我聊得起劲。老王说话地方口音特别重，我必须凑到他身边“使劲”听，说到兴奋时，他拉着我往岛后山走，说要带我去看升旗台和灯塔。望着升旗台，王继才说了好多话，给我讲了他们夫妻俩在岛上和不法分子斗争的往事，走私的、偷渡的、打着旅游公司的牌子想在岛上办色情赌博场所的……他说，自己几次差点丢了命，但是不害怕，因为旗插在岛上，人是为国守的岛，所以不怕。老王还给我讲他们夫妻俩救人的故事，说救的最多的就是渔民，海上常有突发状况，渔民们看到岛上的旗、看到礁石上的灯亮就能心安。我频频点头，和他朝着国旗一同敬起了礼。

第二日早上，小岛上的升旗仪式准时进行，我看着王继才挥撒旗帜，王仕花在一旁敬礼，也没有奏乐，也不是最标准的姿势，背后是枯岛，迎面是朝阳，那一幕一下子让我老泪纵横，这不正是《两个人的五星红旗》！

每天清晨和傍晚，他们夫妻俩都会两次巡岛、观天象、护航标，“28年的每一天，几乎都是同一天”。每天巡完岛后，老王就会扶一扶被海风刮歪的小树苗，踩一踩树根处的土，王仕花就会从台阶间到岩石缝里，蹲在地上拔草，或者端着水盆，给几小块菜地浇水。他们晚上还会在值班簿上写日志，我们翻看了几乎所有的日志，没有一天间隔，日志内容也很有意思，除了岛上常规秩序、海面情况等之外，夫妻俩还会标记下北京奥运会开幕，记下有人上岛钓鱼不搞好卫生老王很生气……

傍晚，王仕花唱起了《最浪漫的事》，笑着说平日里，没有人说话，他们就唱歌，唱给海听，唱给风听，今天多了几个听众。岛上的营房旁，有棵无花果树，王仕花说她和老王把这棵树当宝贝，因为树是上岛后不久就种活了的，一直到现在。我们一看，树枝上刻着“热烈庆祝北京奥运会胜利开幕”，“钓鱼岛是中国的”，一问才知道，20多年，岛上都没有电，看不到电视，夫妻俩就边听收音机边在树上刻字，这些字原先没有看到的那么大，是树长大了，字也越来越大。

既然是石头岛，哪里来的土？老王告诉我们，岛上的土都是他请渔民一袋袋运来的。海风大，树苗也常常长出来一点儿就死了，但他说他就是不信这岛上种不活树，才有了我们看到的岩石缝隙里的苦楝树和一些菊花、喇叭花。

他们似乎总能在我们看似苦闷的守岛生活中，寻找一丝乐趣，岛上的一草一木都装着夫妻俩以岛为家的深情，因此在我看来，都显得特别有生命力。于是才有了“记者抬头一看，那棵无花果树，结了一树的果子”，也才有了“苦楝树结出的苦楝子，仔细品味，也有丝丝甜意”。

一次王仕花看我的几个学生天天都吃带上岛的泡面，就给他们热了几个之前烙的饼，结果学生们纷纷说：“太好吃了！妈妈的味道！”第二天，王仕花就拿出新面粉，说是要再给大家烙一次，还神秘地拿出一小包白糖，给大家一人做了一个甜饼，一个学生兴致勃勃地跟着王仕花学起烙饼来。“你孩子很喜欢吃这些吧?”学生无心的一问，却问到了夫妻俩心底最柔软的地方。

这是上岛第三天，王仕花第一次主动和我们讲起自己的几个孩子：从大女儿小学辍学照顾弟弟妹妹，到小儿子在岛上是老王冒险接的生，从刮台风下不了岛就只能捡牡蛎生吃，到下岛上学后性格孤僻受尽委屈……我们看到了王仕花滴在面粉上又被一起和进去的眼泪。提到大女儿结婚时，因为执勤没能下岛，老王坐在门口，突然一言不发地抽起烟。半晌，他说，自己亏欠家人太多，守岛期间，父母先后病重离世，他都没能守在身边，自己很愧疚，但转而又说：“子要尽孝，父要尽责。但我的家人都理解，忠是最大的孝和责。”

我好几次看到老王一个人坐在小岛最前方的礁石上，朝着云雾飘渺的远方望去。每次我都在想，老王在想什么呢？有次我走过去问他，准备守到什么时候。他说“守到守不动为止”，我的心为之一怔。

不发动脑力，
就探求不出平凡英雄背后的精神力量

随着采访的深入，我把思考渐渐转向我看到的、听到的、感受到的背后。

和平年代了，这座小岛为何非守不可？

利诱和威逼没有俘虏王继才，守岛的寂寞也因为能够帮助到来往的人，而多了缕缕暖意。王继才经历的一个个爱与恨的故事告诉我们：不守岛，就无法进行海上救援和天象观测；不守岛，犯罪分子虎视眈眈，黄赌毒就容易聚集。

可是一天的坚守或许不难，一年的坚守已不易，数十年如一日的坚守太弥足珍贵，到底是一种什么样的力量，让一个人把一生最美好的年华都奉献在这样一座孤岛上？

老王好几次和我讲当初自己是受命上岛，又如何受尽煎熬，后来如何决定留下来，其中几次想下岛，直到最后决定一生守下去的心路历程。他说自己一开始只是

想完成任务，后来想坚持坚持盼着有人来替换他，再后来，才决定要守一辈子。

在我这个记者眼里，这才是真实的王继才，这样的王继才有血有肉，更加立体。

我问他到底是怎么说服自己的？他想了想，和我讲起他二舅的故事，他说二舅 17 岁那年就被父亲送去前线，参加了抗日战争、解放战争、抗美援朝战争，回家时，已经 30 多岁，和很多战友相比，二舅是幸运的，因为他活了下来。王继才觉得，和二舅相比，自己又是幸运的，26 岁被送上岛，并且岛上再艰难，也没有枪林弹雨的危险。

就因为不用打仗、没有生命危险？我起初没有弄明白他想说什么。

老王又说，上岛前，二舅说起了当年的开山岛和日本进犯连云港的往事。二舅告诉他：“每个人心中都有一盏灯，灯照多远就能走多远，灯不灭、人不死，这个灯就是一种信仰。”他说那时候自己不明白，现在好像明白了，觉得“家就是岛，岛就是国，守岛就是卫国”。

老王心中有一盏灯，燃起的是初心的伟力。在他心中，守岛已经成为他的事业。开山岛虽然小，但它的每一寸土地，都与 960 多万平方公里国土休戚相关。“只有看着国旗在海风中飘展，才觉着这个岛是有颜色的。”老王心里苦，苦的是岛上的生活苦，但也甜，甜的是祖国的东门有他每天升起的国旗。一朝上岛，一生卫国。任岛上星辰，浮浮沉沉，不管多少年，都未曾改变那份纯粹。王继才坚守的不只是一片小岛，是民族的深情与祖国的大义；他搏斗的也不只是自然的艰险，更是我们这个时代可能发生的信念萎靡和精神滑坡。在他身上，彰显的是他永远都没有忘记事业起步时的承诺和誓言。

他是我们心中那盏灯，唤醒我们内心的赤诚。我的一个学生说："爱国、奉献这些被大多数同龄人视为'高大上'的词语，却在一夜之间烙在我心底，让我第一次认真地思考青春的意义。"另一个学生说，让他印象最深刻的是，老王因为一年到头吹着海风，患上了严重的湿疹，胳膊和腿上长满了豆大的白点子，但老王却说身体是父母的，人是祖国的。还有一个学生一直在想，为什么这孤岛上的一草一木，都美得叫人流泪，后来她说自己明白了，是这对平凡夫妻对国家的赤诚大爱的浇灌，赋予了它们更加饱满的生命，"而我也被感染了：要像他们一样，爱国、敬业，做一个纯粹的人"。王继才的背后，是亿万国人不曾忘记的远大理想和崇高追求，不曾抛弃的对党和人民、对组织、对集体、对岗位的忠诚和热爱之心，不曾放下的对真善美始终不变的期盼。

王继才的事迹足以说明，正能量永远是主旋律。

不调动笔力，
就无法让楷模的精气神感染更多人

我有一个座右铭：写有温度的新闻，讲有灵魂的故事。好人让新闻有温度，榜样令故事有灵魂。好的记者就是要书写人民，为人民书写，用真情和平实传播正能量。

在岛上住了5天回来后，我含泪连夜写下长篇通讯《王继才夫妇28年孤岛守海防》《两个人的五星红旗》，分别发表在2014年8月26日的《光明日报》1版头条与6版，字字都是从我肺腑里掏出来的文字，句句都是我看到的真的王继才，实的开山岛。作为一名拿笔写字的记者，我用文字记录下在开山岛上与王继才夫妇同吃同住、深入采访的点点滴滴，用文字告诉全国各地的人们，在江苏省灌云县有这样一座岛，岛上还有这样一对夫妻，他们用28年坚守小岛只为五星红旗冉冉升起。

喊一声守岛人，让人泪流满面；看一眼王继才夫妇，让人心如刀绞。王继才夫妇的事迹在全国引起了强烈反响，人民网、新华网、凤凰网等30多家媒体全文转载，4000多名网友为王继才夫妇点赞，1500多人评论或转发微博。我想，这主要不是因为我写得好，而是王继才、王仕花夫妇的事迹感人。我随即写下了反响稿《那是一束光照耀灵魂》。

不久后，王继才夫妇被评为全国时代楷模。

挖掘典型、传播正能量本是我作为一名记者的责任。加上一次驻岛采访，几次交流交心，让我和老王结下了不解的情缘。这份责任、这份情缘，让我不得不继续运动脚力、开动眼力、发动脑力、调动笔力。我要把开山岛的故事讲下去。

…………

40 天后，牵挂把我再次带上开山岛。这次上岛，老王家多了件喜事：小女儿王帆结婚了。王仕花把准备好的喜糖塞到我的口袋里，老王则拉着我的手说："老郑，你能再来，我们夫妻俩都很感动。"我和他开玩笑："出名了，感觉如何?"老王平静地说，自己守岛是尽本分，没想到祖国和人民却这么关心自己。他说自己做不了别的，只能干好本职继续守好岛。我把喜糖攥在手里，暖在心头，夫妻俩那份质朴与纯粹，再度触动我的心，于是连夜写下《每一次流泪都是新感觉》。

此后的 5 个月里，通过"好记者讲好故事"活动，我把老王夫妇守岛的故事讲到全国各地，讲到数万人心中。

来年新春，报社推出《行进中国·回家的故事》专栏，我打电话给老王的儿子王志国，让他带上我一起"回家"。那时，王继才刚从北京参加完 2015 年军民迎新春茶话会回来，他兴奋地告诉我，习近平总书记亲切会见了他，还和他聊了天。"总书记这么关心我们，我们更

王继才的故事与新闻工作者的“四力”

本报记者 郑晋鸣

2004年，我和王继才在江苏的一次会议上有过一面之缘，那时，王继才守岛已有18个年头，夫妻俩的守岛故事也开始被地方媒体发掘和报道。我当时觉得王继才夫妇不容易，也好奇：人们的日子越过越好了，他们需不需要在岛上守下去？能不能守下去？

此后，我去连云港采访过很多次，也到过灌云县，作为一座经济欠发达的苏北县城，灌云公民道德教育建设成果却很丰硕，2011年，我写下一篇通讯《江苏灌云：满城皆颂道德“经”》。采访中得知，王继才、王仕花夫妇依然在守岛。我有了想要采访他们的想法，但是由于“脚力”跟不上，加之当时开山岛的条件远不如现在，所以一直没有上岛。

2014年，距离我第一次认识王继才已有10个年头，我发现他和妻子守岛的故事已在一些媒体上引发反响，两口子还上了电视节目。但是，看完这些，我和许多人一样，更加疑惑了：这到底是个什么岛？为什么要守岛？这对夫妻到底是什么人？

带着好奇，带着疑惑，我决定，领着5个学生，上开山岛，近距离采访。

不运动脚力，就永远不知道真实的开山岛是怎样的

开山岛离最近的海岸有12海里；在上岛的渔政船上，船员告诫我们说正是酷暑天，万一刮个台风，十天半个月都下不来；一个小时后，馒头状的岛屿出现，远看如同“沧海一粟”；近看，也不是什么层林尽染、绿波翻滴的世外桃源，而是残垣断壁、怪石嶙峋，和海水的颜色连成一片枯黄；上岛后，走一圈只要20分钟，岛上除了几处零零散散的树木外，全部活着的生命就是两个人、三条狗、三只不打鸣的公鸡和水窖里的几条泥鳅。

第一天晚上，我和老王坐在营房前的门口聊天。老王那日穿一件白色的背心，和寻常人家夏日搬着小板凳在门外乘凉的场景一样。他很平静，我的内心却焦虑、烦躁，一根接一根地抽烟。可以说，大半辈子习惯了在人群中行走，与城市楼堰，彼时望着四面黄海、一面天，我能感受到的开山岛，全部是孤独和无助。

不开动眼力，就无法深刻体味王继才守岛的苦乐酸甜

上岛第二天早上5点，天刚蒙蒙亮，老王两口子就起来升旗，我们也跟着起来。我原以为因为我们来了，老王才升旗，直到看见王仕花计了数，才知道，这么多年，岛上每一天都会升旗，已经用坏了170多面国旗。我就问老王没人要求也没人看，为什么这么较真？老王拉着我，特别认真地往东边指，“老哥，当年日本鬼子侵略连云港，就是在开山岛歇的脚，如果当时我们有人在，鬼子就上不来”。

吃饭的时候，我陪老王喝了点小酒。好不容易有人陪喝酒，他自然高兴，我说我以前也当过兵，一直话不多的他竟和我聊得起劲。老王说话地方口音特别重，我必须凑到他身边“使劲”听，说到兴奋时，他拉着我往岛后山走，说要带我去看升旗台和灯塔。望着升旗台，王继才说了好多话，给我讲了他们夫妻俩在岛上和不法分子斗争的往事，走私的、偷渡的，打着旅游公司的牌子想在岛上办色情赌博场所的……他说，自己几次差点丢了命，但是不害怕，因为旗插在岛上，人是为国守的岛，所以不怕。老王还给我讲他们夫妻俩救人的故事，说救的最多的就是渔民，海上常有突发状况，渔民们看到岛上的旗、看到礁石上的灯亮就能心安。我频频点头，和他朝着国旗一同敬起了礼。

第二日早上，小岛上的升旗仪式准时进行，我看着王继才挥撒旗帜，王仕花在一旁敬礼，也没有奏乐，也不是最标准的姿势，背后是枯岛，迎面是朝阳，那一幕一下子让我老泪纵横，这不正是《两个人的五星红旗》！

每天清晨和傍晚，他们夫妻俩都会两次巡岛、观天象、护航标，“28年的每一天，几乎都是同一天”。每天巡完岛后，老王就会扶一扶被海风刮歪的小树苗，踩一踩树根处的土，王仕花就会从台阶间到岩石缝里，蹲在地上拔草，或者端着水盆，给几小块菜地浇水。他们晚上还会在值班簿上写日志，我们翻看了几乎所有的日志，没有一天间隔，日志内容也很有意思，除了岛上常规秩序、海面情况等之外，夫妻俩还会标记下北京奥运会开幕，记下有人上岛钓鱼不搞好卫生老王很生气……

傍晚，王仕花唱起了《最浪漫的事》，笑着说平日里，没有人说话，他们就唱歌，唱给海听，唱给风听，今天多了几个听众。岛上的营房旁，有棵无花果树，王仕花说她和老王把这棵树当宝贝，因为树是上岛后不久就种活了的，一直到现在。我们一看，树枝上刻着“热烈庆祝北京奥运会胜利开幕”、“钓鱼岛是中国的”，一问才知道，20多年，岛上都没有电，看不到电视，夫妻俩就边听收音机边在树上划字，这些字原先没有看到的那么大，是树长大了，字也越来越大。

既然是石头岛，哪里来的土？老王告诉我们，岛上的土都是他请渔民一袋袋运来的。海风大，树苗也常常长出来一点儿就死了，但他说他就是不信这岛上种不活树，才有了我们看到的岩石缝隙里的苦楝树和一些菊花、喇叭花。

他们似乎总能在我们看似苦闷的守岛生活中，寻找一丝乐趣，岛上的一草一木都装着夫妻俩以岛为家的深情，因此在我看来，都显得特别有生命力。于是才有了“记者抬头一看，那棵无花果树，结了一树的果子”，也才有了“苦楝树结出的苦楝子，仔细品味，也有丝丝甜意”。

一次王仕花看我的几个学生天天都吃带上岛的泡面，就给他们烙了几个之前烙的饼，结果学生们纷纷说：“太好吃了！妈妈的味道！”第二天，王仕花就拿出新面粉，说是要再给大家烙一次，还神秘地拿出一小包白糖，给大家一人做了一个甜饼，一个学生兴致勃勃地跟着王仕花学起烙饼来：“你孩子很喜欢吃这些吧？”学生无心的一问，却问到了夫妻俩心底最柔软的地方。

这是上岛第三天，王仕花第一次主动和我们讲起自己的几个孩子：从大女儿小学辍学照顾弟弟妹妹，到小儿子在岛上是老王冒险接的生，从刮台风下不了岛就只能捡牡蛎生吃，到下岛上学后性格孤僻受尽委屈……我们看到了王仕花滴在面粉上又被一起和进去的眼泪。提到大女儿结婚时，因为执勤没能下岛，老王坐在门口，突然一言不发地抽起烟。半晌，他说，自己亏欠家人太多，守岛期间，父母先后病重离世，他都没能守在身边，自己很愧疚，但转而又说：“子要尽孝，父要尽责。但我的家人都理解，忠是最大的孝和责。”

我好几次看到老王一个人坐在小岛最前方的礁石上，朝着云雾飘渺的远方望去。每次我都在想，老王在想什么呢？有次我走过去问他，准备守到什么时候。他说“守到守不动为止”，我的心为之一怔。

不发动脑力，就探求不出平凡英雄背后的精神力量

随着采访的深入，我把思考渐渐转向我看到的、听到的、感受到的背后。

和平年代了，这座小岛为何非守不可？

利诱和威逼没有俘虏王继才，守岛的寂寞也因为能够帮助到来往的人，而多了缕缕暖意。王继才经历的一个个爱与恨的故事告诉我们：不守岛，就无法进行海上救援和天象观测；不守岛，犯罪分子虎视眈眈，黄赌毒就容易聚集。

可是一天的坚守或许不难，一年的坚守已不易，数十年如一日的坚守太弥足珍贵，到底是一种什么样的力量，让一个人把一生最美好的年华都奉献在这样一座孤岛上？

老王好几次和我讲当初自己是受命上岛，又如何受尽煎熬，后来如何决定留下来，其中几次想下岛，直到最后决定一生守下去的心路历程。他说自己一开始只是想完成任务，后来想坚持坚持盼着有人来替换他，再后来，才决定要守一辈子。

在我这个记者眼里，这才是真实的王继才，这样的王继才有血有肉，更加立体。

我问他到底是怎么说服自己的？他想了想，和我讲起他二舅的故事，他说二舅17岁那年就被父亲送去前线，参加了抗日战争、解放战争、抗美援朝战争，回家时，已经30多岁，和很多战友相比，二舅是幸运的，因为他活了下来。王继才觉得，和二舅相比，自己又是幸运的，26岁被送上岛，并且岛上再艰难，也没有枪林弹雨的危险。

就因为不用打仗、没有生命危险？我起初没有弄明白他想说什么。

老王又说，上岛前，二舅说起了当年的开山岛和日本进犯连云港的往事，二舅告诉他：“每个人心中都有一盏灯，灯照多远就能走多远，灯不灭、人不死，这个灯就是一种信仰。”他说那时候自己不明白，现在好像明白了，觉得“家就是岛，岛就是国，守岛就是卫国”。

老王心中有一盏灯，燃起的是初心的伟力。在他心中，守岛已经成为他的事业。开山岛虽然小，但它的每一寸土地，都与960多万平方公里国土休戚相关。“只有看着国旗在海风中飘展，才觉着这个岛是有颜色的。”老王心里苦，苦的是岛上的生活苦，但也甜，甜的是祖国的东门有他每天升起的国旗。一朝上岛，一生卫国。任岛上星辰，浮浮沉沉，不管多少年，都未曾改变那份纯粹。王继才坚守的不只是一片小岛，是民族的深情与祖国的大义；他搏斗的也不只是自然的艰险，更是我们这个时代可能发生的信念萎靡和精神滑坡。在他身上，彰显的是他永远都没有忘记事业起步时的承诺和誓言。

他是我们心中那盏灯，唤醒我们内心的赤诚。我的一个学生说：“爱国、奉献这些被大多数同龄人视为‘高大上’的词语，却在一夜之间烙在我心底，让我第一次认真地思考青春的意义。”另一个学生说，让他印象最深刻的是，老王因为一年到头吹着海风，患上了严重的湿疹，胳膊和腿上长满了豆大的白点子，但老王却说身体是父母的，人是祖国的。还有一个学生一直在想，为什么这孤岛上的一草一木，都美得叫人流泪，后来她说自己明白了，是这对平凡夫妻对国家的赤诚大爱的浇灌，赋予了它们更加饱满的生命，“而我也被感染了：要像他们一样，爱国、敬业，做一个纯粹的人”。王继才的背后，是亿万国人不曾忘记的远大理想和崇高追求、不曾抛弃的对党和人民、对组织、对集体、对岗位的忠诚和热爱之心、不曾放下的对真善美始终不变的期盼。

王继才的事迹足以说明，正能量永远是主旋律。

不调动笔力，就无法让楷模的精气神感染更多人

我有一个座右铭：写有温度的新闻，讲有灵魂的故事。好人让新闻有温度，榜样令故事有灵魂。好的记者就是要书写人民，为人民书写，用真情和平实传播正能量。

在岛上住了5天回来后，我含泪连夜写下长篇通讯《王继才夫妇28年孤岛守海防》《两个人的五星红旗》，分别发表在2014年8月26日的《光明日报》1版头条与6版，字字都是从我肺腑里掏出来的文字，句句都是我看到的真的王继才，实的开山岛。作为一名拿笔写字的记者，我用文字记录下在开山岛上与王继才夫妇同吃同住、深入采访的点点滴滴，用文字告诉全国各地的人们，在江苏省灌云县有这样一座岛，岛上还有这样一对夫妻，他们用28年坚守小岛只为五星红旗冉冉升起。

喊一声守岛人，让人泪流满面；看一眼王继才夫妇，让人心如刀绞。王继才夫妇的事迹在全国引起了强烈反响，人民网、新华网、凤凰网等30多家媒体全文转载，4000多名网友为王继才夫妇点赞，1500多人评论或转发微博。我想，这主要不是因为我写得好，而是王继才、王仕花夫妇的事迹感人。我随即写下了反响稿《那是一束光照耀灵魂》。

不久后，王继才夫妇被评为全国时代楷模。

挖掘典型、传播正能量本是我作为一名记者的责任。加上一次驻岛采访，几次交流交心，让我和老王结下了不解的情缘。这份责任、这份情缘，让我不得不继续运动脚力、开动眼力、发动脑力、调动笔力。我要把开山岛的故事讲下去。

…………

40天后，牵挂把我再次带上开山岛。这次上岛，老王家多了件喜事：小女儿王帆结婚了。王仕花把准备好的喜糖塞到我的口袋里，老王则拉着我的手说：“老郑，你能再来，我们夫妻俩都很感动。”我和他开玩笑：“出名了，感觉如何？”老王平静地说，自己守岛是尽本分，没想到祖国和人民却这么关心自己。他说自己做不了别的，只能干好本职继续守好岛。我把喜糖攥在手里，暖在心头，夫妻俩那份质朴与纯粹，再度触动我的心，于是连夜写下《每一次流泪都是新感觉》。

此后的5个月里，通过“好记者讲好故事”活动，我把老王夫妇守岛的故事讲到全国各地，讲到数万人心中。

来年新春，报社推出《行进中国·回家的故事》专栏，我打电话给老王的儿子王志国，让他带上我一起“回家”。那时，王继才刚从北京参加完2015年军民迎新春茶话会回来，他兴奋地告诉我，习近平总书记亲切会见了他，还和他聊了天。“总书记这么关心我们，我们更要守好开山岛，组织交给我的任务，我就要守岛守到守不动为止。”第二天吃完早饭，和一家人道别，看着眼前这个装上了太阳能、风力发电，盖上了卫生间、浴室，安上了电视机、空调的新小岛，我的眼眶却湿润了：开山岛的条件是变了，可环境没变，热闹一走，开山岛依然孤寂；老王的名气大了，可守岛的决心没变，支撑他的，不过是质朴的承诺和坚定的信念。当日，我写了《开山岛上的团圆饭》，我想讲好开山岛的故事，让更多的人在信仰的坚守和传承中，一天天挺拔起来。

2016年“五一”，我再次上岛看老王，写下《开山岛上的第30个劳动节》。岛上营房的门上多了副对联：“甘把青春献国防，愿将热血化丹青。”光秃秃的小岛还多了许多绿意。聊起儿子王志国研究生毕业后选择成为一名戍边武警战士的往事，老王兴奋地说，自己守岛是报国，儿子从军也是报国，“一家人，两代兵，光荣！”一颗炽热的赤子之心在这个家中代代相传。

…………

2018年7月28日，老王去世的第二天，我和他见了此生最后一面。本想“八一”建军节上岛看他，没想到还没赶上过节，就已阴阳两隔。这一天，开山岛无人值守，整个小岛在哭泣。站在岛上，回想起和老王相处的点点滴滴，我怎么也不敢相信，他竟然说走就走了。写完《坚守32年，王继才永远留在了开山岛》，我已泣不成声。

稿件一经刊登，引起很大反响。习近平总书记对王继才同志先进事迹作出重要指示，王继才夫妇守岛的事迹引起社会广泛的关注和讨论。我想，这种热烈反馈，表达的是人民的情感、人民的心声。

到此时此刻，王继才的故事已写过多轮，作为一名持续多年报道王继才事迹的记者，我则开始深思，在这个舆论纷扰、人心浮动的时代，王继才的去世为什么感天动地？

9月，我写下稿件《一个人感动一个国》，我要写下的是一个有血有肉、有情有义的王继才，写下的是他朴素的大境界，写下的是对他的去世之所以感天动地的时代思考。稿件刊登后，王继才的儿子王志国给我发来一条信息，他说：郑大爷，您的文章永远是那么的朴实，但读完又情绪万千，在您的笔下，我仿佛又看到了父亲在开山岛上忙碌的身影！谢谢郑大爷！

“一个有希望的民族不能没有英雄，一个有前途的国家不能没有先锋。”习近平总书记道出了中华民族从黑暗走向光明的力量所在。37年的记者生涯，我采写了许许多多“好人”“榜样”：人民的好干部孔繁森、英雄机长邱光华、最美教授赵荣春，当他们的事迹凝注于笔端、生命凝固成定格时，我常常叹息：要是他们活着，该有多好！

我连续4年，9次上岛，采写王继才夫妇，真的很有幸，也很庆幸。我是老王夫妇守岛人生的见证者，记录者；而他们，则是赋予我记者生涯以尊严和力量的人，让我更深切地明白“勿忘人民”这句话的分量。

如今我已年近花甲，但只要是为人民书写，只要是推动社会进步、传递核心价值观的新闻，只要能让这些时代楷模精气神感染更多的人，我都会坚持下去。

要守好开山岛，组织交给我的任务，我就要守岛守到守不动为止。”第二天吃完早饭，和一家人道别，看着眼前这个装上了太阳能、风力发电，盖上了卫生间、浴室，安上了电视机、空调的新小岛，我的眼眶却湿润了：开山岛的条件是变了，可环境没变，热闹一走，开山岛依然孤寂；老王的名气大了，可守岛的决心没变，支撑他的，不过是质朴的承诺和坚定的信念。当日，我写了《开山岛上的团圆饭》，我想讲好开山岛的故事，让更多的人在信仰的坚守和传承中，一天天挺拔起来。

2016 年“五一”，我再次上岛看老王，写下《开山岛上的第 30 个劳动节》。岛上营房的门上多了副对联：“甘把青春献国防，愿将热血化丹青。”光秃秃的小岛还多了许多绿意。聊起儿子王志国研究生毕业后选择成为一名戍边武警战士的往事，老王兴奋地说，自己守岛是报国，儿子从军也是报国，“一家人，两代兵，光荣!”一颗炽热的赤子之心在这个家中代代相传。

…………

2018 年 7 月 28 日，老王去世的第二天，我和他见了此生最后一面。本想“八一”建军节上岛看他，没想到还没赶上过节，就已阴阳两隔。这一天，开山岛无人值守，整个小岛在哭泣。站在岛上，回想起和老王相处的点点滴滴，我怎么也不敢相信，他竟然说走就走了。写完《坚守 32 年，王继才永远留在了开山岛》，我已泣不成声。

稿件一经刊登，引起很大反响。习近平总书记对王继才同志先进事迹作出重要指示，王继才夫妇守岛的事迹引起社会广泛的关注和讨论。我想，这种热烈反馈，表达的是人民的情感、人民的心声。

到此时此刻，王继才的故事已写过多轮，作为一名持续多年报道王继才事迹的记者，我则开始深思，在这个舆论纷扰、人心浮动的时代，王继才的去世为什么感天动地?

9 月，我写下稿件《一个人感动一个国》,我要写下的是一个有血有肉、有情有义的王继才，写下的是他朴素的大境界，写下的是对他的去世之所以感天动地的时代思考。稿件刊登后，王继才的儿子王志国给我发来一条信息，他说：郑大爷，您的文章永远是那么的朴实，但读完又情绪万千，在您的笔下，我仿佛又看到了父亲在开山岛上忙碌的身影！谢谢郑大爷！

“一个有希望的民族不能没有英雄，一个有前途的国家不能没有先锋。”习近平总书记道出了中华民族从黑暗走向光明的力量所在。37 年的记者生涯，我采写了许许多多“好人”“榜样”：人民的好干部孔繁森、英雄机长邱光华、最美教授景荣春，当他们的事迹凝注于笔端、生命凝固成定格时，我常常叹息：要是他们活着，该有多好！

我连续4年，9次上岛，采写王继才夫妇，真的很有幸，也很庆幸。我是老王夫妇守岛人生的见证者，记录者；而他们，则是赋予我记者生涯以尊严和力量的人，让我更深切地明白“勿忘人民”这句话的分量。

如今我已年近花甲，但只要是为人民书写，只要是推动社会进步、传递核心价值观的新闻，只要能让这些时代楷模精气神感染更多的人，我都会坚持下去。

本文刊载于《光明日报》2018年9月21日04版

百日再上开山岛

100 天前，全国时代楷模王继才永远留在了开山岛。98 天前，我含泪写下稿件《坚守 32 年，王继才永远留在了开山岛》，让全国人民的心再次被这座小岛牵动。

11 月 4 日，由江苏省委宣传部、省记协联合主办的“牢记新时代使命任务，坚守心中的‘开山岛’”——省暨连云港市庆祝第 19 个记者节学习宣传王继才同志先进事迹、弘扬爱国奉献精神“五个一”系列活动来到开山岛。我跟随他们再次上岛。

刚下船，王仕花便迎了上来：“老郑，你来了。”王仕花拉着我的手，带着我感受这 100 天来岛上发生的新变化：新架起了信号接发器，小岛上有了无线网络；其中一间营房已经改造成了王继才夫妇的事迹展馆，里面陈列着王继才生前的遗物和荣誉事迹；岛上的厨房在社会各界的关心下修葺一新，养上了 4 只会下蛋的母鸡；原本闲置的大礼堂也重新做了整修，变成了“开山岛道德讲堂”。

“越来越多的人到岛上来，看展馆，看后山的国旗。”王仕花说，她数着日子，也数着到岛上来的人，

100 天里，16000 多人登上开山岛，9000 多名党员在岛上重温入党誓词，600 多名新党员受到王继才事迹的感染，来到岛上宣誓入党。“岛上从没这么热闹过。”王仕花说，“大家总和我聊老王，我总感觉他没走，还在我边上。”

一群人走到后山，正是早上 10 点半，阳光铺洒在整个小岛上，一次百名记者的集体升旗仪式在这里举行。王仕花和 4 位自愿守岛的民兵升起了鲜艳的五星红旗。这一次，有国歌，有奏乐，庄严肃穆，只是再也听不到王继才沙哑却响亮的“敬礼”声。每天升起五星红旗，是王继才一辈子的坚守、一世的心愿。

在岛上，我们偶遇了 83 岁的中国核工业集团离休干部袁秀珍。在听到王继才的先进事迹后，

百日再上开山岛

本报记者 郑晋鸣

100天前，全国时代楷模王继才永远留在了开山岛。98天前，我含泪写下稿件《坚守32年，王继才永远留在了开山岛》，让全国人民的心再次被这座小岛牵动。

11月4日，由江苏省委宣传部、省记协联合主办的“牢记新时代使命任务，坚守心中的‘开山岛’”——省暨连云港市庆祝第19个记者节学习宣传王继才同志先进事迹、弘扬爱国奉献精神“五个一”系列活动来到开山岛。我跟随他们再次上岛。

刚下船，王仕花便迎了上来：“老郑，你来了。”王仕花拉着我的手，带着我感受这100天来岛上发生的新变化：新架起了信号接发器，小岛上有了无线网络；其中一间营房已经改造成了王继才夫妇的事迹展馆，里面陈列着王继才生前的遗物和荣誉事迹；岛上的厨房在社会各界的关心下修葺一新，养上了4只会下蛋的母鸡；原本闲置的大礼堂也重新做了整修，变成了“开山岛道德讲堂”。

“越来越多的人到岛上来，看展馆，看后山的国旗。”王仕花说，她数着日子，也数着到岛上来的人，100天里，16000多人登上开山岛，9000多名党员在岛上重温入党誓词，600多名新党员受到王继才事迹的感染，来到岛上宣誓入党。“岛上从没这么热闹过。”王仕花说，“大家总和我聊老王，我总感觉他没走，还在我边上。”

一群人走到后山，正是早上10点半，阳光铺洒在整个小岛上，一次百名记者的集体升旗仪式在这里举行。王仕花和4位自愿守岛的民兵升起了鲜艳的五星红旗。这一次，有国歌，有奏乐，庄严肃穆，只是再也听不到王继才沙哑却响亮的“敬礼”声。每天升起五星红旗，是王继才一辈子的坚守、一世的心愿。

在岛上，我们偶遇了83岁的中国核工业集团离休干部袁秀珍。在听到王继才的先进事迹后，腿脚不便的她，今天执意让子女包了艘船，将她背上了开山岛。“1958年，我和丈夫一同前往青海西宁支持祖国的核工业建设。”袁秀珍说，如今，自己的4个子女也执着奋斗在祖国的核电事业中，“今天，我和他们一起到岛上来，一是瞻仰英雄事迹，二是希望他们也像王继才一样，坚守岗位，为实现中华民族的伟大复兴奋斗一生”。

今天，王继才的儿子王志国也回来了。如今，作为王继才先进事迹宣讲团的成员，他想让父亲32年献身海防的奉献精神感染更多的人，继续保家卫国。2013年，研究生毕业的王志国，报考了武警江苏边防总队，选择用一身橄榄绿，圆父亲惦念一生的从军梦。“父亲把我送到部队，留下一句‘在部队好好干，争取早日立功’就走了。”入伍后，王志国多次执行火灾扑救、在逃人员抓捕、重大危害公共安全事件处置、公安部赴外押解行动的出入境勤务保障及其他各类重大安保任务，并于2016年参加了公安部联合国常备维和警队选拔。“我的军旅路不仅是自己的，也是父亲的。”王志国说，自己一定要把岗位当战位，高标准、严要求地约束自己。

58载短暂的生命旅程，32年漫长的守岛生涯，王继才走了，但他的精神永远留在了人们心中。

离开前，我来到王继才生前种下的株株苦楝树旁，海风吹过，苦楝树哗哗作响，傲然挺立。岛上生机盎然，五星红旗迎风飘扬，蓬勃迸发着正能量。

（本报江苏开山岛11月4日电）

腿脚不便的她，今天执意让子女包了艘船，将她背上了开山岛。“1958 年，我和丈夫一同前往青海西宁支持祖国的核工业建设。”袁秀珍说，如今，自己的 4 个子女也执着奋斗在祖国的核电事业中，“今天，我和他们一起到岛上来，一是瞻仰英雄事迹，二是希望他们也像王继才一样，坚守岗位，为实现中华民族的伟大复兴奋斗一生”。

今天，王继才的儿子王志国也回来了。如今，作为王继才先进事迹宣讲团的成员，他想让父亲 32 年献身海防的奉献精神感染更多的人，继续保家卫国。2013 年，研究生毕业的王志国，报考了武警江苏边防总队，选择用一身橄榄绿，圆父亲惦念一生的从军梦。“父亲把我送到部队，留下一句‘在部队好好干，争取早日立功’就走了。”入伍后，王志国多次执行火灾扑救、在逃人员抓捕、重大危害公共安全事件处置、公安部赴外押解行动的出入境勤务保障及其他各类重大安保任务，并于 2016 年参加了公安部联合国常备维和警队选拔。“我的军旅路不仅是自己的，也是父亲的。”王志国说，自己一定要把岗位当战位，高标准、严要求地约束自己。

58 载短暂的生命旅程，32 年漫长的守岛生涯，王继才走了，但他的精神永远留在了人们心中。

离开前，我来到王继才生前种下的株株苦楝树旁，海风吹过，苦楝树哗哗作响，傲然挺立。岛上生机盎然，五星红旗迎风飘扬，蓬勃迸发着正能量。

本文刊载于《光明日报》2018 年 11 月 5 日 03 版

手捧滚烫故事　传递楷模精神

今年 7 月 27 日，王继才在开山岛去世。28 日一大早，我冒着大雨驱车赶往灌云县，在县医院太平间，见了王继才最后一面。

第二天，我再一次上了开山岛，算起来，四年多，这是我第 9 次上岛了，前面 8 次都有王继才的陪伴，而这一次，他却永远地离开了。那一天，也是开山岛 32 年来，第一次无人值守，整个小岛在哭泣。

看着岛上熟悉的一草一木，睹物思人。第二天，《坚守 32 年，王继才永远留在了开山岛》见报，这篇报道得到了中央领导的肯定，受到了全国人民的点赞。

说实在话，不是我的稿子写得好，是王继才的事迹感人。

从第一次上岛到现在，已经跨过五个年头，总有人反复问我，开山岛到底是个什么样子的岛？王继才为什么一直在守岛？记者为什么要跟随采访老王这么多年？

开山岛只有两个足球场大，距离最近的海岸 12 海里。五年前这里没有淡水，没有电，当然也不通手机，也不通网络。这个小岛上唯有的生命就是王继才夫妇、

手捧滚烫故事 传递楷模精神

光明日报社 郑晋鸣

今年7月27日，王继才在开山岛去世。28日一大早，我冒着大雨驱车赶往灌云县，在县医院太平间，见了王继才最后一面。

第二天，我再一次上了开山岛，算起来，四年多，这是我第9次上岛了，前面8次都有王继才的陪伴，而这一次，他却永远地离开了。那一天，也是开山岛32年来，第一次无人值守，整个小岛在哭泣。

看着岛上熟悉的一草一木，睹物思人。第二天，《坚守32年，王继才永远留在了开山岛》见报，这篇报道得到了中央领导的肯定，受到了全国人民的点赞。

说实在话，不是我的稿子写得好，是王继才的事迹感人。

从第一次上岛到现在，已经跨过五个年头，总有人反复问我，开山岛到底是个什么样子的岛？王继才为什么一直在守岛？记者为什么要跟随采访老王这么多年？

开山岛只有两个足球场大，距离最近的海岸12海里。五年前这里没有淡水，没有电，当然也不通手机，也不通网络。这个小岛上唯有的生命就是王继才夫妇、三只小狗、五条净化水的泥鳅和三只不会打鸣的公鸡。

这个岛为什么要值守？首先，它的战略意义特别重要，它是黄海前线第一岛。1939年侵华日军侵略连云港时，就在这个岛上歇的脚。

其次，这个岛由于距离最近的海岸12海里，说起来不远不近，如果坐快艇，只要38分钟就可以到达。所以，小岛成了"黄赌毒"和蛇头向往的地方。

整整32年，11680天，夫妻俩每天过着同一天的生活。其中20多年，全部都是没有水没有电，只有一盏煤油灯、一个煤炭炉、一台收音机的日子。

每天早上，夫妻俩扛着红旗到后山升旗，男的升旗，女的敬礼。没有国歌，没有奏乐，也没有人看。升旗后，寂寞难耐就在岛上数鹅卵石，在树上刻字。20多年里，他们听坏了19台收音机，用坏了200多面红旗，60多根旗杆。

王继才曾告诉我："别看这个岛小，又艰苦，只要我站在这里，我们国家的雄鸡版图就不缺胳膊不少腿；只要每天升起五星红旗，这个岛就有颜色；出海的渔民只要看到红旗，就回家了。"

因为这份信念和信仰，王继才用一个民的本分，完成了兵的责任。

我认识王继才算起来已经14年了，前10年，因为没有迈开腿，所以一直没上岛。

后来由于运动了脚力，5年不到，9次上岛，才知道真正的开山岛和真实的王继才；由于开动了眼力，才看到老王守岛的苦乐酸甜；因为发动了脑力，才去思考平凡英雄背后的初心伟力；也因为充分调动了笔力，才写出了全国人民点赞的好稿。

世上的路被诗人写作山高水长，世上的人被追问想要怎样一生。有人说你大半辈子都在奔波，不值！听了王继才的故事，我想问大家，怎样的人生才值！

三只小狗、五条净化水的泥鳅和三只不会打鸣的公鸡。

这个岛为什么要值守？首先，它的战略意义特别重要，它是黄海前线第一岛。1939 年侵华日军侵略连云港时，就在这个岛上歇的脚。

其次，这个岛由于距离最近的海岸 12 海里，说起来不远不近，如果坐快艇，只要 38 分钟就可以到达。所以，小岛成了“黄赌毒”和蛇头向往的地方。

整整 32 年，11680 天，夫妻俩每天过着同一天的生活。其中 20 多年，全部都是没有水没有电，只有一盏煤油灯、一个煤炭炉、一台收音机的日子。

每天早上，夫妻俩扛着红旗到后山升旗，男的升旗，女的敬礼。没有国歌，没有奏乐，也没有人看。升旗后，寂寞难耐就在岛上数鹅卵石，在树上刻字。20 多年里，他们听坏了 19 台收音机，用坏了 200 多面红旗，60 多根旗杆。

王继才曾告诉我："别看这个岛小，又艰苦，只要我站在这里，我们国家的雄鸡版图就不缺胳膊不少腿；只要每天升起五星红旗，这个岛就有颜色；出海的渔民只要看到红旗，就回家了。"

因为这份信念和信仰，王继才用一个民的本分，完成了兵的责任。

我认识王继才算起来已经 14 年了，前 10 年，因为没有迈开腿，所以一直没上岛。

后来由于运动了脚力，5 年不到、9 次上岛，才知道真正的开山岛和真实的王继才；由于开动了眼力，才看到老王守岛的苦乐酸甜；因为发动了脑力，才去思考平凡英雄背后的初心伟力；也因为充分调动了笔力，才写出了全国人民点赞的好稿。

世上的路被诗人写作山高水长，世上的人被追问想要怎样一生。有人说你大半辈子都在奔波，不值！听了王继才的故事，我想问大家，怎样的人生才值！

本文刊载于《光明日报》2018 年 11 月 9 日 10 版

第一个没有王继才的元旦

王仕花说：那份关怀让我暖暖的

2018 年的最后一天，是全国时代楷模王继才离开的第 158 天。在没有王继才的日子里，王仕花牢记丈夫的嘱托，继续担任开山岛民兵哨所的名誉所长。这个新年是开山岛上第一个没有王继才的元旦。

2018 年 12 月 31 日，王仕花被儿子王志国接到南京过新年，这是王仕花守岛 32 年来第一次在岸上过新年。晚上 7 点，王仕花在儿子、儿媳妇和二女儿的陪伴下，守在电视机前收看习近平总书记的新年贺词。当总书记提到守岛卫国 32 年的王继才时，王仕花激动地泣不成声。“总书记还记得老王，我真的太感动了！”王仕花说，“我要牢记老王的嘱托，把他的守岛精神传承好、发扬好，把国旗护好、把小岛守好，让开山岛上的五星红旗永远高高飘扬！”

王继才离开的 158 个日日夜夜，王仕花走遍北京、新疆和江苏，做了 27 场王继才同志先进事迹报告会，将丈夫守岛卫国、坚守奉献的英雄事迹讲给全国人民听。“老王常说，要一直守岛直到守不动为止。老王的承诺就是我的承诺，老王守不动了，我要继续守下去。”

新年第一天，王仕花一家人包饺子、迎新年，一旁30个月大的小孙子在搭积木，其乐融融。“孙儿叫王向阳，是老王起的名字，意思是向着开山岛上冉冉升起的太阳成长，温暖明亮。”王仕花说，“这是老王的祝福，也是我的期望，希望他内心充满阳光，生活充满希望。”

元旦晚上，江苏省人大常委会教育科学文化卫生委员会主任周琪和王仕花女儿所在的南京市人社局局长刘莅听闻王仕花在南京，便主动邀请他们吃了顿团圆饭。2018年8月6日，习近平总书记强调，对王继才同志的家人，有关方面要关心慰问。对像王继才同志那样长期在艰苦岗位甘于奉献的同志，各级组织要积极主动帮助他们解决实际困难，在思想、工作和生活上给予更多关心爱护。“国家和社会的关怀不断，让我觉得自己时刻被暖流包围着。”王仕花说，“在社会各界的帮助下，我们一家的生活有了保障，老王的烈士抚恤金就有26万多元，开山岛上的日子也越来越好了。”

如今的开山岛，新架起了信号接发器，小岛上有了无线网络；岛上的厨房修葺一新，养了4只会下蛋的母鸡……“感谢国家和各级党组织对我的关照，我很感激，也很感动。这个冬天虽然冷，但大家的关心让我感到暖暖的。”

新的一年，王志国的工作也有了新变化。他被调入海警某部继续服役，用一身橄榄绿，圆父亲惦念一生的从军梦。

这一天，开山岛迎来第一个没有王继才的元旦。

7 点 03 分，天刚刚泛白，潮水从海天尽头涌来，拍打着岛岸礁石。刘文金、马洪波、武建兵三位自愿守岛的民兵迎着晨曦，向山顶的升旗台走去。在高昂的国歌声中，五星红旗冉冉升起，映红了整个开山岛。王继才那沙哑却响亮的“敬礼”声似乎穿越时空，萦绕在每个人的耳畔。

“总书记在新年贺词中特别提到了我们的守岛英雄，这让我们备受鼓舞和激励。”刘文金在电话里告诉记者，2018 年 9 月 25 日是他第一次上岛，每天早上，看着五星红旗升起，才真正理解王继才说的“守岛就是守家，国安才能家安”。“我要像王继才一样，让国旗在开山

第一个没有王继才的元旦

王仕花说：那份关怀让我暖暖的

本报记者　郑晋鸣

2018年的最后一天，是全国时代楷模王继才离开的第158天。在没有王继才的日子里，王仕花牢记丈夫的嘱托，继续担任开山岛民兵哨所的名誉所长。这个新年是开山岛上第一个没有王继才的元旦。

2018年12月31日，王仕花被儿子王志国接到南京过新年，这是王仕花守岛32年来第一次在岸上过新年。晚上7点，王仕花在儿子、儿媳妇和二女儿的陪伴下，守在电视机前收看习近平总书记的新年贺词。当总书记提到守岛卫国32年的王继才时，王仕花激动地泣不成声。“总书记还记得老王，我真的太感动了！”王仕花说，“我要牢记老王的嘱托，把他的守岛精神传承好、发扬好，把国旗护好、把小岛守好，让开山岛上的五星红旗永远高高飘扬！”

王继才离开的158个日日夜夜，王仕花走遍北京、新疆和江苏，做了27场王继才同志先进事迹报告会，将丈夫守岛卫国、坚守奉献的英雄事迹讲给全国人民听。“老王常说，要一直守岛直到守不动为止。老王的承诺就是我的承诺，老王守不动了，我要继续守下去。”

新年第一天，王仕花一家人包饺子，迎新年，一旁30个月大的小孙子在搭积木，其乐融融。“孙儿叫王向阳，是老王起的名字，意思是向着开山岛上冉冉升起的太阳成长，温暖明亮。”王仕花说，“这是老王的祝福，也是我的期望，希望他内心充满阳光，生活充满希望。”

元旦晚上，江苏省人大常委会教育科学文化卫生委员会主任周琪和王仕花女儿所在的南京市人社局局长刘莅听闻王仕花在南京，便主动邀请他们吃了顿团圆饭。2018年8月6日，习近平总书记强调，对王继才同志的家人，有关方面要关心慰问。对像王继才同志那样长期在艰苦岗位甘于奉献的同志，各级组织要积极主动帮助他们解决实际困难，在思想、工作和生活上给予更多关心爱护。“国家和社会的关怀不断，让我觉得自己时刻被暖流包围着。”王仕花说，“在社会各界的帮助下，我们一家的生活有了保障，老王的烈士抚恤金就有26万多元，开山岛上的日子也越来越好了。”

如今的开山岛，新架起了信号接发器，小岛上有了无线网络；岛上的厨房修葺一新，养了4只会下蛋的母鸡……“感谢国家和各级党组织对我的关照，我很感激，也很感动。这个冬天虽然冷，但大家的关心让我感到暖暖的。”

新的一年，王志国的工作也有了新变化。他被调入海警某部继续服役，用一身橄榄绿，圆父亲惦念一生的从军梦。

这一天，开山岛迎来第一个没有王继才的元旦。

7点03分，天刚刚泛白，潮水从海天尽头涌来，拍打着岛岸礁石。刘文金、马洪波、武建兵三位自愿守岛的民兵迎着晨曦，向山顶的升旗台走去。在高昂的国歌声中，五星红旗冉冉升起，映红了整个开山岛。王继才那沙哑却响亮的“敬礼”声似乎穿越时空，萦绕在每个人的耳畔。

“总书记在新年贺词中特别提到了我们的守岛英雄，这让我们备受鼓舞和激励。”刘文金在电话里告诉记者，2018年9月25日是他第一次上岛，每天早上，看着五星红旗升起，才真正理解王继才说的“守岛就是守家，国安才能家安”。“我要像王继才一样，让国旗在开山岛上永远飘扬！”

新年第一天，五星红旗照常在开山岛升起，苦楝树哗哗作响，岛上生机盎然，一切都是王继才临走前的模样。

（本报南京1月2日电）

岛上永远飘扬！”

新年第一天，五星红旗照常在开山岛升起，苦楝树哗哗作响，岛上生机盎然，一切都是王继才临走前的模样。

本文刊载于《光明日报》2019 年 1 月 3 日 07 版

守岛卫国 32 年的王继才：

新时代最可爱的人，永远值得我们怀念和学习

深冬寒夜，桌上的日历又撕去一页：老王，你竟走了 170 天了！

你比我小一岁，我却“老王老王”叫惯了。这 170 天，如果你还活着，我能够想象，跟过去 32 年的每一天一样：守着岛，每天把国旗升起来。现在你走了，这半年发生了很多事，我想好好跟你说一说。

就在新年前夕，国家主席习近平发表二〇一九年新年贺词，特别提到了几个人，“我们要记住守岛卫国 32 年的王继才同志……他们是新时代最可爱的人，永远值得我们怀念和学习”。听到你名字的时候，我的激动和感动不可言说，两行热泪夺眶而出。你要是听到肯定也要兴奋得睡不着了吧，就像 2015 年你从北京参加完军民迎新春茶话会回来，激动地拉着我来来回回说了十几遍一样。

老王，习近平总书记和全国人民都没有忘了你！你去世那天，我含泪写下追忆你的第一篇文章，一经登出，引起社会强烈反响。8 月初，习近平总书记作出重要指示强调，要大力倡导你的这种爱国奉献精神，使之

成为新时代奋斗者的价值追求。随后，全国掀起了向你学习的热潮，你被追授为全国优秀共产党员，被评定为革命烈士……越来越多的人知道了你一辈子守岛的故事，你做到了一个人感动一个国！人们用不同的方式纪念你，战友们向你敬礼，百姓们排了话剧，作家要写你的传记，电视里每个频道都有你。我乘高铁、坐地铁都能看到关于你的海报，南京艺术学院还找到光明日报，要通过师生创作在岛上塑一尊你的雕像——群众的眼睛是雪亮的，正能量永远是主旋律！我经常觉得，老王你没走，离我们还很近。

老王，你以前总跟我说，觉得自己一辈子挣钱少，陪家人少，心里有愧。现在我要告诉你，习近平总书记指出，对像你这样长期在艰苦岗位甘于奉献的同志，各级组织要积极主动帮助他们解决实际困难，在思想、工作和生活上给予更多关心爱护。政府和社会时刻挂念着你一家老小，你大可放心。今年，王仕花来南京过元旦，她说现在一家子过得挺好的。你走后，王仕花化悲痛为力量，下了岛，我们一起走了北京、新疆和江苏很多地方，作了 27 场报告，她说要把你守岛卫国、坚守奉献的故事讲给全国人民听。前不久，武警边防部队成建制退出现役，王志国也从武警入了海警。他电话里跟我说："郑大爷，我得追我父亲惦念一生的从军梦，继续当个兵，保家卫国！"还有你始终惦记的两个女儿，大女儿在老家的生活已经有了很大改观，小女儿更是提交了入党申请书！现在这些孩子都主动跟着你的脚步往前走，你该欣慰！

我知道，你最魂牵梦萦、放心不下的是守了一辈子的开山岛。我要告诉你的是，岛每天有人守，五星红旗每天都在开山岛上高高飘扬！在你精神的感召下，刘文金、马洪波、武建兵三位民兵申请自愿守岛，每天升旗，他们还要点你的名，“王继才！”“到！”铿锵有力。我要告诉你的是，岛上生活条件有了新变化，开山岛越来越漂亮！岛上新架了信号接发器，通了无线网，你种的葡萄第一次挂果摘了快 20 斤，桃子也有几大筐，又香又甜……看到有两株枯死的桃树，王仕花随即挖了树坑，一边仔细栽下新苗子，一边说“明年就该发新芽了”。守岛的民兵们给我们拍着胸脯保证，会照料好岛上的一草一木！我还要告诉你的是，上岛的人越来越多，开山岛成了人们心中的精神坐标！营房改造成的展馆已有近两万人前来参观，整修后的大礼堂也变成了“开山岛道德讲堂”，上万名党员在岛上宣誓入党或重温入党誓词……以前我每次去看你，都觉得开山岛是孤岛一座，现在，这个岛已经成了爱国主义教育基地，以温度激活无数人心中爱国奉献的精神种子。

老王，认识你 10 多年了，现在你成了全国人民心中的英雄，但在我心里，你是英雄，也是个有血有肉的平凡人。记得我第一次带学生上岛，我陪你喝酒，你说到因为守岛错过大女儿婚礼时，泣不成声，哭得像个孩子；每天晚上，你要拿大扫把把涨潮后爬到房前屋后的蛇虫扫回海里去，才敢睡下，我问你怕不怕，你说上岛那一年，就练出胆子来了；前些年，你终于动了想要下岛的念头，鼓起勇气，叫我陪你去找老政委，听到弥留之际的老政委一句“你守着岛我放心”，你就藏起下岛的申请书，掉头又回去了……我问你这么枯燥孤独的日子怎么受得了？你说，“谁能耐得住？但总得有个人吧”，我问你要守到什么时候？你说，“我要守到守不动为止”。守岛成为你的事业，在默默无闻的奉献和坚

守岛卫国32年的王继才：

新时代最可爱的人，永远值得我们怀念和学习

本报记者　郑晋鸣

深冬寒夜，桌上的日历又撕去一页：老王，你竟走了170天了！

你比我小一岁，我却"老王老王"叫惯了。这170天，如果你还活着，我能够想象，跟过去32年的每一天一样：守着岛，每天把国旗升起来。现在你走了，这半年发生了很多事，我想好好跟你说一说。

就在新年前夕，国家主席习近平发表二〇一九年新年贺词，特别提到了几个人，"我们要记住守岛卫国32年的王继才同志……他们是新时代最可爱的人，永远值得我们怀念和学习"。听到你名字的时候，我的激动和感动不可言说，两行热泪夺眶而出。你要是听到肯定也要兴奋得睡不着了吧，就像2015年你从北京参加完军民迎新春茶话会回来，激动地拉着我来来回回说了十几遍一样。

老王，习近平总书记和全国人民都没有忘了你！你去世那天，我含泪写下追忆你的第一篇文章，一经登出，引起社会强烈反响。8月初，习近平总书记作出重要指示强调，要大力倡导你的这种爱国奉献精神，使之成为新时代奋斗者的价值追求。随后，全国掀起了向你学习的热潮，你被追授为全国优秀共产党员，被评定为革命烈士……越来越多的人知道了你一辈子守岛的故事，你做到了一个人感动一个国！人们用不同的方式纪念你，战友们向你敬礼，百姓们排了话剧，作家要写你的传记，电视里每个频道都有你。我乘高铁、坐地铁都能看到关于你的海报，南京艺术学院还找到光明日报，要通过师生创作在岛上塑一尊你的雕像——群众的眼睛是雪亮的，正能量永远是主旋律！我经常觉得，老王你没走，离我们还很近。

老王，你以前总跟我说，觉得自己一辈子挣钱少，陪家人少，心里有愧。现在我要告诉你，习近平总书记指出，对像你这样长期在艰苦岗位甘于奉献的同志，各级组织要积极主动帮助他们解决实际困难，在思想、工作和生活上给予更多关心爱护。政府和社会时刻挂念着你一家老小，你大可放心。今年，王仕花来南京过元旦，她说现在一家子过得挺好的。你走后，王仕花化悲痛为力量，下了岛，我们一起走了北京、新疆和江苏很多地方，作了27场报告，她说要把你守岛卫国、坚守奉献的故事讲给全国人民听。前不久，武警边防部队成建制退出现役，王志国也从武警入了海警。他电话里跟我说："郑大爷，我得追我父亲惦念一生的从军梦，继续当个兵，保家卫国！"还有你始终惦记的两个女儿，大女儿在老家的生活已经有了很大改观，小女儿更是提交了入党申请书！现在这些孩子都主动跟着你的脚步往前走，你该欣慰！

我知道，你最魂牵梦萦、放心不下的是守了一辈子的开山岛。我要告诉你的是，岛每天有人守，五星红旗每天都在开山岛上高高飘扬！在你精神的感召下，刘文金、马洪波、武建兵三位民兵申请自愿守岛，每天升旗，他们还要点你的名，"王继才！""到！"铿锵有力。我要告诉你的是，岛上生活条件有了新变化，开山岛越来越漂亮！岛上新架了信号接发器，通了无线网，你种的葡萄第一次挂果摘了快20斤，桃子也有几大筐，又香又甜……看到有两株枯死的桃树，王仕花随即挖了树坑，一边仔细栽下新苗子，一边说"明年就该发新芽了"。守岛的民兵们给我们拍着胸脯保证，会照料好岛上的一草一木！我还要告诉你的是，上岛的人越来越多，开山岛成了人们心中的精神坐标！营房改造成的展馆已有近两万人前来参观，整修后的大礼堂也变成了"开山岛道德讲堂"，上万名党员在岛上宣誓入党或重温入党誓词……以前我每次去看你，都觉得开山岛是孤岛一座，现在，这个岛已经成了爱国主义教育基地，以温度激活无数人心中爱国奉献的精神种子。

老王，认识你10多年了，现在你成了全国人民心中的英雄，但在我心里，你是英雄，也是个有血有肉的平凡人。记得我第一次带学生上岛，我陪你喝酒，你说到因为守岛错过大女儿婚礼时，泣不成声，哭得像个孩子；每天晚上，你要拿大扫把把涨潮后爬到房前屋后的蛇虫扫回海里去，才敢睡下，我问你怕不怕，你说上岛那一年，就练出胆子来了；前些年，你终于动了想要下岛的念头，鼓起勇气，叫我陪你去找老政委，听到弥留之际的老政委一句"你守着岛我放心"，你就藏起下岛的申请书，掉头又回去了……我问你这么枯燥孤独的日子怎么受得了？你说，"谁能耐得住？但总得有个人吧"，我问你要守到什么时候？你说，"我要守到守不动为止"。守岛成为你的事业，在默默无闻的奉献和坚守中，你用行动给我、给我们树起了标杆。

老王，算一算时间，我也快要退休了。这么多年，一路写好人、写英雄，一路感动，也一路道别。作为记者，我要做的就是能够让你们的事迹影响更多的人。4年前第一届"好记者讲好故事"，你守着电视听到我讲的故事里有你，激动得给我发了消息。去年我再一次站在台上，只讲了你一个人的故事，可惜你再也听不到了。但每次看到台下观众的热泪和他们听完故事后更加坚定的眼神，我都在想：老王，你这辈子，值！

醉里梦回开山岛，又同你坐看岛上惊涛拍岸，听漫卷红旗的猎猎雄风，东方破晓时的鸡鸣狗吠，林间枝头的海鸟啁啾……

老王，你走了，但你的灵魂永不消逝，精神永不沉默。

守中，你用行动给我、给我们树起了标杆。

老王，算一算时间，我也快要退休了。这么多年，一路写好人、写英雄，一路感动，也一路道别。作为记者，我要做的就是能够让你们的事迹影响更多的人。4年前第一届“好记者讲好故事”，你守着电视听到我讲的故事里有你，激动得给我发了消息。去年我再一次站在台上，只讲了你一个人的故事，可惜你再也听不到了。但每次看到台下观众的热泪和他们听完故事后更加坚定的眼神，我都在想：老王，你这辈子，值！

醉里梦回开山岛，又同你坐看岛上惊涛拍岸，听漫卷红旗的猎猎雄风，东方破晓时的鸡鸣狗吠，林间枝头的海鸟啁啾……

老王，你走了，但你的灵魂永不消逝，精神永不沉默。

本文刊载于《光明日报》2019 年 1 月 11 日 04 版

郑晋鸣：王继才守岛精神的价值取向

2018 年 7 月 27 日，江苏省灌云县开山岛民兵哨所原所长王继才在执勤时突发疾病，经抢救无效去世，年仅 58 岁。2018 年 8 月，中共中央总书记、国家主席、中央军委主席习近平对王继才同志先进事迹作出重要指示强调，王继才同志守岛卫国 32 年，用无怨无悔的坚守和付出，在平凡的岗位上书写了不平凡的人生华章。我们要大力倡导这种爱国奉献精神，使之成为新时代奋斗者的价值追求。

王继才是社会主义核心价值观的践行者。2019 年的今天，我们来到开山岛上，再次讲述王继才守岛的故事。

王继才为什么要守岛

王继才生前说过两句话："我可以不上岛，就是说不出口。""答应了就要做到。"

开山岛是怎样一个岛？开山岛只有两个足球场大，距离最近的海岸 12 海里。5 年前这里没有淡水，没有电，不通手机，不通网络。这个小岛上唯有的生命就是王继才夫妇、三只小狗、五条净化水的泥鳅和三只不会打鸣的公鸡。开山岛的战略意义非常重要，是黄海前线第一岛。“开山岛是黄海前哨的一级战备岛屿，是军事要塞连云港的右翼前哨阵地。”上岛前，灌云县武装部政委告诉王继才，这里必须有人，保证一旦进入战时，能迅速引领官兵再次进驻。

每天早上5点，夫妻俩就准时在岛上举行两个人的升旗仪式。在王继才心里，这里是祖国的东门，必须升起国旗。迎风飘扬的五星红旗如一盏灯，既照来路，也照归途，进出海的船路过开山岛，都会主动鸣笛，既是和夫妇俩打招呼，更是向国旗致敬。

每天两次巡岛，观天象、护航标、写日志……这是岛上每一天的生活。和平年代，看似枯燥乏味的坚守，恰恰是对祖国的忠诚。32年里，王继才不是没有犹豫过、挣扎过，和所有平凡人一样，他也害怕黑夜，害怕狂风暴雨，害怕孤独无助，放不下亲人，放不下原本热闹的生活，但再难也要守下去。不少人问，这是一种什么样的力量，能让一个人把一生最美好的年华都奉献在一座远离陆地的小岛上？信仰。王继才用一个民的本分，完成了兵的责任。

因为这份大义，王继才舍弃一己之欲，他说自己欠全家人一个道歉。但在他心中，岛小，却关系国家尊严。在守岛和个人生活之间、国家和小家之间，王继才选择了把自己的一生投入到守家卫国的大义之中。

王继才守岛精神的价值取向

王继才的爱国观是什么？王继才之前说过“家就是岛，岛就是国，守岛就是卫国。”“你看这个岛小，每天把五星红旗升起来岛就有颜色。渔民看到五星红旗，他们就回家了。”“这个岛小很艰苦，我只要站在这个地方，我们共和国的版图就一点都不会少。”王继才的价值取向就在这里，岛再小，它也是国家的一部分。

郑晋鸣:王继才守岛精神的价值取向

2018年7月27日，江苏省灌云县开山岛民兵哨所原所长王继才在执勤时突发疾病，经抢救无效去世，年仅58岁。2018年8月，中共中央总书记、国家主席、中央军委主席习近平对王继才同志先进事迹作出重要指示强调，王继才同志守岛卫国32年，用无怨无悔的坚守和付出，在平凡的岗位上书写了不平凡的人生华章。我们要大力倡导这种爱国奉献精神，使之成为新时代奋斗者的价值追求。

王继才是社会主义核心价值观的践行者。2019年的今天，我们来到开山岛上，再次讲述王继才守岛的故事。

王继才为什么要守岛

王继才生前说过两句话：“我可以不上岛，就是说不出口。”“答应了就要做到。”

开山岛是怎样一个岛？开山岛只有两个足球场大，距离最近的海岸12海里。5年前这里没有淡水，没有电，不通手机，不通网络。这个小岛上唯有的生命就是王继才夫妇、三只小狗、五条净化水的泥鳅和三只不会打鸣的公鸡。开山岛的战略意义非常重要，是黄海前线第一岛。“开山岛是黄海前哨的一级战备岛屿，是军事要塞连云港的右翼前哨阵地。”上岛前，灌云县武装部政委告诉王继才，这里必须有人，保证一旦进入战时，能迅速引领官兵再次进驻。

每天早上5点，夫妻俩就准时在岛上举行两个人的升旗仪式。在王继才心里，这里是祖国的东门，必须升起国旗。迎风飘扬的五星红旗如一盏灯，既照来路，也照归途，进出海的船路过开山岛，都会主动鸣笛，既是和夫妇俩打招呼，更是向国旗致敬。

每天两次巡岛，观天象，护航标，写日志……这是岛上每一天的生活。和平年代，看似枯燥乏味的坚守，恰恰是对祖国的忠诚。32年里，王继才不是没有犹豫过、挣扎过，和所有平凡人一样，他也害怕黑夜，害怕狂风暴雨，害怕孤独无助，放不下亲人，放不下原本热闹的生活，但再难也要守下去。不少人问，这是一种什么样的力量，能让一个人把一生最美好的年华都奉献在一座远离陆地的小岛上？信仰。王继才用一个民的本分，完成了兵的责任。

因为这份大义，王继才舍弃一己之欲，他说自己欠全家人一个道歉。但在他心中，岛小，却关系国家尊严。在守岛和个人生活之间，国家和小家之间，王继才选择了把自己的一生投入到守家卫国的大义之中。

王继才守岛精神的价值取向

王继才的爱国观是什么？王继才之前说过“家就是岛，岛就是国，守岛就是卫国。”“你看这个岛小，每天把五星红旗升起来岛就有颜色。渔民看到五星红旗，他们就回家了。”“这个岛小很艰苦，我只要站在这个地方，我们共和国的版图就一点都不会少。”王继才的价值取向就在这里，岛再小，它也是国家的一部分。

诚信敬业，说到就要做到，这就是王继才。王继才说：“当时，我是自愿要去守岛的，组织已经考察过，岛上必须得有人去守，我答应了就要做到。”王继才遵照社会主义核心价值观的标准严格要求自己，以实现国家的富强和人民的幸福为最终目标，充分体现他作为一名国防卫士坚定的理想信念和全心全意为人民服务的决心和信心。

岛不守行不行？“没有人守肯定不行。这个岛必须有人守，五星红旗必须有人升。”“不守岛，就无法进行海上救援和天象观测；不守岛，犯罪分子虎视眈眈，黄赌毒就容易聚集。”王继才曾经这样回答。从受命上岛，到受尽煎熬，直到最后决定一生守下去，王继才完成了他的使命。

“我在这里已经快30年了，我能耐得住，有谁还可以耐得住这种寂寞。我守着吧，我已经习惯了，家也在这里。”多朴实、多平凡的一句话。一朝上岛，一生卫国。王继才坚守的不只是一片小岛，更是民族的深情与祖国的大义。

王继才守岛精神的启示

2018年8月10日，三名由共产党员、退伍军人组成的值勤班开始对开山岛常态化值守。班长汪海建介绍，他和哨员胡品刚、王绪兵都是在王继才事迹的感召下，主动提出申请来守岛的。32年，开山岛首次迎来换岗民兵。

作为一名共产党员，我们应该学习王继才的什么？这是我近来一直思考的课题。我们现在的海晏河清，不是天上掉下来的，而是有一批王继才式的共产党员在前面为我们遮风挡雨。作为一名共产党员，我们既然享受了别人带来的岁月静好，就要承担起为别人遮风挡雨的义务。因此，王继才守岛先进事迹带给我们最大的启示就是不居功不自傲，功劳只能代表过去，不能代表现在和未来，我们要随时做好为别人、为民族、为国家遮风挡雨的准备。

作为一名共产党员，就应该先人后己，吃苦在前，享受在后；冲锋在前，退却在后；纪律在前，担当在前，忠诚在前！我们现在有九千多万共产党员，如果在每个人群中，共产党员都能起到先锋、模范、带头作用，那么，我们身后的14亿中国人民就会更加崇敬我们的党，更加崇尚党员的身份。如此下来，我们的国家才能强大，人民有信仰，民族有希望。

（光明网记者王营整理）

诚信敬业，说到就要做到，这就是王继才。王继才说：“当时，我是自愿要去守岛的，组织已经考察过，岛上必须得有人去守，我答应了就要做到。”王继才遵照社会主义核心价值观的标准严格要求自己，以实现国家的富强和人民的幸福为最终目标，充分体现他作为一名国防卫士坚定的理想信念和全心全意为人民服务的决心和信心。

岛不守行不行？“没

有人守肯定不行。这个岛必须有人守，五星红旗必须有人升。”“不守岛，就无法进行海上救援和天象观测；不守岛，犯罪分子虎视眈眈，黄赌毒就容易聚集。”王继才曾经这样回答。从受命上岛，到受尽煎熬，直到最后决定一生守下去，王继才完成了他的使命。

“我在这里已经快30年了，我能耐得住，有谁还可以耐得住这种寂寞。我守着吧，我已经习惯了，家也在这里。”多朴实、多平凡的一句话。一朝上岛，一生卫国。王继才坚守的不只是一片小岛，更是民族的深情与祖国的大义。

王继才守岛精神的启示

2018年8月10日，三名由共产党员、退伍军人组成的值勤班开始对开山岛常态化值守。班长汪海建介绍，他和哨员胡品刚、王绪兵都是在王继才事迹的感召下，主动提出申请来守岛的。32年，开山岛首次迎来换岗民兵。

作为一名共产党员，我们应该学习王继才的什么？这是我近来一直思考的课题。我们现在的海晏河清，不是天上掉下来的，而是有一批王继才式的共产党员在前面为我们遮风挡雨。作为一名共产党员，我们既然享受了别人带来的岁月静好，就要承担起为别人遮风挡雨的义务。因此，王继才守岛先进事迹带给我们最大的启示就是不居功不自傲，功劳只能代表过去，不能代表现在和未来，我们要随时做好为别人、为民族、为国家遮风挡雨的准备。

作为一名共产党员，就应该先人后己，吃苦在前，享受在后；冲锋在前，退却在后；纪律在前，担当在前，忠诚在前！我们现在有九千多万共产党员，如果在每个人群中，共产党员都能起到先锋、模范、带头作用，那么，我们身后的 14 亿中国人民就会更加崇敬我们的党、更加崇尚党员的身份。如此下来，我们的国家才能强大，人民有信仰，民族有希望。

本文刊载于《光明日报》2019 年 8 月 7 日 02 版